재림용사의
복수담
용사 그만두고 전직 마왕과 한패가 됩니다
1
우사키 우사기
Usaki Usagi
illustration
시라코미소
Shirakomiso

디오니스 하베르크
귀족 청년
류자스 길버언
루시피나 에밀리오르
왕국기사단

엘피스자크 길데가르드
전직 마왕
아마츠키 이오리
전직 용사

마윈 요하네스
인랑족. 군 참모로
일하고 있다.

미샤
모험가. 냥메르의 언니.
냥메르
대장간 점원 인묘족
(워캣)

"에엣……."
"거절한다."
"음, 역시 너는
내 전속 셰프라는 걸
© Won

“흠. 이런 건 입장이 거꾸로라고
생각하는데 말이다.”

"——어디 받아봐,
토마장군."
마안
회신폭(灰燼爆)

재림용사의 복수담

1

우사키 우사기 지음 | 시라코미소 일러스트 | 손종근 옮김

재림용사의 복수담

contents

프롤로그 『광란의 용사』

"——어서 오시게, 이계의 용사여. 부디 이 세계를 마왕에게서 구해주게."

갑자기 들린 것은 노인의 쉰 목소리였다. 그 목소리에 정신을 차리고 주위를 둘러봤다. 그리고 자신이 기묘한 문양 위에 서 있다는 사실을 깨달았다.

"어디야…… 여긴."

"이곳은 레이테시아. 용사가 살던 세계와는 다른 세계라고 할 수 있겠지."

입 밖으로 새어나온 의문에 쉰 목소리가 대답했다. 나는 시선을 들어 목소리가 들린 방향을 봤다.

그곳에는 르네상스 시대의 귀족 같은 복장을 걸친 남녀노소 많은 사람들이 죽 늘어서 있었다. 의문에 대답한 것은 그중에서도 한층 더 눈에 띄는 왕관을 쓴 장년 남성이었다.

"레이……테시아?"

"그렇다. 그리고 현재 레이테시아는 마왕을 앞에 두고 멸망의 위기에 처해 있다."

장년 남성은 우두커니 서 있는 나를 무시하고 계속 말했다.

잠깐만, 멋대로 이야길 진행하지 마.

그리 말하고 싶어도 바싹 마른 목에서는 말이 나오지 않았다.
"그리고 우리 왕국은 마왕을 죽이기 위해 용사를 소환한 것이다."
백일몽을 꾸는 것인가. 아니면 망상과 현실을 구분하지 못하게 되어버렸나.
장년 남성이 무어라 말하고 있지만 혼란에 빠진 내 머릿속에는 그 말이 들어오지 않았다.
그러나——무슨 이야기를 하는지는 신기하게도 이해할 수 있었다.
"귀공은 용사로서——."
일단 진정하자. 남자의 이야기를 흘려들으며 혼란에 빠진 머릿속을 진정시키려고 했다. 그리고 몇 분 전의 기억으로 손을 뻗었다.
그 순간——선명하게 떠올랐다. 자신에게 대체 무슨 일이 벌어졌는지.
저도 모르게 웃음이 터져 나오고, 아픈 머리를 손으로 눌렀다.
"이 자식——이야길 듣고 있느냐!"
땅바닥으로 시선을 떨어뜨리고 있던 것이 거슬렸을 테지. 장년 남성 주위에서 질책이 날아들었다.
거슬리는 그 외침에 고개를 들었다.
시선 끝에는 남자 하나가 서 있었다. 검은 로브를 걸치고 붉은 보석이 박힌 지팡이를 손에 들고 있었다. 그 남자를 보고 스르륵 물러나듯 혼란이 단숨에 걷히는 것을 느꼈다.

“국왕 폐하의 어전이다! 고개를 들어라!!”

“됐다, 류자스. 용사는 아직 혼란스러운 모양이다. 그렇게 서두를 것 없다.”

류자스, 라고?

장년 남성이 빨간 머리를 류자스라 부르며 타이르는 말이 귀에 닿는 것과 동시에. 벼락을 맞은 것처럼 내 사고는 하얗게 물들었다.

——네놈은 이제 쓸모없다고, 용사님.

직전까지의 기억이 머릿속을 스치는 것과 동시에.

부술 듯이 바닥을 박차고, 나는 류자스를 향해 달려갔다.

“아아아아아아아아악!!”

“뭐냐?!”

짐승 같은 포효에 류자스는 반응했다.

하지만, 늦었다.

녀석이 그 지팡이를 치켜들기 전에, 안면에 한 방. 증오를 담은 주먹을, 류자스의 안면에 때려 박았다.

“커, 허억.”

류자스는 그 기세 그대로 날아가서 벽에 격돌했다. 그리고 눈을 까뒤집고서 실신해버렸다.

아직이다. 이렇게 끝낼 수는 없다.

위에 걸터앉아서, 때렸다. 주먹이 광대뼈를 때리는 소리가 울렸다.
“잠깐만, 용사여! 뭘 하는 건가?!”
“빨리 붙들어!!”
주위의 녀석들이 뛰어들었다. 숫자의 폭력으로 짓눌릴 뻔했다.
“——류자스!”
그럼에도 나는 류자스를 계속 두들겼다. 그럴 때마다 마음속에 담겨 있던 감정이 맑게 개는 것을 느꼈다.
“네놈은…… 네놈만큼은!”
류자스는 완전히 정신을 잃었다.
그러나 이 정도로 끝내지 않는다. 끝낼 수는 없다.
——내가 이 녀석에게 받은 아픔은 이 정도가 아니다.
다시 한 방——주먹을 들어 올린 참에, 끝내 깔려서 땅바닥에 눕혀졌다. 순간적으로 팔을 붙잡고 있는 녀석들을 떨쳐버리려고 했다. 그러나 어찌된 영문인지 힘이 전혀 발휘되지를 않았다.
“나한테 무슨 짓을 했는지——잊었다고 하진 않겠지!”
그럼에도 발버둥 치고 류자스를 향해 손을 뻗었다.
하지만 그때, 뒤통수에 둔탁한 충격이 느껴졌다. 시야가 어두워지고 온몸에서 힘이 빠져나가는 것을 느꼈다.
“대, 대체 뭘…….”
나를 누르고 있던 녀석들 중 누군가가 그런 소리를 했다.
——대체 뭘, 이라고?

흐려지는 의식 가운데, 귓가에 닿은 말. 그런 자명한 의문에 나는 마음속으로 대답했다.

이 녀석은 나를, 죽였다고.

◆ ◆ ◆

나── 아마츠키 이오리가 이 세계로 소환된 것은 처음이 아니다. 불과 몇 분 전까지, 용사로서 소환되어 세계를 지키기 위해 싸우고 있었다.

그런데도.

나를 기다리던 결말은 신뢰하던 동료의 배신이었다. 팔을 잘리고 가슴을 꿰뚫려 아연실색한 나를 껄껄 비웃는 동료의 얼굴을 기억하고 있다.

저 빨간 머리 남자── 류자스도 그중 하나였다.

나를 죽이면 마왕 토벌의 명예는 자신들만의 것이 된다. 싸움이 끝나면 용사 따윈 방해일 뿐이다. 너는 더 이상 쓸모없다.

그리 말하며 비웃는 동료들에게, 나는 살해당한 것이다.

살해당했을, 터였다.

하지만 어찌된 영문인지, 나는 아직 살아있었다. 이유는 모르겠지만 스스로의 행운에 감사하자. 배신한 녀석들에게 복수할 기회가 주어진 것이니까.

——후회하게 만들어주마. 나를 배신한 것을.

그리고 내 의식은 꺼졌다.

제1화 『영웅의 최후』

두 번째 소환 이후로 하루가 지났다. 지금은 왕성 지하에 있는 감옥의 침대에 앉아 있었다.

"머리는 식었나?"

"……예. 폐를 끼쳤습니다."

철창 너머로 말을 건 기사를 향해 반성하는 말투로 머리를 숙였다.

내가 진정된 모습에 안도한 듯 한숨을 내쉬더니 기사는 "폐하께 보고를 드리고 오겠다. 조금만 있으면 나올 수 있을 거야"라는 말을 남기고 감옥 앞에서 사라졌다.

폐를 끼쳤습니다, 인가.

……웃기지 마.

그런 말을 해야 되는 건 네놈들 왕국 쪽이다.

감옥에 있는 동안에, 찾아온 기사에게 이것저것 들을 수 있었다.

두들겨 팬 류자스는 크게 다치지 않았고 또한 본인도 신경 쓰지 않는다고 그랬기에, 내가 냉정해지면 곧바로 감옥에서 나갈 거라고.

소환된 충격으로 폭행에 이른 것이니 무죄라는 모양이었다.

뭐, 용사를 소환해놓고 곧바로 처형시킬 수는 없을 테니까. 하지만 상황도 모르고 두들겨버린 건 조금 경솔했다.

그 결과가 이곳, 감옥이었다.

직전에 살해당한 참이니까 어쩔 수 없는 일이지만.

"……마법만 쓸 수 있다면 이런 감옥은 간단하게 빠져나갈 수 있는데."

한 번 살해당한 영향인지, 두 번 소환된 영향인지.

어찌된 영문인지 나는 전혀, 라고 해도 될 정도로 마법을 사용할 수가 없는 상태였다.

미약한 마력을 방출할 수는 있어도 그것을 마법의 형태로 변환할 수가 없었다. 용사로서의 힘은 거의 잃었다고 보면 될 것이다.

이렇게 감옥 안에 있는 것은 돌파할 수 있을 만큼의 힘이 없기 때문이었다. 류자스를 죽이는 데에도 상당한 수고가 들겠지.

그에 더해서 외모도 바뀌었다는 사실 역시 깨달았다. 근력이 떨어지고 키도 줄어들었으며 머리카락 색깔마저 바뀌었다. 아무래도 첫 번째 소환 전, 고등학생 시절의 모습으로 돌아간 듯했다.

생김새도 어려졌기에 아무도 내가 예전의 용사임을 깨닫지 못하는 것도 당연했다.

마법도 사용할 수 없고 근력도 떨어졌다.

"하지만——."

내가 익힌 지식이나 기술, 쌓았던 경험은 제대로 머릿속에 들어 있었다. 어지간한 수준의 기사라면 가볍게 죽일 수 있겠지.

방법은 얼마든지 있다.

"류자스……."

눈을 감고 분노를 담아 떠올렸다. 처음으로 이 세계에 불려왔을 때를. 그리고 동료에게 배신당하기까지의 전말을.

◆ ◆ ◆

처음으로 이 세계에 소환된 것은 3년 전이었다.

집에서 느긋이 쉬던 참에 지금과 마찬가지로 왕국으로 소환되었다.

"——어서 오시게, 다른 세계의 용사여. 부디 이 세계를 마왕에게서 구해주게."

그때도 정신이 드니 기묘한 문양으로 만들어진 원 위에서 있었다. 아이러니하게도 처음으로 들은 것은 첫 번째나 두 번째나 똑같은 말이었구나.

그리고 국왕을 자칭하는 노인에게 어째서 이곳에 있는지 설명을 들었다.

이곳은 지구와는 다른, 레이테시아라고 불리는 세계. 마왕이라 불리는 존재 때문에 멸망의 위기를 맞이했다나.

"그리고 우리 오린 왕국은 마왕을 쓰러뜨리기 위해 용사를 소환한 것이다."

"……그, 게."

“그렇다. 귀공이다.”

——다른 세계, 용사, 마왕.

현대 사회에서는 도무지 들을 일이 없을 문자의 나열. 혼란스러운 머릿속으로 가차 없이 틀어박히는 정보.

“헌데 용사여. 귀공의 이름은?”

나를 향한 시선, 국왕에게서 느껴지는 명백한 정치가의 오라. 무슨 말도 안 되는 소리냐고 생각할 수밖에 없는 상황임에도 그런 말을 입에 담을 수 없을 정도로 이 자리의 분위기는 무거웠다.

아마츠키 이오리.

그의 재촉에 따라, 여자아이 같아서 별로 좋아하지 않는 자신의 이름을 입에 담았다.

“아마츠.”

절반만.

긴박감 때문에 제대로 발음을 씹어버렸다.

어쩔 수 없잖아, 이런 대중 앞에 서는 건 중학교 졸업식 이후로 처음이니까.

“과연, 아마츠 공이라고 하나.”

아니야.

도저히 그리 말할 수가 없어서, 결국 이름은 아마츠로 정착되어버렸다. 그때는 부정할 여유조차 없었으니까.

“그럼 아마츠 공…… 마왕으로부터 세계를 구해주겠나?”

당연하다는 듯이 이야기를 진행하는 국왕.

이쪽의 사정을 완전히 무시하는 말투에 짜증이 솟구쳐, "나는 싸우고 싶지 않다"라고 떨리는 목소리로 소리쳤다.

태어난 지 16년. 딱히 하고 싶은 일도 없이 남들을 따라 흘러가는 대로 살았다. 부모가 사고로 죽었을 때도 그저 시키는 대로 숙부에게 의탁했을 정도니.

그럼에도 이 상황에 그대로 흘러가는 것은 목숨이 걸린 문제라고 생각했다.

그런 것보다 집으로 돌아가고 싶다.

그리 부탁해도 "원래 세계로 돌아가려면 몇 년의 시간이 걸린다"라는 대답이 돌아왔다. "그리고 그 몇 년 동안에 왕국은 마왕군에게 멸망해버린다"라는 위협도 당했다.

싸움도 뭣도 모르는 고등학생한테 이 세계 녀석들은 대체 뭘 기대하는 거야.

그 후에 곧바로 "결론을 서두를 건 없다"라며, 국왕의 의향에 따라 성의 한 방에서 생활하게 되었다.

다정하게 대해주면 마음이 바뀌겠지――그런 속셈이 훤히 보였다.

방에 틀어박혀서 나오는 음식만 먹고 자는 것뿐인 생활. 성의 녀석들은 그런 나를 보고 겁쟁이라 매도했다.

그때, 몇 번이나 생각했지. 대체 머릿속이 얼마나 꽃밭이냐고.

단호히, 용사라는 이름의 노예가 되고 싶지는 않다. 처음에는 그런 식으로 생각했다.

하지만——전환점이 찾아왔다.

과격한 파벌이 싸우려 하지 않는 용사에게 격앙해서는 내 방을 습격한 것이었다.

간발의 차이였다.

지나가던 여성이 도와주지 않았다면 살해당했을 테지.

성 안은 기사가 순찰을 돌 터였다. 하지만 **우연히** 그날은 순찰하는 기사가 땡땡이를 쳤다나.

습격한 녀석들에게는 국왕의 엄한 처분이 내려졌다. 직무를 방기했던 기사도 마찬가지였다.

그 건에 대해서, 국왕은 유들유들한 태도로 이리 말했다.

"아마츠 공이 용사로서 싸우지 않는 한, 앞으로도 이런 일이 또 일어나고 말지도 모른다."

요컨대 그 습격은 국왕이 뒤에서 조종했다는 의미였다. 그 사실을 뻔히 알면서도 나로서는 어쩔 도리도 없었다.

"4년. 4년 동안 왕국을 수호해준다면 그대를 원래 세계로 돌려보내겠노라 약속하지."

국왕은 이렇게 말했다.

해가 갈수록 마왕군의 습격은 격렬해지고 있다. 이대로는 앞으로 3년만 있으면 인간은 멸망해버릴 것이다——라고.

즉, "원래 세계로 돌아가고 싶다면 마왕을 쓰러뜨려라" 국왕은 그리 말하는 것이었다.

이대로 계속 싸우지 않는다면, 나는 국왕의 수하에게 살해당할지도 모른다. 그렇지 않더라도 왕국이 마왕에게 멸망당한다면 나는 원래 세계로 돌아갈 수는 없다.

"……알았어."

이리 하여 나는 평소처럼 그저 남들이 시키는 대로, 바라지도 않는 싸움에 투신하게 되었다.

◆ ◆ ◆

싸우기로 결심하자 신기하게도 내 힘을 어떻게 사용하는지 이해할 수 있었다.

팔에 새겨진, 용사의 증표인 문장. 그것이 부여한 것은 초인적인 신체 능력과 압도적인 마법이었다. 증표의 힘을 구사해서, 나는 나라가 지시하는 대로 싸웠다.

힘의 영향인지 머리카락은 회색이 되고 키도 커졌다. 3개월 만에 완전히 다른 사람의 모습이 되었다.

그 무렵이 되어 세상은 나를 『영웅 아마츠』라 부르며 칭송하기 시작했다.

세계를 구하는 구세주라고.

"영웅이라."

세계를 구하느니 영웅이라느니, 그런 고상한 생각은 일절 없었다. 이것은 내가 원래 세계로 귀환하기 위한 싸움이었다.

처음에는 그런 식으로 생각했다.

그것이 변한 것은 반년이 지났을 무렵이었다.

“나는 류자스라고 한다. 마왕군을 쓰러뜨리기 위해 나도 협력하게 해줘.”

마왕군과의 전투에는 많은 인간과의 연대가 필요했다. 마법사 류자스도 그중 하나였다.

“나한테는 말이야, 여동생이 있어. 나는 그 녀석이 바라는 세계를 만들고 싶어.”

소중한 사람을 지키기 위해 싸운다, 류자스는 그리 이야기했다.

이런 세계로 날아왔기에 지키고 싶은 사람이 있을 리 없었다. 그럼에도 그리 말하며 싸우는 류자스는 굉장하다고 생각했다.

“이 이상 동족이 상처 입는 모습은 보고 싶지 않아. 그러니까 아마츠, 나도 너와 함께 싸우겠어.”

『귀족(鬼族)』이라는 아인 청년, 디오니스는 그리 말했다.

항상 중립인 입장이었던 귀족은 인간과 마왕군 양쪽으로부터 미움을 사고 있었다.

“내가 귀족을 이끌어야만 해. 동족을 지키기 위해서라면 나는 뭐든 하겠어.”

일족을 위해서 싸운다는 책임감. 그리고 사명을 달성한다는 강인한 의지.

흘러가는 대로만 살던 내가 지니지 않는 것을 디오니스는 지니고 있었다.

그들과 함께 싸우는 가운데, 자신의 내면이 조금씩 변화하는 것을 깨달았다.

그리고——.

이전에 과격파의 공격에서 나를 지켜준 여성.

루시피나와의 만남이 나를 크게 바꾸었다.

"우리 마을은 마왕군과 인간의 싸움에 말려들어 사라져 버렸죠. 부모님도 그때."

인간, 마족, 아인. 전쟁으로 많은 사람이 상처 입고 죽어가는 것을 보았다. 그러니까 다툼이 없는, 모든 종족이 공존하는 세계를 만들고 싶다.

그것이 자신의 꿈이라고, 루시피나는 이야기했다.

"당신과 함께라면 그것을 이룰 수 있다고, 나는 믿어요."

루시피나는 몇 번이나 나를 구해주었다. 포기할 뻔했을 때에, 몇 번이나 나를 지탱해주었다.

당신은 강한 사람이라고, 틀림없이 원래 세계로 돌아갈 수 있다고.

괴로운 싸움 가운데도 결코 약한 소리를 하지 않고, 다정하게 동료를 지탱해주려고 하는 그녀의 모습에 나는 조금씩 빠져들었다.

싸우기 시작했을 때, 원래 세계로 돌아가는 것밖에 생각

하지 않았다. 하지만 여행을 계속하는 사이에 내 마음은 변화했다.

전쟁으로 상처 입은 사람을 보았다. 전화에 휩쓸려 소중한 사람을 잃은 아인을 보았다. 동료가 살해당하여 통곡하는 마족을 보았다.

정말로 많은 사람이 전쟁으로 상처 입는 모습을 보았다.

그러니까 진심으로 생각했다.

루시피나가 말한, 다툼이 없는 세계를 실현하고 싶다——.

그러나 영웅의 힘을 가졌을지라도 편한 여행은 아니었다. 도중에 몇 번이나 죽을 뻔하고 꺾일 뻔하기도 했다. 그럼에도 계속 싸울 수 있었던 것은 이들 세 명의 동료가 있었기 때문이었다.

왕국이나 다른 나라의 지원을 받으며 우리는 마왕군과 싸웠다.

전쟁의 형세는 크게 역전되어 점차 인간 측으로 기울었다.

전쟁의 끝이 눈앞에까지 다가왔다.

동료와도 깊은 사이가 되어, 이제는 모든 것의 원흉인 마왕을 쓰러뜨리는 것뿐.

그리 생각했다.

——최종 결전이 벌어진 그날까지는.

◆ ◆ ◆

소환되고 3년의 세월이 흘렀을 무렵.

마왕군이 각국에 설치한 미궁은 모두 돌파했고 모든 사천왕도 쓰러뜨렸다. 남은 것은 마왕뿐이었다.

그 마왕도 지금은 약해졌다. 단 한 번 전선으로 나온 마왕과 검을 겨루어 부상을 입히는 데에 성공한 것이었다.

지금이 호기라고, 각국으로부터의 지원을 받으며 우리 파티는 마왕성으로 돌입했다.

당연히 마왕을 쓰러뜨리기 위한 작전도 세웠다.

나와 루시피나가 전위로 마왕을 끌어내고 그것을 디오니스가 서포트한다. 그리고 그동안에 류자스가 마력을 끌어올려 최대 화력의 마법으로 마왕에게 마무리를 가한다.

사력을 다하여 이제까지 쌓은 모든 것을 던진다면 이 전법으로 승리를 거둘 수 있을 터였다.

그렇게 투지를 끌어올려, 우리는 함정을 뛰어넘고 마족을 쓰러뜨리며 수많은 고난을 돌파하여 마왕성을 나아갔다.

우리를 따라서 들어올 터인 후속 부대가 발목을 붙잡혀서 안으로 들어오지 못하는 트러블은 있었지만, 파티의 힘만으로 마족들을 쓰러뜨렸다.

그리하여 류자스의 마력을 보존한 상태로 최심부, 마왕의 방까지 도달했을 때였다.

"여기서 너희를 보낼 수는 없다."

마지막으로 막아선 것은 단 하나의 마족이었다.

긴 은발을 흩날리며 황금빛으로 빛나는 눈동자에 강한 전의를 담은 소녀. 자그마한 몸이지만 안에 담긴 마력은 범상치 않았다.

이제까지의 싸움에서 수도 없이 맞부딪쳤던, 강력한 힘을 지닌 마족.

그때가 되어 처음으로 그 소녀는 자신의 이름을 말했다.

"——엘피스자크 길데가르드."

"……아마츠."

서로 나눈 말은 그것뿐이었다.

그리고 싸움은 시작되었다.

소녀는 강했다. 사천왕을 쓰러뜨린 우리조차 고전할 정도로.

루시피나와 함께 전위로 검을 들고서 싸우고, 디오니스와 류자스가 후위로 서포트를 했다.

마법을 구사할 때마다 벽이 부서지고 바닥에 금이 갔다.

전투의 여파를 흩뿌리며 이어진 사투 끝에.

무릎을 꿇은 것은 소녀 쪽이었다.

"내…… 패배인가."

온몸에서 피를 흘리며, 내가 내민 검 끝에 몸을 드러낸 소녀는 포기한 듯 중얼거렸다.

싸움을 끝내기 위해서는 이 소녀도 쓰러뜨려야만 한다.

소녀를 향해 검을 휘두르려던 그때였다.

"어째서 이렇게 되었을까……. 우리는 그저 다툼을 멈추고 싶었을 뿐인데."

"————!"

그것은 누군가에게 들려주려는 것이 아닌, 스스로를 향한 자조였다.

다툼을 멈추고 싶었다는 그 말에 칼자루를 움켜쥔 손가락의 힘이 살짝 느슨해졌다.

"너……."

몇 번이고 맞부딪쳤던 이 소녀는 인간을 죽이고서 기뻐하는 타입의 마족이 아니었다.

정말로 마족이라고 해서 죽일 필요가 있을까?

그런 의문이 머릿속에 떠올라, 나는 움직임을 멈췄다.

"죽이는 거야, 아마츠!"

"빨리 해치워!"

동료들의 외침이 뒤쪽에서 울렸다.

죽이느냐, 죽이지 않느냐.

갈등하고 결의한 내가 들어 올렸던 검을 내린 순간이었다.

"——어?"

슥, 오른팔에 날카로운 충격이 느껴졌다.

턱하는 소리를 내며 땅바닥에 떨어진 것은 내 팔이었다.

"어……? 뭐야, 이건……?"

등 뒤에서 날아온 마법이 내 팔을 잘라내었다.

떨어진 팔의 단면에서 선혈이 뿜어 나오고 달군 철을 들이대는 듯한 열기가 덮쳤다.

눈앞의 소녀는 그저 나를 멍하니 보고 있었다.

"정말이지, 네놈의 무른 성격에는 아주 토할 것 같다고."

팔을 잘라낸 마법을 날린 것은 동료일 터인 류자스였다.

수많은 마법을 사용하여 수도 없이 나를 서포트해준 마법사. 왕국을 지키기 위해서 일어선, 든든한 동료.

"뭐, 그 덕분에 이렇게 네 팔을 잘라낼 수 있었지만 말이지?"

오른팔에 담겨 있던 용사의 힘이, 혈액과 함께 흘러나가는 것을 느꼈다.

몸에서 힘이 빠지고 그대로 무릎을 꿇을 뻔했다.

"어……째서."

"모르겠나? 여기까지 왔으니 이제 너는 쓸모가 없거든, 용사님. 마력이 담긴 팔만 있다면 이제 나라도 마왕을 죽일 수 있으니까 말이야."

"무슨…… 소리야."

떨어진 오른팔을 치유 마법으로 접합하려고 남은 왼팔을 뻗었을 때였다. 갑자기 날아온 마법이 가슴을 꿰뚫었다.

"커……헉."

치밀어 오르는 구토감. 저도 모르게 토해낸 그것은 새빨간 피였다.

나의 피냄새가 방 안에 퍼졌다.

"깔끔하게 죽으라고, 아마츠."

나를 공격하고 내뱉듯이 그리 말한 것은 디오니스였다.

인간과는 다른 종족이면서도 마왕군의 폭거는 용납할 수 없다면 일어선 귀족 남자. 마법과 검술 양쪽을 사용하는, 든든한 동료.

어째서 이 녀석들이 나를 공격하는 거지?

마족의 세뇌라도 당했나?

상황을 이해할 수 없었다.

"류자스. 아직 아마츠는 상황을 받아들이지 못하는 모양이야."

멍하니 상처를 누르는 나를 디오니스는 비웃었다.

"뭐, 어쩔 수 없겠지. 동료의 인연도 있으니 가르쳐주지. 영웅 아마츠는 마왕과의 싸움에서 전사. 남은 셋이서 마왕을 쓰러뜨리고, 우리는 네 죽음을 애도하면서도 영웅으로서 나라로 개선한다. 처음부터 이런 계획으로 정해놓았거든."

그 말에 대답하는 류자스는 이제까지 본 적이 없을 정도로 추악한 표정을 짓고 있었다.

"그렇지. 마왕을 약하게 만들고 우리를 여기까지 데려온 시점에서, 네 역할은 끝났다는 거야."

소환과 동시에 내 오른팔에는 막대한 마력이 깃들어 있었다. 그 힘을 완전히 사용할 수 있는 유일한 존재가 『용사』였다.

“용사의 힘이 없어도 이제 류자스에게 마력을 양도하면 마왕은 죽일 수 있으니까. 이걸로 네 역할은 끝이라는 거지, 알겠나?”

3년이라는 세월.

긴 여행을 함께 했던 전우들이 비웃음을 띤 채로 나를 죽이려 하고 있었다.

“어째서야…….”

몸에서 힘이 빠져나가고, 나는 땅바닥에 쓰러졌다.

그 모습을 낄낄 비웃는 류자스와 디오니스.

“안심해, 아마츠. 네 의지는 내가 이어받아서, 마왕을 확실하게 내 손으로 죽여줄 테니까!”

“……루시……피나.”

거슬리는 류자스의 목소리를 무시하고 루시피나를 불렀다.

이쪽 세계에서 처음으로 나를 다정하게 대해준 여성.

루시피나만큼은 내 동료라 믿고 싶었다.

“아마츠 씨.”

내 말에 루시피나는 평소처럼 다정하게 미소 지었다.

“뒷일은 우리한테 맡기세요. 당신의 역할은 이제 끝났어요.”

"어……?"

그러나 그녀의 눈은 무기질적으로, 나를 보고 있지는 않았다.

"잠깐만……. 어째서야. 약속했잖아……? 이 싸움이 끝나면 다툼이 없는 세계를 만들자고."

"후, 후훗."

참을 수 없다는 듯, 루시피나는 실소했다.

그 모습에 나는 얼어붙었다.

이 녀석은 정말로 그 루시피나인 거냐고.

"다툼이 없는 세계? 아아…… 당신은 진심으로 그런 생각을 했군요. 다른 세계에서 온 주제에 이 세계를 구한다? 우스꽝스럽다고 생각하지는 않나요?"

"뭐……?"

무슨, 말이야?

"크하하! 걸작이네, 아마츠. 그런 목표를 가지고 싸운 건 네놈뿐이라는 소리야."

"꿈은 자면서 꾸는 거라고?"

나를 비웃는, 동료들.

이건 정말로 현실인가?

꿈이라 믿고 싶어도 온몸의 통증이 현실을 들이밀었다.

"필요한 만큼의 마력은 받았어. 루시피나, 거기 남은 쓰레기를 청소해줘."

"그럼, 아마츠. 영원히 잠들어서 마음껏 꿈꾸도록 해요."

류자스의 그 말에 루시피나가 마법을 두른 검을 들었다.
아직 다리는 간신히 움직인다.
하지만 마음은 이미 꺾여 있었다.
"안녕히 가시길――『영웅 아마츠』."
그리고 루시피나가 검을 휘둘렀다.
엄청난 마력이 담긴 검에 나는 벽을 박살내고 마왕성 밖으로 낙하했다.
더 이상 통증은 느껴지지 않았다.
그저 배신당했다는 말만이 떠올랐다.
이제까지의 나날은 대체 무엇이었을까.
저 녀석들의 비웃는 시선이 뇌리를 불태우며 떨어지지 않았다.
"젠……장."
다툼을 끝내고 싶다는 내 생각은 잘못된 것이었을까.
이제까지 한 일은 잘못된 것이었을까.
그것도 이제는 알 수 없었다.
실의, 그리고 동료를 향한 격렬한 증오 가운데, 무언가가 으깨지는 소리가 들리고 내 의식은 꺼졌다.
이것이 첫 번째 소환의 전말.
동료에게 배신당하고, 비웃음 당하고, 살해당한 용사의 결말이다.

◆ ◆ ◆

저벅, 저벅. 복수의 발소리가 울렸다.

눈을 뜨고 시선을 들자 국왕에게 보고하러 갔던 기사가 돌아오는 참이었다.

인원은 다섯으로 늘었다.

"폐하께서 부르신다."

기사 넷이 이쪽을 경계하고 다른 한 기사가 열쇠다발을 사용해서 감옥 문을 열었다.

이것으로 떳떳한 자유의 몸이다.

따로 몸이 구속되지는 않으니 마음대로 도망칠 수 있다.

하지만 아직 그런 짓은 하지 않는다.

행동에 나서기에는 아직 모르는 것이 너무도 많았다. 마력을 잃었고, 그대신 잘려나갔을 터인 팔이 재생되었다. 행동하기 전에 이것저것 조사할 필요가 있겠지.

초조해할 건 전혀 없었다.

순종적인 자세를 내비치고 있으면 기회는 얼마든지 있다.

——기다려라, 류자스.

연신 올라가려는 입가를 누르며 나는 감옥 밖으로 나왔다.

제2화 『현상파악』

국왕의 부탁은 간단한 것이었다.

『마왕을 쓰러뜨리기 위해 싸워주었으면 한다.』

그것뿐이었다.

용사로서 싸운다면 살아가는 데에 필요한 것은 모두 마련해주고, 원한다면 좋아하는 오락을 주겠다나. 첫 번째 소환 때보다도 훨씬 높은 대우였다. 그만큼 용사를 필요로 하는 거겠지. 나를 벌하지 않았다는 것으로도 알 수 있었다.

원래 세계로 돌아갈 수 있느냐고 물었더니 『현 단계에서는 불가능하다』는 대답이 돌아왔다.

나를 소환하는 데에 마력을 모두 사용하여, 귀환시킬 수 있을 만큼의 마력이 왕국에는 없었다.

6년만 있으면 확실하게 귀환시킬 수 있다고, 국왕은 그렇게 말했다.

흥, 웃기네.

지난번에는 4년이라고 그러더니 이번에는 6년. 2년이나 늘어났군.

국왕의 말은 전혀 신용할 수 없었다.

허나 그럼에도 나는 말했다. 『용사로서 싸우겠습니다』라고.

당연히 그럴 생각은 털끝만큼도 없지만.

하지만 표면상으로는 그 말에 따르는 편이 여러모로 편

하겠지.

류자스를 죽일 기회는 많이 만들어두어야 한다.

게다가 막 소환되어 상황을 알 수 없었다. 마지막으로 만났을 때와는 다른 국왕인 것을 보면 세월이 몇 년은 흘렀을 가능성이 높았다. 행동에 나서기 전에 정보를 수집하는 게 현명하겠지.

이리하여 나는, 표면상으로는 왕국의 용사가 되었다.

"그렇지, 아직 이름을 묻지 않았군. 용사여, 이름을 들려주지 않겠나."

헤어질 때, 국왕이 건넨 질문에,

"——아마츠키 이오리입니다."

당연히 아마츠라고 대답하지는 않았다.

◆ ◆ ◆

다음날부터 왕국이 정한 스케줄에 따르게 되었다.

오전 중에 이 세계의 지식에 대해서 배운다.

오후는 기사의 전투 지도.

저녁식사 후에는 마법사의 마법 지도.

사이사이에 점심식사나 휴식이 포함되지만, 대략 이런 느낌이었다.

솔직히 말해서 시간 낭비였다.

기사의 움직임에는 낭비가 많고, 마법 지도도 효율이 나빴다. 기사단과 마법사의 숙련도가, 내가 있던 시대보다도 뒤떨어졌다.

그러나 의심을 사지 않도록 처음 듣는 척을 해야만 했다.

류자스 건으로 이미지는 최악이었다. 24시간, 마법사에게 감시를 받고 있으니.

감시의 시선을 빠져나가는 건 가능하겠지만 그건 상책이 아니었다. 마법을 쓸 수 없는 현 상태에서는 신중하게 행동할 필요가 있으니까 말이다.

한동안은 순종적인 용사를 가장하며, 감시의 시선이 느슨해질 때까지는 철저히 정보 수집에 매진하기로 했다.

◆ ◆ ◆

두 번째 소환 이후로 20일이 흘렀다.

그 후로 감시의 시선도 느슨해져서 야간에는 다소나마 자유로이 돌아다닐 수 있게 되었다.

하루의 스케줄을 소화한 뒤, 서고로 향했다.

낡은 종이의 냄새가 가득한 서고에서 손에 든 것은 『아마츠』에 대해 적혀 있는 책이었다.

최근 며칠 동안의 정보 수집으로 알게 된 사실이 있었다.

보아하니 그날 이후로 30년의 세월이 흐른 듯했다.

아무리 그래도 이렇게나 시간이 지났다는 사실에는 놀랐다.

하지만 그렇다면 국왕이 바뀐 것도 납득이 갔다.

잘 생각해보면 류자스 녀석도 늙은 모습이었다.

그리고 또 하나.

아무래도 마왕 오르테기어는 살아있는 모양이었다.

"……걸작이네."

이 사실을 알았을 때, 너무나도 바보스럽다는 생각에 무심코 웃어버렸다.

요컨대 그놈들은 마왕 토벌에 실패한 것이었다.

네가 없어도 마왕은 쓰러뜨릴 수 있다고 비웃은 주제에.

대체 무엇을 위해서 나는 살해당했느냐, 이제는 웃을 수밖에 없었다.

그 후, 마왕은 오늘에 이르기까지 마왕성에서 계속 힘을 비축하고 있다.

그 마왕이 움직이기 전에 왕국은 황급히 나, 용사를 부른 모양이었다.

왕국의 서고에는 『영웅 아마츠』나 마왕에 대한 서적이 갖추어져 있었기에 조사하는 것은 간단했다.

사실과 다른 기술은 많이 있었지만.

아무래도 나는 마왕에게 살해당했다나. 마왕 앞까지 가지도 못했는데 말이다.

그리고 하나, 서고의 책에는 신기한 점이 있었다.

루시피나와 디오니스, 두 사람의 이름이 어디에도 적혀 있지 않은 것이었다. 파티 안에서 두 사람의 존재만이 홀연히 사라졌다.

죽었다면 모를까, 이건 이상했다.

성 안에도 두 사람의 모습은 없었다.

귀족인 디오니스는 몰라도 왕국기사단에 소속되어 있던 루시피나가 없다는 것은 이상했다.

어떻게든 조사할 필요가 있을 듯했다.

"성과는 없나."

아마츠 관련 책을 뒤져봐도 역시 두 사람의 이름은 없었다.

눈에 띈 책을 몇 개 들고 서고를 나왔다.

일부러 멀리 둘러가는 길을 골라서 내 방으로 향했다. 성 안의 구조를 완벽하게 파악하기 위해서였다.

군데군데 개축되어 방의 위치 등은 몇 곳인가 바뀌었지만 대부분은 머릿속에 들어 있었다.

걷고 있자니 몇 번인가 성의 인간과 스쳐 지나갔다.

다들 머리를 숙여 인사했지만 모두 어렴풋이 모멸의 표정을 띠고 있었다.

"……저건 또 서고에 갔다왔나."

"책을 뒤적거리기 전에 마법 하나라도 쓸 수 있도록 수련해야 될 텐데."

스쳐 지나간 녀석들이 소곤소곤 험담을 하는 게 들렸다.

류자스 건으로 마법사들의 내 이미지는 최악이었다.

기사들에게도 며칠 전의 일로 원망을 받고 있었다.

내 힘을 확인하는 의미로, 모의전을 도전한 기사 중 하나와 싸워서 가볍게 쓰러뜨려버린 것이었다.

기사가 그렇게까지 약할 줄은 몰랐다.

게다가 용사이면서도 마법을 쓸 수 없다, 라는 사실까지 합쳐져서 지금에 이르렀다.

성의 녀석들에게 어지간히도 바보 취급당하고 있나 보다. 처음에는 "용사님"이었던 것이 지금은 슬쩍 "저거" 같은 식으로 불리고 있으니 말이다.

마력을 쓸 수 없더라도 내게는 갈고닦은 기술은 있었다.

눈이나 귀를 어떻게 쓰는지도 전장에서 익혔기에 떨어져 있어도 어느 정도의 목소리는 들렸다.

저 녀석들은 들릴 거라고 생각하지 않나.

"아마츠키 이오리. 저건 정말로 용사인가? 변변한 마법도 못 쓰는, 그저 애송이잖아."

어느 방 앞을 지나갈 때, 갑자기 내 이름이 들렸다.

아무래도 나에 대해서 이야기하는 모양이었다.

인간 너댓의 기척이 방 안에 있었다.

"……!"

소곤소곤 이야기를 나누는 목소리 중에 기억에 있는 것이 있었다.

"용사인 건 틀림없어. 하지만 저래서야 마왕군이랑 싸워

봐야 금방 죽어버리겠지."

쉬어 있기는 했지만 그건 류자스의 목소리였다. 아무래도 마법사 동료들과 대화를 나누는 모양이었다.

방으로 뛰어들려다가 꾹 참고, 기척을 죽이고 안의 소리를 들었다.

"마력을 쓸 수 없으면 전혀 도움이 안 되니까 말이지요."

"그래. 최소 사천왕과 맞붙을 정도는 되어야지, 안 그러면 수지가 안 맞는다고."

제대로 꽝을 뽑았다고, 류자스가 내뱉듯이 말했다.

"……크."

분노로 머리가 새하얘졌다. 입술을 깨물어 어떻게든 참아냈다.

여기서 또 손을 댄다면 순종적으로 따르는 척했던 연기가 허사가 된다.

"류자스 경은 선대, 영웅 아마츠 경과 함께 싸우셨지요. 어땠나요? 아마츠 경은."

마법사 중 하나가 물었다.

"용맹한 녀석이었지. 세계의 평화라는, 그야말로 용사다운 이상을 품고 있었어. 그 녀석의 이상을 나도 이루어주고 싶었지만…… 그런 결과가 되었다는 사실이 애석할 뿐이야."

──류자스는 그리 말했다.

유들유들하게, 정말로 애석하다는 듯이 연기를 하면서.

——그런 목표를 가지고 싸운 건 네놈뿐이라는 소리야.

그리 말하며 나를 비웃은 건 대체 누구였는지.

"그래…… 잘 알았어."

역시 너는 그런 녀석인가.

"도움이 되지 않는 용사라도 아직 쓸 방도는 있어."

류자스의 그런 말을 들으며, 부글부글 끓어오르는 감정을 억누르고 나는 방으로 돌아왔다.

그 후로 3주가 더 흘러.

——행동을 개시했다.

제3화 『30년 만의 재회』

오전 두 시.

밤이 깊어 성이 적막한 시간대.

등불을 손에 든 순찰 기사 두 사람이 성 안을 걷고 있었다.

용사의 소환에 막대한 마력을 소비한 뒤, 절약을 위해서 야간에 성 안에는 등불을 꺼놓고 있었다. 어둠으로 뒤덮인 성 안을 비추는 것은 자신이 손에 든 마법 부여품── 매직 아이템뿐이었다.

“성 안에 이상 없음…….”

“후아아…… 정말이지, 귀찮네.”

크게 하품을 하며 순찰 기사가 중얼거렸다.

당번제로 돌아오는 순찰은 다들 싫어하는 일이었다. 어둠으로 뒤덮인 성 안을 순찰하는 것은 신경이 소모되는 일이고 무엇보다도 취침시간이 줄어든다.

이전이라면 야간에도 성 안은 매직 아이템의 불빛으로 환했다. 그러니까 순찰도 지금보다는 편했는데, 용사의 소환으로 야간의 불빛은 없었다.

“그러면서 불러낸 용사가 마법도 못 쓰고 아무런 도움도 안 된다니, 대체 이게 뭐냐고.”

“탁 죽여서 마력만 회수, 다음 용사를 불러내는 건 불가능한가.”

"실력이 있는 기사를 하나 쓰러뜨렸다고 하던걸? 그리 간단하게 처리하진 못할 것 같은데?"

"그야 기습을 하면 되는 거고. 뭐, 나라면 그러지 않더라도 정면에서 그 용사를 쳐죽일 수 있을 테지만."

용사를 도구로밖에 보지 않는 듯한 말을 흘리며 기사들은 순찰 루트를 나아갔다.

한동안 걸음을 옮겨, 마침 불만을 품고 있던 용사의 방 근처로 지나갈 때였다.

갑자기 등 뒤에서 무언가가 툭 떨어지는 소리가 들렸다.

"!"

"윽."

허리춤에 찬 검으로 손을 뻗으며 두 기사는 퍼뜩 돌아봤다. 손에 든 등불로 소리가 들린 방향을 비춰봤지만 그곳에는 아무도 없었다.

"……돌?"

경계를 유지하며 그곳으로 가보니 바닥에 돌멩이 하나가 떨어져 있었다. 성 안의 정원에 있을 법한, 특이할 거라고는 없는 돌이었다.

어째서 이런 곳에 떨어져 있을까, 기사 중 하나가 몸을 숙인 순간――.

"커헉?!"

뒤통수에 퍽, 둔탁한 충격이 느껴지고 뇌리에 불꽃이 튀었다. 그것을 끝으로 기사의 의식은 날아갔다.

"이 자식……!"

남은 기사가 검을 뽑고 습격자에게 덤벼들었다.

"……?!"

습격자는 미끄러지는 듯한 움직임으로 그것을 피했다.

그뿐만 아니라 마치 마술처럼, 휘두른 검을 빼앗겨버렸다.

"도와——."

도움을 부르려고 입을 연 순간, 빼앗긴 칼자루가 기사의 안면에 때려 박혔다. 통증으로 자세가 무너진 참에, 이어서 뒤통수에 충격이 느껴졌다. 뇌리에 불꽃이 튀고 시야가 점점 어두워졌다.

"아."

흐려지는 의식 가운데, 기사는 습격자의 얼굴을 보고 무심코 중얼거렸다.

조금 전에 "나라도 죽일 수 있겠다"라고 말한, 마법도 못 쓰고 아무런 도움도 안 되는 용사.

그곳에는 바로 그, 아마츠키 이오리가 있었다.

등줄기가 얼어붙을 정도로 싸늘한 눈빛인 소년의 모습을 확인하고, 기사는 완전히 의식을 잃었다.

◆ ◆ ◆

"후우."

기절한 두 기사를 내 방으로 밀어 넣고 나는 작게 한숨을 내쉬었다.

장비하고 있던 검을 떼어내고 어두운 방 안에서 득의양양하게 미소 지었다.

"이걸로 첫 단계는 클리어네."

무기는 엄중하게 관리되고 있는 터라 이제까지 훔쳐내지 못했지만, 간신히 손에 넣었다.

빼앗은 검을 휘둘러서 사용감을 확인했다.

양산품이기는 하지만 마력이 담겨 있어서 나름대로 쓰기 편했다. 조금 전의 목검보다는 훨씬 쓸모 있겠지.

갑옷은 오히려 방해가 될 가능성이 높기에 건드리지 않았다.

이곳에 온 뒤로 2주 이상의 시간이 흘렀다. 서고에서 손에 넣을 수 있는 정보는 모두 머릿속에 들어 있었다. 성의 구조도 완전히 파악했고 기사의 순찰 루트, 인원수도 확인했다.

순종적인 용사를 가장하여 무력하고 전혀 쓸모가 없는 척 연기를 했기에 나에 대한 경계도는 상당히 내려간 상태였다.

무기를 손에 넣었으니 상황은 갖추어졌다.

"이제야."

이제야 류자스에게 갈 수 있다. 이 시간대, 그 녀석이 어디에 있는지도 조사를 마쳤다.

끌려올라가는 입술을 억누르고 방에서 나왔다.

목표는 류자스의 마법공방. 그곳에 녀석이 있다.

"기다려라, 류자스."

◆ ◆ ◆

"……칫."

자신의 마법공방에서 류자스 길버언은 짜증스레 혀를 찼다.

짜증의 원인은 소환한 용사, 아마츠키 이오리였다.

소환 첫날에 그 남자에게 기절할 때까지 얻어맞았다. 이오리에게 얻어맞은 상처는 이미 치유마법으로 완치되었다.

그러나 류자스의 분노는 사라지지 않았다.

그저 이용하기 위해서 불렀을 뿐인 존재가 자신을 거스르다니, 너무도 화가 치밀었다.

그 후에 곧바로, 류자스는 국왕에게 진언했다. 아마츠키 이오리는 위험하다, 『예속(隸屬) 마법』을 사용해서 노예로 만들어버려야 한다고.

예속 마법이란 주로 노예에게 사용되는 마법이다. 대상의 행동을 제한하고 시키는 대로 행동하게 만드는 효과가 있다.

류자스에게는 용사도 시간을 들여서 준비하면 예속시킬 수 있다는 자신감이 있었다.

그러나 국왕은 고개를 끄덕이지 않았다.

아직 상황을 더 지켜봐야한다고.

그 후로 상당한 시간이 지났지만 아직 허가는 내려오지 않았다. 그 사실에 류자스는 짜증을 내고 있었다.

자신을 두들겨 팬 용사에게 마력이 없다는 것도 짜증의 원인 중 하나였다.

혹사시키려고 해도 이렇게나 쓸모가 없어서야 전혀 의미가 없었다.

소환한 용사에게 얻어맞고, 게다가 자신이 소환한 용사는 도움이 되지도 않는다. 이 이상은 류자스의 평판에 지장이 생긴다.

"쓸모가 없더라도 저 팔에 있는 『용사의 증표』는 진짜야. 팔을 잘라서 증표를 빼앗으면 막대한 마력이 손에 들어온다."

――그 멍청이 때처럼.

용사의 증표를 빼앗아도 용사의 힘을 완전히 손에 넣을 수 있는 것은 아니었다. 급속하게 성장해서 증표를 완전히 사용할 수 있기에 용사는 용사인 것이었다.

하지만 막대한 마력을 손에 넣으면 그 용사가 없더라도 사용할 방법은 얼마든지 있었다.

류자스는 증표에서 완전하게 마력을 빼앗기 위한 준비

를 진행하고 있었다.

국왕의 허가가 내려오지는 않았다. 그러나 그런 건 결과만 낸다면 어떻게든 된다.

용사의 힘을 이용해서 류자스 자신이 용사가 된다.

그 미래를 상상하고 미소를 띤 그때였다.

"……!"

갑자기 공방의 문이 열리고 소년 하나가 안으로 들어왔다. 류자스는 무심코 눈을 크게 떴다.

아마츠키 이오리.

힘을 빼앗으려 생각하고 있는 용사의 모습이 그곳에 있었기 때문이었다.

"……무슨 생각입니까, 용사님. 이곳은 마법공방, 멋대로 들어오는 건 곤란합니다. 바로 나가주셨으면 합니다."

위압하듯 노려보고 밖으로 나가도록 경고했다.

그러나 위압을 당하기는커녕 이오리는 깔보듯이 웃었다.

"네놈이 존댓말을 쓰다니, 아주 웃기는데."

"……뭐라고?"

모멸로밖에 들리지 않는 말에 류자스의 이마에 힘줄이 떠올랐다. 멋대로 공방으로 들어온 것만이 아니라 비웃는 것 같은 이 태도.

마법도 쓰지 못하는 쓰레기 같은 용사 주제에 궁정마법사인 자신을 바보 취급하다니 용서할 수 없었다.

——이 자리에서 증표를 빼앗아버릴까?

증표에서 힘을 탈취하는 연구는 이미 한 번 성공했다. 그 후의 연구로 더욱 효율적인 수단도 만들어냈다.

준비도 거의 끝났고 현재는 개량의 여지가 없는지 검증하는 단계였다. 남은 것은 증표를 빼앗는 것뿐.

마법공방에는 방음 처리가 되어 있으니 바깥으로 소리가 새어나갈 일은 없었다.

지금은 심야, 방해꾼이 나타날 걱정도 없었다.

"공방에서 나가지 않는다면 저로서도 생각이 있습니다."

이오리에게서 보이지 않은 위치로 팔을 숨기고 마력을 집중했다.

사용하는 것은 포박용 마법이었다.

아마츠와 함께 싸우던 때와 비교하면 위력은 크게 떨어졌지만, 용사라는 이름뿐인 애송이 하나를 붙잡는 것은 어린아이 손목을 비트는 것이나 마찬가지였다.

제멋대로 지껄여댄 것을 당장 후회하게 만들어주마, 류자스가 입술을 일그러뜨렸을 때였다.

"그 생각이라는 건……."

이오리가 자세를 슥 낮췄다.

"아마츠를 죽였을 때와 마찬가지로 나도 죽이겠다는 건가?"

"윽——?!"

류자스는 마치 둔기로 얻어맞은 듯한 충격을 느꼈다. 눈앞의 용사가 자기 말고는 아무도 모를 터인 정보——. 누구에게도 밝힌 적이 없는 사실을 이야기하자 마법 발동이 늦어졌다.

그 직후, 이오리가 움직였다.

바닥을 박차고 반쯤 날듯이 내달렸다.

짐승 같은 그 속도에 류자스의 사고가 돌아왔다.

"크——?!"

무시무시한 속도로 거리를 좁히는 이오리를 향해 류자스는 황급히 마법을 펼쳤다.

대상을 마비시켜 움직임을 봉인하는 전격 마법. 파직파직 불꽃을 튀기며 번개가 이오리에게 들이닥쳤다.

하지만.

"윽?!"

동요로 살짝 표적에서 빗나간 번개를, 이오리는 미끄러지는 듯한 움직임으로 피했다. 한순간의 낭비도 없이, 이오리는 그대로 류자스를 향해 다가왔다. 역전의 전사 같은 움직임에 류자스에게서는 일말의 여유가 사라졌다.

포박 따윈 머릿속에서 사라지고 살상용 마법을 펼치려고 한 순간.

"아아?!"

이오리의 팔이 흔들리는가 싶더니 마법을 펼치려던 류자스의 팔에서 피가 뿜어 나왔다.

어느샌가 이오리의 팔에는 기사검이 들려 있었다.

"끄아아아아아악."

이어서 반대쪽 어깨에도 칼날이 틀어박혔다.

수호 효과가 있는 로브를 입고 있었지만 대미지를 완전히 무효화시킬 수는 없었다.

칼날이 어깨의 살점을 도려냈다.

절규했지만 방음 가공된 공방에서 바깥으로 비명이 새어나가지는 않았다.

어깨에서 검을 뽑고, 이오리가 류자스의 목덜미에 그 검을 가져다 댔다.

"동요하면 제대로 조준하지 못하는 단점은 아직 고치지 못한 모양이로군."

"너, 너는 대체!"

"아직도 모르겠나?"

얼어붙을 듯이 차가운 목소리였다.

꿰뚫을 것 같은 눈빛에 류자스는 데자뷔를 느꼈다.

"설……마."

"그래."

예전의 동료――그 분위기가 어린 표정으로 이오리는 말했다.

"――나는 아마츠라고, 류자스."

제4화 『실망의 각인』

적막한 마법공방 안. 기사검을 눈앞에 둔 류자스의 표정이 창백을 넘어 흙빛이 되었다.

"왜 그러나, 류자스. 마치 유령이라도 보는 것 같은 표정인데."

"저, 정말로…… 정말로 너는 아마츠인가? 하……하지만 너는."

"——죽었을 터, 라고?"

『아마츠키 이오리』가 알고 있을 리 없는 정보를 입에 담았기에 내가 아마츠임을 이해한 듯했다.

류자스는 눈을 크게 뜨고 떨리는 목소리로 소리쳤다.

"말도 안 돼! 나는, 확실히 용사를 소환했을 터다! 어째서 네놈이 이곳에 있지?! 그 모습은 또 뭐냐?! 어떻게……."

"닥쳐라."

"크, 아아악."

마력이 담긴 기사검을 찔러 넣어도 류자스의 몸을 완전히 꿰뚫지는 못했다. 이 녀석이 입고 있는 로브에는 상당히 고도의 방어 마법이 부여된 모양이었다.

"잠깐만, 아마츠! 죽이지 마!!"

"……나를 죽여 놓고서 그렇게 말하는 건 너무 제멋대로 아닌가?"

용서할 거라고 생각하기라도 하나?

헛소리도 정도껏 해야지.

"그게 아냐! 나, 나는 디오니스와 루시피나한테 속았다고!!"

그 이름을 듣고, 들고 있던 기사검의 움직임을 멈췄다.

두 사람한테 속았다?

"그 녀석들이 아마츠만 죽이면 마왕을 죽인 명예는 나한테 넘겨준다고 그랬어!"

"……이봐, 이 지경에 이르러서도 아직 거짓말을 할 거라면."

"그게 아냐! 정말이야!! 정말로 그 녀석들은 나한테 그렇게 말했다고!"

필사적인 태도로 류자스가 설명했다.

마왕성으로 돌입하기 며칠 전.

『타이밍을 노려서 아마츠를 죽이자.』

두 사람은 류자스에게 그리 제안했다고 한다.

"너는 거기에 편승했나."

"그, 그래……. 하, 하지만 그건 나만이 아니야! 마왕성에서 벌어진 싸움에 지원으로 참가했던 녀석들도 몇 명인가 이 이야기에 가담했어!!"

마왕군을 쓰러뜨리기 위한, 인간과 아인의 연합군.

거기에 참가했던 귀족이나 웨어울프(인랑종) 등의 종족 몇 명이 나를 죽이기 위한 계획에 협력했다고 한다.

그자들의 이름을 류자스는 술술 이야기했다.

"아아…… 그 녀석들인가."

이름을 듣고 곧바로 떠올랐다.

그들 모두가 내 이상에 찬동하고 협력을 아끼지 않겠다며 접근했던 녀석들이었으니까.

미소를 띠고 협력을 이야기하는 녀석들의 목소리는 아직도 기억하고 있다. 그런 녀석들이 돈이나 명예를 담보로 나를 죽이는 것에 가담했다.

"크크……."

평화를 위해서, 인간에게 협력한다.

그리 말하는 그 녀석들을 믿었던 나 자신의 어리석음에 무심코 웃음이 넘쳐흘렀다.

용사로서 인정받았다며 기뻐했던 나를 때려죽이고 싶네.

"——그래서?"

"히익?!"

웃음을 터뜨린 내게서 뒷걸음치는 류자스에게 조용히 뒷이야기를 재촉했다.

"그, 그래서 우리는 루시피나의 작전대로 움직였어."

아인들은 우리의 파티를 따라서 지원을 위해 마왕성으로 돌입하려던 인간들을 마족인 척 붙잡아 아무도 나를 도우러 올 수 없는 상황을 만들어냈다.

"아아…… 그러니까 후방부대가 들어오지 못했나."

류자스의 말에 납득했다.

표정을 봐도, 벌어진 일을 미루어 봐도 거짓말을 하는 것처럼 보이지는 않았다.

그리고 그 뒤는 내가 아는 그대로였다.

내가 마족과 싸우고 있는 타이밍에 용사의 힘이 깃든 오른팔을 잘라냈다.

약해진 마왕을 쓰러뜨리는 것은 류자스의 마법만으로도 충분하다. 그러니까 마족과의 싸움으로 소비된 마력을 보충하고, 동시에 더는 쓸모가 없는 나도 처분할 수 있다.

"……과연."

이런 작전을 세운 두 사람에게도, 그에 편승한 류자스와 아인들에게도 구역질이 났다.

"그래서 너는 대체 무얼 속았다는 거지?"

"디오니스와 루시피나는 마왕군의 스파이였다고!"

"……뭐?"

그 두 사람이 마왕군의 스파이?

뜬금없는 말에 나도 모르게 굳어버렸다.

하지만 류자스의 표정은 필사적이라 거짓말을 하는 것처럼 보이지는 않았다.

"너를 죽인 뒤, 디오니스에게 기습을 당했어. 아마츠만 죽었으면 너도 더는 쓸모없다고! 나도 그 녀석들에게 배신당했어!"

그리 말하고 류자스는 소매를 걷더니 팔을 내보였다. 그곳에는 베인 듯한 깊은 흉터가 새겨져 있었다.

디오니스에게 당한 상처라고 한다.

나를 죽인 뒤, 그 두 사람은 류자스를 끝내려고 했다나.

다른 아인들과의 약속도 내팽개치고.

"그럼 어째서 너는 살아있지?"

"루시피나가 『용사가 패배했다는 사실을 전할 인간이 필요하다』고 하면서 디오니스의 공격을 막았어……."

인간에게 『아마츠의 패배』, 그리고 『루시피나와 디오니스의 배신』을 이야기한다는 조건으로 류자스는 풀려났다.

왕국으로 돌아온 류자스는 『루시피나와 디오니스가 배신하여 아마츠를 죽였다』라고 보고했다나.

약삭빠르게 자신을 제외하는 부분이, 참을 수 없이 웃기는구나.

"그래서 그들, 그리고 아인. 이 작전에 찬동한 녀석들은 지금 어디에 있지?"

"루시피나와 디오니스는 마왕군이야. 귀족도 그를 따라갔어. 웨어울프는 버려져서 지금은 아마도 연합국의 온천 도시에 있을 거야……!"

"호오……."

류자스의 말이 사실이라는 보증은 없었다.

하지만 사실이라면 서적에서 두 사람의 이름이 지워진 것도 납득이 갔다. 용사가 동료에게 살해당했다니, 그 사실을 도저히 공개할 수는 없었을 테지. 하물며 배신자 중에 왕국이 선출한 기사가 포함되어 있다면 더더욱 그렇고.

"그래, 그렇지?! 나는 잘못이 없어! 그 녀석들이 나를 속인 거야! 나도 피해자라고!!"

발밑에서 류자스가 울부짖었다.

이야기가 사실이라면 확실히 이 녀석도 아인도 그 두 사람에게 속은 거겠지.

루시피나도, 디오니스도 나를 속이기 위해서 계속 연기를 했다고 생각하니 그저 살의만이 솟구쳤다.

하지만.

그럼에도 류자스가 배신했다는 사실에는 변함이 없었다.

용서할 수 있을 리가 없었다.

"협력하자, 아마츠! 우리를 배신한 그 두 사람은 죽여버리는 거야! 너를 배신한 아인에게 복수해도 돼! 그리고 이번에야말로 마왕 녀석을 쓰러뜨리자!! 나와 너라면 틀림없이 할 수 있을 테니까!"

굳은 미소를 띠고 손을 내미는 류자스.

그를 상대로 나는——.

"닥쳐라."

기세 좋게 검을 휘둘렀다.

로브의 보호를 받은 살점이 살짝 베이고 선혈이 뿜어 나왔다.

"아, 아아……! 피가…… 아마츠, 무슨 짓을——."

"용서할 거라 생각하기라도 하나?"

확실히 이 녀석은 속은 걸지도 모른다.

하지만, 말이다.

나를 배신했다는 사실은 변하지 않는다.

나는 이런 녀석에게 뒤를 맡겼던 건가. 스스로의 멍청함에 그저 웃음만 나온다.

"……류자스. 의식의 방이랑 보물 창고에 걸린 봉인과 해제 방법을 말해."

중요한 장소에는 마법사가 공들여서 봉인을 걸어둔다. 이것을 풀려면 그것을 웃도는 마법을 부딪치든지 사전에 정해진 문구를 입에 담든지, 그 둘 중에 하나밖에 없다.

"봉인……? 어째서지."

"됐으니까 말해."

검을 들이밀자 류자스는 비명이 섞인 봉인 해제 방법을 입에 담았다. 표정을 보니 거짓말을 하는 것 같지는 않았다.

이것으로 이 녀석에게서 알아낼 수 있는 것은 모두 알아냈다.

하지만, 하나만 더.

"……마지막으로 묻겠다."

답을 듣는다고 해도 무언가 바뀔 리는 없다.

하지만 그럼에도 단 하나, 꼭 묻고 싶은 것이 있었다.

"나는…… 전쟁을 끝내고 모든 종족이 공존할 수 있는

세계를 만드는 게 목적이었다. 루시피나도…… 너희도 그리 생각하고 싸우는 거라 생각했지. 하지만 사실은, 너희는 그런 내 생각을 비웃고 있었나……?"

세 사람이 있었기에 나는 계속해서 싸울 수 있었다.

처음으로 그저 흘러가는 것이 아니라 자신의 의지로 하고 싶은 일을 발견할 수 있었다.

그것은 모두 착각이었나?

"……부, 불가능한 꿈이라고는, 생각했어. 마왕을 쓰러뜨린다고 해서 공존할 수는 없다고."

류자스는 말했다.

인간은 마족과 공존할 생각 따윈 없었다. 반항하는 자는 모두 죽이고 항복한 자는 노예로 삼는다.

그 싸움 끝에 기다리던 것은 그런 미래였다고.

"아아, 그런가."

내 안에서도 해답이 나왔다.

뭐가 공존이냐――멍청하긴.

결국 나는 동료가 이야기한 이상을 따라 흘러갔을 뿐이었다. 같은 동료들조차 제대로 대하지 못했는데 많은 종족이 공존하다니 애당초 무리한 이야기였던 것이다.

아아, 실망했다.

너희를 믿었던 나 자신에게.

"이제 너에게 묻고 싶은 건――."

"그, 그렇지, 아마츠. 너한테 보여주어야만 하는 게

있어.”

말을 가로막고 조급하게 류자스가 공방 안쪽에 있는 선반을 가리켰다.

“……뭐냐?”

“그, 그 녀석들과 관련된 거야. 말로 하는 것보다 보는 게 빨라.”

“……알았다. 거기까지 걸어가.”

검은 들이댄 채 류자스에게 걸으라고 재촉했다. 그가 향한 곳은 연구재료가 진열된 선반이었다.

“설마 네가 살아있을 줄은 몰랐다고……. 어떻게 거기서 살아남았지? 게다가 그 몸은.”

“……닥치고 걸어. 너한테 가르쳐줄 건 없어.”

내가 오히려 묻고 싶을 정도니까 말이다.

내가 살아있는 건 왕국이 진행한 두 번째 소환과 관련이 있을까.

그렇다고 해서 왕국에게 감사할 생각은 추호도 없지만.

“……여기에 있어.”

선반 앞에 다다르자 류자스가 문을 열고는 안으로 손을 집어넣었다.

“저기, 아마츠. 아까 공존할 수는 없다고 그랬잖아? 그때는 확실히 그렇게 생각했어. 하지만 지금은 아냐.”

뒤적뒤적 손을 계속 움직이며 류자스는 그리 말했다.

“그 후로 나는 네가 옳았다는 사실을 깨달았어. 너를 죽인 것도 계속 후회했지. 속죄하고 싶다 생각했어……!"
목소리와 어깨를 떨며 류자스가 하는 이야기를 나는 그저 묵묵히 듣고 있었다.
"저기, 아마츠. 왕국에서 나갈 생각이겠지? 그렇다면 내가 돕게 해줘. 나라면 너를 안전하게 밖으로 빼낼 수 있을 거야! 부탁이야, 네게 협력하고 싶어!"
"……정말로 그렇게 생각하나?"
"그래! 정말이야!"
"……그런가."
이야기하는 동안에 목표로 하던 물건을 발견한 모양이었다. 류자스가 선반에 집어넣은 손을 다시 뺐다.
"어디 보자고."
"……그 전에 꼭 해야 할 말이 하나 있어."
그리고 무언가를 움켜쥔 류자스가 몸을 돌리더니,
"——옛날부터 너는 너무 무르다고!!"
손에 마력을 두르고 나를 향해 내질렀다.
마력으로 강화된 그의 손끝은 칼날 같은 날카로움을 지니고 있었다.
"머저리가!"
내지른 손가락의 칼날.
맞는다면 내 몸 따윈 손쉽게 갈라버리겠지.
맞는다면, 말이다.
"뭣이?!"

손날은 내게 맞지 않고 허공을 갈랐다.

나는 류자스의 공격을 경계하여 바로 피할 수 있는 위치에 서 있었다.

"변한 게 없구나. 너는 전혀."

알고 있었거든.

그럴싸한 소리를 하면서 속이려고 들 거라는 정도는.

이 녀석은 마법사로서는 우수하지만 접근전은 특기가 아니었다. 늙은 탓인지 디오니스에게 당한 부상 탓인지 움직임도 둔했다.

이걸 피하는 것 정도는 지금의 나라도 할 수 있었다.

"히익."

굳은 표정과 함께 류자스가 비명을 질렀다.

공격을 피하고 그의 목덜미를 향해 기사검을 내지르려는——바로 그 순간.

"이, 이걸 봐라!"

류자스가 자신의 로브를 펄럭 뒤집었다.

로브 안에는 붉게 빛나는 문장이 새겨져 있었다.

"내가 죽는 것과 동시에 주변 일대를 날려버리는 마법을 넣어뒀지! 여기서 나를 죽이면 네놈도 같이 저세상행이라고?!"

마력을 얼마나 모았을까.

새빨갛게 빛나는 문장에서 꺼림칙할 정도의 마력량이 느껴졌다.

류자스를 죽이면 정말로 성이 통째로 날아가는 규모의 폭발이 일어나겠지.
“크, 크크크.”
진심으로 우습다는 듯 류자스가 웃었다.
“게다가 네놈이 죽는 것만이 아니야. 성에 있는 녀석들도 모두 죽는다! 네놈의 소환과는 관련이 없는, 아무런 죄도 없는 인간도 말려든다고! 그래도 너는 나를 죽일 수 있겠느냐?!”
이제까지의 겁먹은 표정에서 돌변, 류자스는 싱글싱글 득의양양한 미소를 띠고 있었다.
인간이란 이렇게까지 추악해질 수 있는 것인가, 무심코 감탄해버렸다.
“못 죽이겠지? 네놈은 적이었던 마족조차 못 죽이는 어리광쟁이니까 말이야!”
문장을 내보이고 자신을 미끼로 삼듯 류자스가 거리를 좁혔다.
일부러 자기 목을 칼날에 들이미는 척을 하면서.
“해봐, 나를 죽여보라고! 자, 아마——.”
내가 날린 발차기가 류자스의 안면에 꽂혔다.
코뼈가 부러지는 감각이 전해졌다.
“커허윽?!”
그 충격으로 류자스가 등 뒤에 있던 환기용 창문에 부딪혔다.

그대로 부서지고 머리부터 거꾸로 낙하했다.

"으아아아아아악!"

단말마 같은 비명이 꼬리를 끌고, 이윽고 더는 들리지 않게 되었다.

이 방은 상당한 높이에 있다. 인간이 밑으로 떨어진다면 확실하게 살아날 수는 없겠지.

하지만 폭발은 일어나지 않았다.

이 높이에서 떨어지고도 그 쓰레기는 아직 살아있는 것이다.

30년 전의 이야기인데, 저 녀석은 이 세계에서도 최강 클래스의 마법사였다. 상당히 쇠퇴하기는 했지만 이 정도로 죽을 리가 없었다.

"……기분 나쁜 신뢰야."

과연, 저 로브가 있는 한 류자스는 죽일 수 없다.

보아하니 억지로 벗기려고 해도 장치가 발동하게 되어 있는 모양이니까. 게다가 지금의 나로서는 일대일로 싸워 봐야 저 녀석에게 이길 수는 없겠지.

이번에는 성공했지만 기습이 두 번이나 통하리라고는 생각되지 않았다.

"……힘을 되찾을 필요가 있겠군."

예전의 힘을 되찾을 수 있다면 저 로브가 발동해도 버틸 수 있다.

정면으로 싸워도 저 녀석을 죽일 수 있겠지.

게다가 마왕군의 스파이였다는, 그 두 사람도 만나러 가야만 한다.

류자스에게 이름을 들은 아인 녀석들한테도 제대로 갚아줘야 하니까 말이다.

앞으로의 방침은 정해졌다.

예전의 힘을 되찾고 그 녀석들에게 복수한다.

힘을 되찾는 방법은 이미 생각해두었다.

그를 위하여 다음 행동으로 넘어가자.

아직 해야만 하는 일이 몇 가지 있었다. 제멋대로 소환해준 왕국에게도 갚아줘야 하니까 말이다.

"아아, 그렇지."

떨어진 류자스에게 남겨 놓을 선물을 떠올리고 작게 웃었다.

저 녀석이 걸려들지는 모르겠지만 시험해보는 것도 재미있겠지.

"——기다려라."

그리 중얼거리고, 마법공방을 뒤로했다.

제5화 『함정에 빠뜨리다』

"으……아아."

성 중앙정원에서 류자스는 격통에 몸부림치고 있었다.

떨어졌을 때에 부딪힌 등에서 날카롭고 무거운 통증이 느껴졌다. 반응이 늦은 탓에 낙하의 충격을 완전히 죽이지는 못한 것이었다.

그밖에도 부서진 코, 베인 팔이나 어깨에서 욱신욱신 통증이 느껴졌다. 그 격통에 호흡마저 제대로 쉴 수 없었다.

"허억, 허억, 젠장…… 젠장, 젠장할……!"

몇 분 뒤, 살짝 통증이 가신 참에 류자스는 몸을 일으켰다.

거칠게 호흡하며 류자스는 천박하게 마구 떠들어댔다.

"그 빌어먹을 놈……! 까불어대기는!"

이용당했다는 사실도 모르고서, 유치하고 하찮은 이상을 앞세우던 멍청한 애송이.

류자스의 입장에서 이오리는 그런 존재였다.

그런 우스꽝스러운 광대에게 보기 좋게 당하다니, 용서할 수 없었다.

"동요하지만 않았다면 그런 잔챙이는……!"

죽은 대가인지 두 번째 소환의 영향인지는 모르지만, 이오리에게서는 마력이 느껴지지 않았다.

용사의 힘만 없다면 이오리 따윈 가볍게 죽여버릴 수

있다.
이번에는 그저 허를 찔렸을 뿐이었다.
류자스는 마법공방 쪽을 올려다보고, 속아서 죽은 정도로 까불지 말라며 내뱉었다.
"크, 크큭! 후회하게 만들어주마. 두 번 다시 되살아나지 않도록 철저하게 죽여주지!"
동요한 틈을 찔리기는 했지만 같은 꼴을 두 번씩 당하지는 않는다.
일그러진 미소를 띠며 류자스는 상처를 치유마법으로 치료했다.
이 정도 상처를 치료하는 거야 일도 아니었다.
"저 녀석이 갈 곳이라면——."
마법을 쓸 수 없다면 이 왕국에서 도망치는 것은 불가능하다. 그렇다면 무언가 특별한 수단으로 이동할 수밖에 없다.
"『의식의 방』인가."
의식의 방에는 왕국에만 전해지는 『소환진』이 존재했다.
다른 장소로 이동하는 『전이진』과 닮은 구조였다.
이오리의 지식이 있다면 소환진을 이용해서 전이할 수 있을 가능성이 높았다.
"절대로 놓치지 않겠다, 아마츠!"
그 후로 아직 십여 분밖에 안 지났다. 이오리가 아무리 빠를지라도 이렇게 짧은 시간 만에 성을 떠났으리라 생각하기는 어려웠다.
아직 성 안에 있을 터였다.
류자스는 문을 박살낼 기세로 성 안으로 뛰어들었다.
"이봐! 누구 없느냐!"
류자스의 외침에 대기하고 있던 기사들이 나타났다.
곤혹스러워하는 기사들에게 따라오라 명령하고 서둘러 의식의 방으로 향했다.
그의 무시무시한 형상에 기사들은 무어라 말도 못 하고 류자스를 따라갔다.
의식의 방에 도착해서 류자스는 봉인이 해제되었다는 사실을 알아차렸다.
뒤늦게 따라온 기사들도 그것을 보고 "어찌된 거냐"라며 떠들어댔다.
"빌어먹을!"
"류자스 경?!"
의식의 방으로 류자스가 뛰어들었다.
안에는 등불이 켜져 있고 방 중앙에 이오리가 서 있었다.
"어, 어째서 용사님이 여기에……."
"어떻게 봉인을 풀었지?!"
용사의 모습을 보고 기사들이 동요를 드러냈다.
안으로 뛰어든 그들을 보고도 이오리는 냉정한 표정을 무너뜨리지 않았다.

"빠른데, 류자스."

그리 중얼거리는 이오리의 복장은, 류자스가 공방에서 봤을 때와 크게 바뀌어 있었다.

고급스러운 마법복, 허리춤에 찬 보검.

어느 물건이든 성의 보물 창고에 보관되어 있을 정도의 일품이었다.

"이 자식……!

류자스는 이오리 주위에 돌이 떨어져 있다는 사실을 알아차렸다.

그냥 돌이 아니라 마력이 담긴 특별한 광석, 『마석』이었다.

이것을 사용하면 마력이 없어도 마법 발동이 가능해진다.

이오리는 마석을 사용해서 소환진에 마법으로 간섭하고 있었다.

예상대로 이오리는 소환진으로 전이할 생각임을 류자스는 깨달았다.

이오리는 이미 소환진을 바꾸어 쓴 상태였다.

"아마츠, 이 자식! 소환진에서 떨어져라!!"

상상 이상으로 준비가 갖추어져 있다는 사실에 당황하여, 류자스는 저도 모르게 아마츠의 이름을 큰소리로 외쳤다.

"아, 아마츠?! 류자스 경, 대체 무슨 소리를……."

류자스는 기사들이 그에 놀라는 것도 깨닫지 못했다.
차가운 표정인 이오리와 초조해하는 류자스가 서로를 노려봤다.
그때였다.
"무슨 일이냐, 류자스! 대체 뭘 하는 거냐!!"
의식의 방으로, 복수의 기사들을 거느린 국왕이 우르르 뛰어들었다.
그리고 금세 이오리의 존재를 깨닫고 "뭣이?!"라며 경악한 표정을 지었다.
"폐, 폐하, 이건……."
이 상황에 류자스가 황급히 변명을 하려고 했을 때였다.
"고마워, 류자스. 네 덕분에 봉인을 풀었고 소환진 사용법도 알았어."
공방에서 들은, 증오가 끓어오르는 음색에서 돌변.
친근함이 담긴 말투로 이오리가 류자스에게 그리 말했다.
그 자리에 있던 인간들의 시선이 한순간 류자스를 향해 움직였다.
그 순간이었다.
소환진이 깜박이는 빛을 발하며 의식의 방을 빛으로 물들였다.
"——또 만나러올게."
그리 말한 직후.

그 빛에 이오리의 모습이 삼켜졌다.

"기, 기다려, 아마츠!!"

순간적으로 마법을 사용하려고 했지만 이미 때는 늦었다.

아무런 대처도 못하고, 의식의 방에서 이오리의 모습은 자취를 감추었다.

그 자리에 있던 모두가 조금 전까지 이오리가 서 있던 장소를 바라보며 우두커니 서 있었다.

그 가운데 처음으로 정신을 차린 것은 국왕이었다.

"류자스! 봉인 해제 방법을 가르쳐주었다니, 대체 어찌 된 일이냐!!"

분노한 모습으로 국왕이 류자스에게 바짝 다가섰다.

"무슨…… 아, 아닙니다, 폐하!"

뒷걸음치며 류자스가 해명하려고 했을 때였다.

의식의 방으로 기사가 허둥지둥 들어왔다.

"폐하! 누군가가 보물 창고의 봉인을 풀고 안의 물건 상당수를 훔쳐 갔습니다!"

"뭐라고?!"

"비축되어 있던 『마석』, 보검이나 마법복 등의 매직 아이템, 그리고 국보인 『방마(防魔)의 팔찌』 『강마(强魔)의 반지』까지 사라졌고……!"

그 보고에 국왕의 표정이 창백해졌다.

『마석』은 성 안의 등불부터 대규모 마법의 발동까지 다양한 것에 사용되는 중요한 자원이었다.

매직 아이템은 물론 『방마의 팔찌』를 포함한 국보도 대대로 왕국에 계승된 귀중한 물건.

이것을 빼앗기다니 전대미문의 사태였다.

"——류자스."

보물 창고나 의식의 방에 걸린 봉인에는 궁정마법사인 류자스가 관여되어 있었다.

류자스라면 봉인을 푸는 것은 간단하리라.

그렇다면 당연히 의심을 받는 것은——.

"기, 기다려주십시오! 우선 용사가 어디로 갔는지 알아내겠습니다!"

이대로는 위험하다는 사실을 깨닫고 류자스는 만회를 위해 소환진으로 달려갔다.

진에 손을 대고 전이한 이오리의 행선지를 파악했다.

아무리 이오리라도 행선지 은폐까지는 불가능했던 모양이었다.

류자스는 순식간에 이오리의 행선지를 알아냈다.

"크크……!"

변함없이 무른 녀석이었다.

그리 코웃음을 치고, 행선지를 국왕에게 전하고자 소환진에서 손을 떼었을 때였다.

쩌적, 그런 소리가 들리더니 소환진이 산산이 부서졌다.

"뭐, 뭣이?!"

부서진 소환진의 잔해를 보고, 류자스는 소환진에 『자괴(自壞)』의 마법이 장치되어 있었음을 깨달았다.
이오리가 아닌 다른 사람이 건드리면 진이 부서지도록 되어 있었던 것이다.
"옛부터 전해지는 소환진이……! 류자스, 네 이놈!"
하지만 그 사실을 아는 것은 류자스뿐.
다른 자들의 입장에서는 류자스가 소환진을 부순 것으로밖에 보이지 않았다.
"보물 창고와 소환의 방 봉인을 풀고, 용사를 빼내고, 거기다가 소환진까지 파괴하다니 네놈은 대체 무슨 생각이냐?!"
"폐하! 아닙니다! 제가 아니라 아마츠가…… 그 녀석이 한 겁니다!! ……큭."
그리 말하고서야 류자스는 자신이 조금 전부터 『아마츠』의 이름을 입에 담고 있었다는 사실을 깨달았다.
류자스를 상대로 보인 이오리의 친근한 태도.
네 덕분에 봉인을 풀고 소환진 사용법도 알았다는 말.
마치 감싸듯 소환진을 부순 류자스.
그런 자신이 예전의 동료인 『아마츠』의 이름을 입에 담았다면, 국왕은 같은 용사인 이오리와 아마츠를 겹쳐본 류자스가 그에게 협력했다고 받아들이는 것이 당연했다.
"지금 당장 류자스를 붙잡아라!!"
의식의 방에 국왕의 명령이 울려 퍼졌다.

그 순간, 황급히 변명하는 류자스에게 기사들이 밀려들었다. 어쩌지도 못하고 류자스는 땅바닥에 억눌리게 되었다.

“아……아앗!”

그때가 되어서 류자스는 간신히 깨달았다.

자신이 이오리의 함정에 빠졌다는 사실을.

“제, 젠자아아아앙!!”

류자스의 절규가 의식의 방에 울려 퍼졌다.

◆ ◆ ◆

“후……하하.”

전이하는 가운데, 그 직전까지의 광경을 떠올리고서 나는 작게 웃고 있었다.

“정말로 최고의 타이밍에 와주다니 운 좋네.”

즉흥적인 발상이었는데 그렇게까지 잘 풀릴 줄은 몰랐다.

연기라고는 해도 그 녀석에게 친근하게 이야기를 건네려니 토할 뻔했지만.

그런 전개라면 류자스는 국왕에게 힐문을 당하고 있을 무렵이겠지. 책임 문제 같은 걸로 감옥에 투옥되기라도 하면 최고다.

그런 생각을 하자니 갑자기 전이의 빛이 사라졌다.

시야가 트이자 나는 어스름한 동굴 안에 서 있었다. 땅바닥도 벽도 울퉁불퉁한 암반이고 공간을 비추는 것은 공기 중에 떠 있는 무수한 입자였다.

"……성공이네."

소환진의 술식을 순식간에 먼 곳으로 이동할 수 있는 전이진으로 바꿔 썼다. 그것이 내가 그곳으로 간 이유였다. 급조한 것이었는데도 무사히 목적지로 전이하는 데에 성공했구나.

마법공방에서 나온 뒤, 나는 일단 가장 먼저 보물 창고로 향했다. 그리고 봉인을 풀고 안에 있던 것을 몇 개 받았다.

왕국이 비축하고 있던 대량의 마석. 방어의 마법이 부여된 로브나 『수납 마법』이 부여되어 대량으로 물건을 넣을 수 있는 파우치. 『용사의 증표』를 가리기 위한 가죽장갑.

그리고 엄중하게 보관되고 있던 『방마의 팔찌』와 『강마의 반지』도 받았다.

『방마의 팔찌』는 받은 대미지를 줄이고 『강마의 반지』는 장착한 사람의 마법을 강화하는 힘이 있다.

어느 물건이든 상당한 가치가 있는, 강력한 매직 아이템이었다. 서고에서 본 자료에는 국보로 지정되어 있다고 적혀 있었다.

이것을 빼앗겼다는 사실이 알려졌다면 지금쯤 큰 소란이 벌어졌을 테지.

그밖에도 복수를 위해 필요한 도구를 몇 개 훔쳤다. 그중에 하나는 류자스에게 사용하는 것이 최고였지만, 그에 대해서는 나중에 생각하자.

이들 매직 아이템을 장비하면, 이전의 상태에는 아득히 미치지 못하더라도 어느 정도의 전력은 되찾을 수 있을 테지.

그 후로 의식의 방에 침입해서 소환진의 술식을 전이에 사용할 수 있도록 변경하고, 그 과정에 누군가가 진을 건드리면 바로 부서지도록 만들었다. 바꿔 쓰기 위한 마력은 마석을 사용하여 보충했다.

보물 창고가 털리고 왕국에 전해지는 소환진도 부서졌다.

지금쯤 류자스가 어찌 되었을지, 내 눈으로 그의 표정을 볼 수 없다는 것이 안타까웠다.

이것으로 그 성에서의 목적은, 류자스에게 복수하는 것을 제외하면 일단은 완수했다고 할 수 있겠지.

"자, 그럼."

다시금 내가 서 있는 장소를 확인했다.

역시 목적지임에 틀림없었다.

"전에 왔을 때랑 구조는 그다지 바뀌지 않은 모양이네."

이곳은 왕국 끝에 존재하는 미궁——『나락 미궁』이었다.

대량의 몬스터가 북적거리는, 마왕군의 거점 중 하나.

일찍이 내가 동료와 함께 돌파한 미궁이기도 했다. 30년 동안에 마왕이 다시 만든 모양이었다.

어째서 그런 위험한 장소로 왔느냐.

그것은──용사로서의 힘을 되찾기 위해서였다.

현재 내 오른팔에 있는 『용사의 증표』는 거의 기능하지 않는다. 어찌된 영문인지 마력을 사용하기 위한 부분이 막혀 있는 듯했다. 이것을 정상적으로 기능하게 만들려면 대량으로 마력을 섭취해서 억지로 증표를 기동시킬 수밖에 없다.

처음에는 마석으로 어떻게든 해보려고 생각했지만 아무래도 영 부족할 것 같았다. 생각했던 것 이상으로 많은 마력량이 필요한 듯했다.

그래서 주목한 것이 바로 이 미궁이었다.

미궁 최심부에는 『던전 코어(미궁 핵)』라고 불리는 마력 덩어리가 설치되어 있다. 이것이 미궁 안에 『마소』라 불리는 기체를 가득 채우고 몬스터를 만들어내는 것이다.

"최심부에 있는 던전 코어를 손에 넣어 예전의 힘을 되찾는다."

그를 위해서 나는 이곳 나락 미궁까지 왔다.

"────."

얼마 전까지 품고 있던 꿈을 떠올렸다.

전쟁을 끝내고 모든 종족이 공존할 수 있는, 평화로운 세계를 만들고 싶다.

그 꿈을 비웃는 동료들의 얼굴을 떠올렸다.

——다른 세계에서 온 주제에 이 세계를 구한다? 우스꽝스럽다고 생각하지는 않나요?
——그런 목표를 가지고 싸운 건 네놈뿐이라는 소리야.
——꿈은 자면서 꾸는 거라고?

"——후회하게 만들어주마."
류자스도, 디오니스도, 루시피나도, 배신한 아인들도.
나를 배신한 모두를.
"그를 위해서 힘이 필요하다."
아인들을 죽일 힘이.
류자스를 죽일 힘이.
루시피나와 디오니스를 죽일 힘이.
원래 세계로 돌아가기 위한 방법 따윈 모든 걸 끝낸 다음에 생각하면 된다.
"그를 위해서, 우선은 던전 코어를 손에 넣는다."
복수의 시작에 입가를 일그러뜨리며, 나는 미궁 안으로 걸음을 옮겼다.

제6화 『낙하, 그리고 해후』

이 세계에는 『다섯 장군 미궁』이라 불리는 다섯 곳의 미궁이 존재한다.

마왕이 만들어낸 마왕군의 거점이다.

『마장군(魔將軍)』이라 불리는 강력한 마족이 수호를 맡고 있기에 일국의 병력을 가지고도 돌파하는 것은 어렵다.

이곳 『나락 미궁』도 다섯 장군 미궁 중 하나다.

토 속성에 관여하는 몬스터가 많이 만들어지는 미궁으로, 던전 코어를 지키고 있는 것은 『토(土) 마장군』이라 불리는 존재다.

이전에는 아마도 전부해서 15층까지 있었을 터.

아래쪽을 향해 이어지는 세로형 굴로 되어 있고 지반이 무르다는 특징이 있다. 강한 충격을 가하면 바닥이 무너지기에 전투에는 주의해야만 한다.

지금도 15층까지 있는지는 모르겠지만 우선 미궁의 최심부로 가기로 했다.

"――『아마먼트(마력 강화)』, 『하이드』."

마석을 사용해서 신체 강화 마법을 발동. 동시에 은폐 마법을 사용해서 기척을 감추었다.

강화한 육체로 재빨리 미궁을 이동, 몬스터에게 발각당하지 않도록 앞으로 나아갔다.

『그롸아아아!!』

그러나 그중에는 감각이 날카로워 나를 알아차리는 몬스터도 있었다.

몸이 진흙으로 된 괴수, 『머드 오거』가 성큼성큼 이쪽으로 접근했다.

"——훗."

『가아아아?!』

통나무 같은 팔을 피하고 왕국에서 훔친 보검으로 목을 베었다. 확실한 날카로움으로 머드 오거는 단칼에 절명했다.

"이 정도 몬스터라면 신체 강화와 검술만으로 쓰러뜨릴 수 있나."

이제까지 싸웠던 몬스터의 움직임은 대부분 머릿속에 들어 있었다. 게다가 『강마의 반지』와 마석 덕분에 평상시보다도 더욱 잘 움직일 수 있었다.

이런 상태라면 지금의 나라도 충분히 앞으로 나아갈 수 있겠는데.

현재 자신의 역량을 확인하며 미궁 안을 나아갔다.

마석을 사용해도 예전 같은 고위력의 마법은 쓸 수 없었다. 하급 몬스터라면 모를까 상위 몬스터에게는 눈속임밖에 안 될 정도였다.

일단은 검을 메인으로, 마법은 서포트로 사용하는 전법을 취하기로 하자.

이쪽을 알아차리지 못하는 몬스터는 무시. 알아차린 몬

스터는 재빨리 쓰러뜨렸다.

내부 구조가 바뀌었기에 밑으로 이어지는 계단을 발견하는 것은 조금 수고가 들었지만, 큰 전투도 없이 나아가고 있으니 무척 순조롭다고 할 수 있겠지.

그리 생각한 것도 잠시.

『가아아아!!』

『우오오오오!!』

8층까지 내려간 참에, 터무니없는 숫자의 몬스터와 조우하고 말았다.

무슨 몬스터 하우스냐고 태클을 걸고 싶어질 정도의 숫자가 계단 주위에 뭉쳐 있었던 것이다.

머드 오거, 스켈레톤, 록 리저드 등, 무수한 몬스터가 일제히 덮쳐들었다.

"……칫."

공격을 피하고 벤다. 하나하나는 크게 강하지 않았다. 지금의 나라도 충분히 대처할 수 있다.

성가신 것은 숫자였다.

"……귀찮네."

다음 수단을 사용하려고 파우치로 손을 뻗었을 때였다.

갑자기 눈앞에 있던 몬스터들이 날아가더니 벽에 격돌하며 박살났다.

『아아아, 오랜만에 보는 인간이다.』

나타난 것은 한층 더 커다란 머드 오거였다.

투실투실한 몸을 흔들며 외설스러운 미소를 띠고 다가왔다.

『히히히히. 젊은 여자라면 좋았을 테지만 남자라도 괜찮아. 엉망진창으로 박살내줄게.』

"……희소종인가."

대부분의 몬스터는 지능이 낮아 말을 하지 못한다. 하지만 드물게도 이렇게 지능이 높고 말을 할 수 있는 몬스터가 나온다. 그런 희소종은 평범한 몬스터보다 강하다.

『잔챙이들, 방해된다고!』

그 머드 오거는 웃으면서 주위의 몬스터들을 향해 주먹을 휘둘렀다.

동족일 터인 다른 머드 오거도 휘말려들어, 완전히 으깨어지며 살해당했다.

"……이봐. 그 녀석들, 네 동료 아닌가?"

『엉? 아무 도움도 안 되는 쓰레기들은 아무래도 상관없어.』

"그런가."

몬스터란 본래 이런 생물이었다.

일부를 제외하면 그저 자신의 욕구를 채우겠다는 이유만으로 동족마저 죽인다. 지능이 있어도 그것은 변함이 없었다.

……아아, 뭐냐.

우리 인간이나 마족과 별반 다를 바 없나.

그걸 알고 있어도, 지금은.

"——조금, 불쾌하네."

머드 오거가 덤벼들었다. 어지간한 수준의 인간이라면 고깃덩어리가 될 일격이었다. 그것을——보검으로 받아 흘렸다.

사용한 것은 『유검(柔劍)』이라 불리는 검술이었다.

영웅 시절에 익힌, 유(柔)로 제압하고 유로 끊는 검술이다.

『으엉?!』

자신의 완력에 절대적인 자신이 있었는지 머드 오거가 경악한 표정을 지었다. 놀라서 굳어버린 순간, 머드 오거의 몸통을 보검으로 후려쳤다.

『히, 갸아아아아?!』

단말마의 비명을 지르고 머드 오거가 땅바닥으로 무너졌다.

상반신과 하반신이 둘로 갈리고 그대로 절명했다.

『기이이?!』

희소종이 당했다는 사실에 주위의 몬스터들에게 공포가 번졌다. 그 틈을 파고들어, 나는 그 자리에서 벗어났다.

◆ ◆ ◆

그 후로 몇 시간 뒤.

계단을 내려가서 11층까지 도달했다.

그러나 뒤를 쫓는 몬스터의 숫자는 계속 늘어날 뿐이었다. 마치 백귀야행처럼 뒤쪽으로 길게 붙어 있었다.

기동성을 중시하여 경갑 차림으로 한 것이 정답이었다. 갑옷 같은 것을 입었다면 차마 눈뜨고 볼 수 없는 지경이었을 테지.

『——샤아아아.』

그때 정면을 가로막듯 거대한 몬스터의 모습이 나타났다.

땅거미라 불리는, 거미의 하반신과 골렘의 상반신을 가진 몬스터였다.

이곳 나락 미궁에서는 상위의 위험성을 자랑했다.

『기이이이!!』

땅거미의 입이 벌어지는가 싶더니 내부에서 하얀 공을 토해냈다.

강력한 점착력을 지닌, 땅거미의 실이었다.

그것이 연속하여 땅에 착탄하고 튀어 올라 통로를 막아버렸다.

"……어쩔 수 없네."

파우치에서 복수의 마석을 동시에 꺼냈다.

땅거미의 공격을 회피하며, 쥐고 있는 마석 안의 마력을 폭주시켰다.

"——『브레이크 매직』."

폭주한 마석을 뒤쪽에서 들이닥치는 몬스터들을 향해 투척했다.
마석이 눈부신 빛을 발하고, 그 직후에 굉음을 울리며 기세 좋게 폭발했다.
폭발에 삼켜진 몬스터들이 그대로 날아갔다.
하지만 연이어 밀려드는 몬스터는 이것만으로는 아직 쓰러뜨릴 수 없었다. 다른 몬스터가 동료의 잔해를 짓밟으며 이쪽으로 밀어닥치려 할 때였다.
『그르아아아?!』
쿠궁, 그런 소리를 울리며 땅이 기세 좋게 무너져 내렸다.
그 붕괴에 휘말려 몬스터들은 차례차례 떨어진다.
"——읏, 차!!"
뒤쪽에서 접근하는 땅거미에게서 도망치기 위해, 기세 좋게 그 구멍으로 뛰어들었다.
마석을 추가로 사용해서 신체 능력을 강화, 몬스터나 바위 위로 올라탔다.
"——『휠 윈드』."
다음 계층의 지면이 다가오는 것에 맞추어 마석으로 바람을 만들어냈다.
낙하의 충격을 줄여 어떻게든 지면으로 착지했다.
"조금 지나치게 무리했나……."
주위에는 위층의 잔해와 떨어져서 으스러진 몬스터들이

굴러다녔다. 그중에는 나를 쫓아왔을 땅거미도 섞여 있었다.

이것으로 일단 대량의 몬스터에게 쫓기던 상황은 리셋할 수 있었다. 지나치게 다이내믹했지만 가로지르기도 성공했다.

"혼자가 아니고서는 선택할 수 없는 수단이었네."

이곳은 12층.

계층수가 바뀌었을 가능성도 있지만 이전과 같다면 남은 것은 3층이었다. 던전 코어와 그것을 지키는 마장군도 가까웠다.

이 미궁의 몬스터라면, 포위당하지만 않는다면 어떻게든 처리할 수 있다.

대량의 마석과 매직 아이템을 사용하면 토 마장군의 틈을 찌르고 던전 코어를 빼앗는 것도 가능하겠지.

"음…… 저건."

으스러져 죽은 땅거미 근처에 소프트볼 정도의 하얀 구체가 떨어져 있었다.

그러고 보니 땅거미에게서는 점도가 무척 높은 액체가 든 『고치』를 얻을 수 있었을 터.

취급은 어렵지만 무언가 도움이 될지도 모르기에 파우치 안에 넣어뒀다.

"좋아……."

하는 김에 남은 마석의 숫자를 확인한 뒤, 다음 계층을 향해 걸어갔다.

나아갈수록 감도는 마소가 더욱 짙어졌다.

공기 중에 마소가 반짝반짝 빛나며 일종의 환상적인 광경을 만들어내고 있었다.

하지만 그것에 빠져 있을 여유는 없었다.

"——……."

마소란 몬스터를 만들어내는 기체, 그리고 동시에 행동에 필요한 산소 같은 것이었다.

그런 마소가 짙은 아래층에는 더욱 많은, 그리고 더욱 강력한 몬스터가 활발하게 활동하고 있었다.

계단을 내려갔더니 대량의 몬스터에게 발각당했습니다——그런 상황이 되지 않도록, 이제까지 이상으로 경계를 하며 신중하게 앞으로 나아갔다.

이런 순간은, 용사의 힘에만 의지하지 않고 다른 능력을 익혀두어서 다행이라고 생각하게 되는구나.

검술이나 이렇게 미궁 안을 돌아다니는 방법이 현재에 이르러 도움이 되고 있었다.

……가르쳐준 녀석을 떠올리면 지독히 우울한 기분이 들지만.

바닥을 가볍게 울려대며 걷는 땅거미를 지나쳐, 마소가 더욱 짙은 쪽으로 걸음을 옮겼다.

시간을 들여서 간신히 13층까지 내려왔다.

"……앞으로 조금만 더 가면 돼."

미궁 아래층에는 던전 코어 외에도 밖으로 통하는 전이진이 설치되어 있을 터.

밖으로만 이어지는 일방통행이지만, 이걸 쓸 수 있다면 미궁에서 탈출할 수 있겠지.

우선 던전 코어와 전이진의 위치를 확인. 그 후, 토 마장군을 피하며 던전 코어를 탈취한다. 그리고 곧바로 전이진으로 들어가서 미궁으로부터 이탈.

작전은 이런 형태가 베스트겠지.

이전에 왔을 때는 토 마장군을 자칭하는 거대한 골렘이 던전 코어를 지키고 있었다. 강적이기는 했지만 움직임은 둔하고 지능도 그렇게까지 높지는 않았을 터.

지난번에는 토 마장군과 정면으로 싸웠지만 이번에는 던전 코어만 손에 넣고 곧바로 도망치면 그만이다.

불확정 요소가 많기에 가능하다면 던전 코어는 탈출한 뒤에 사용하고 싶지만, 최악의 경우에는 도중에 사용해서 힘을 되찾는 방법도 감수해야겠지.

시뮬레이션을 해서 몇 가지 패턴의 작전을 세웠다.

어느 정도 생각을 정리하고 앞으로 나아가려 했을 때였다.

"――――."

우르릉, 지면이 흔들렸다.

……아니, 그런 게 아냐.

미궁 전체가 진동하고 있었다.

"이건——."

슥, 미궁에 감돌던 공기가 싹 바뀌었다.

주위에서 몬스터들이 괴로워하는 포효가 울려 퍼졌다.

이 현상을 일찍이 경험한 적이 있었다.

"……던전 코어를 빼앗겼나."

이게 무슨 타이밍이냐.

누군가에게 선수를 빼앗겨버렸다.

아래층에서 연속하여 폭발음이 울렸다. 아마도 누군가가 토 마장군과 싸우는 거겠지.

양측 모두 이동하며 싸우는지 폭발음이 서서히 다가오고 있었다.

"어떻게 한다……."

힘을 되찾기 위해서는 던전 코어가 반드시 필요했다. 누구의 짓인지는 모르겠지만 가져가게 둘 수는 없었다.

그건 그렇고 토 마장군과 싸우고 있다면 성가시겠는데.

"————."

순간적으로 등줄기에 오싹한 오한을 느꼈다.

생각을 멈추고 튕기듯 뒤쪽으로 도약했다.

찰나, 그때까지 서 있던 장소를 거대한 바위기둥이 꿰뚫었다.

"무슨……."

기둥을 중심으로 하여 원형으로 금이 갔다.

그것은 눈 깜짝할 사이에 퍼지고, 그 직후에 지면이 붕괴했다.

"……칫!"

조금 전과 마찬가지로 바람의 마법을 사용해 낙하의 충격을 줄여 아래층으로 착지했다.

눈앞에는 올려다봐야 할 정도의 암석이 우뚝 솟아 있었다.

『……아무래도 날벌레가 들어온 모양인데.』

땅속 깊은 곳에서 울리는 듯한 목소리가 미궁 안에 메아리쳤다.

그 목소리를 들은 직후, 나는 깨달았다.

눈앞에 있는 것은 암석이 아님을.

"……이 녀석은."

인간 머리 정도 크기인 거대한 안구 두 개와 도려낸 듯한 코. 그리고 마치 기둥처럼 날카로운 이빨이 죽 늘어선 거대한 입. 온몸이 바위로 뒤덮인 그 드래곤은 바위산으로 착각할 정도의 크기를 자랑했다.

"……어스 드래곤."

몬스터 중에서도 최상위의 위험성을 자랑하는 드래곤 중 하나.

『────.』

어스 드래곤에게서 예전에 싸웠던 토 마장군을 뛰어넘는 위압감을 느꼈다.

지금 상태로 상대하는 것은 아무래도 버거운 상대였다.

『정말이지…… 계속해서 이러니 귀찮군.』

어스 드래곤의 혼잣말을 무시하고 주위 상황 파악에 집중했다.

어스 드래곤은 통로를 가로막듯이 서 있어서 앞으로 도망치는 것은 무리일 듯했다. 후방으로 시선을 향하니 다행히도 몇 개의 통로가 펼쳐져 있었다.

지금은 일단 물러나야겠다, 그리 생각한 순간이었다.

"——거기 있는 인간, 날 도와라!"

드래곤의 등 뒤에서 소녀의 목소리가 울렸다.

목소리가 들린 방향에는 벽이 있었다. 아무래도 목소리의 주인은 벽으로 몰린 상태인 듯했다.

『칫, 약아빠진 것!』

드래곤이 짜증스레 몸을 흔드는 것과 동시에, 갑자기 드래곤의 몸이 격렬하게 폭발했다. 벽 너머에 있는 소녀가 마법으로 공격한 거겠지.

아마도 던전 코어를 훔친 것도 그녀일 것이다.

"던전 코어를 가진 상태로 죽는 건 곤란한데……."

곧바로 그리 판단, 마석을 꺼냈다.

"드래곤, 이쪽을 봐라!!"

『?!』

움켜쥔 마석을 사용해서 마법을 발동했다.

사용한 것은 전격 마법.

어스 드래곤의 얼굴을 감싸듯 거미줄 모양으로 전격이

전개되었다.

『윽……!』

큰 위력은 없지만 황금빛으로 빛나는 전격은 시야를 가렸다.

거미줄에 뒤덮여 드래곤의 움직임이 한순간 둔해졌다.

"잘했어!"

그 순간, 목소리의 주인이 고속으로 드래곤과 벽의 틈새를 빠져나와 이쪽으로 달려왔다.

그리고 엇갈리는 순간, 내 손을 억지로 붙잡았다.

"뭐야."

"나랑 같이 가자!"

소녀는 우격다짐으로 달려가려고 했다.

저항하려고 했지만 호리호리한 몸에서는 상상할 수 없을 정도의 근력에 손을 뿌리칠 수조차 없었다. 저항을 포기하고 소녀에게 맞추어 달리기로 했다.

『놓치지 않는다, 반역자——!!』

등 뒤에서 드래곤의 포효가 울렸다.

그 거구가 흔들리고 땅거미조차 으깨어버릴 정도의 거대한 팔을 휘둘렀다.

"크——."

폭발과도 같은 충격이 퍼지고, 그 직후에 땅바닥이 기세좋게 산산이 부서졌다.

금이 퍼지고 발밑이 붕괴하기 시작했다.

"윽……."

"큭……!"

소녀에게 손이 붙들린 탓에 한순간 반응이 늦어져버렸다.

부유감을 느꼈을 때에는 머리부터 거꾸로 떨어지고 있었다.

"————!"

급속도로 땅이 가까워지고 머리부터 충돌하기 직전.

"읏차."

무언가 부드러운 것으로 몸이 감싸였다. 정신이 드니 마찬가지로 추락하던 소녀가 나를 받아낸 상태였다.

그 상태 그대로, 나를 끌어안은 소녀는 가볍게 바닥에 착지했다.

마법도 없이 착지하다니, 이 녀석 정말로 인간인가……?

"흠. 이런 건 입장이 거꾸로라고 생각하는데 말이다."

나를 끌어안은 소녀가 어이없어하는 말을 들으며, 추격을 경계하여 올려다봤다.

떨어진 구멍으로는 드래곤의 모습을 확인할 수 없었다.

"그 커다란 놈도 여기까지 쫓아오진 않겠지."

무언가 근거가 있는지, 소녀도 나를 끌어안은 채로 위를 보고 그리 말했다.

드래곤이 쫓아오는 기척도 없고 주위에 몬스터도 없었다.

일단 위험은 벗어난 듯했다.

"그건 그렇고 너, 꽤 얄팍한 몸인데. 제대로 식사는 하고 있어?"

소녀가 내 몸을 훌쩍 들어 올리며 그런 소리를 꺼냈다.

꽤나 태평한 여자구나.

그보다도 언제까지 안고 있을 건지.

"……내려줘."

"오, 그렇지."

그제야 생각났다는 듯이 고개를 끄덕이고는, 소녀는 나를 땅바닥에 내려놓았다.

"……덕분에 살았어. 고마워."

"감사할 거 없어. 도움을 받은 건 내 쪽이니까. 딱 좋은 타이밍에 네가 떨어져준 덕분에 이탈할 수 있었어. 잘 했어, 칭찬해줄게."

팔짱을 끼고는 거만한 시선에 호들갑스러운 말투.

대체 뭐하는 놈이냐, 속으로 태클을 걸며 그때 처음으로 나는 그 소녀의 모습을 제대로 확인했다.

그리고 얼어붙었다.

"________."

허리까지 내려오는 찰랑찰랑한 은발, 옆머리에 난 새카만 두 뿔. 그리고 어쩐지 위엄이 느껴지는 황금색 눈동자. 여기저기 찢어진 옷으로 엿보이는 맨살에는 검은 문장 같은 것이 떠 있었다.

그녀의 마력을 가까이서 느끼고 이해했다. 모습은 인간에 가깝지만 이 소녀가 발하는 마력은 마족의 것이었다.

그 신체 능력을 보고 추측하기는 했지만, 역시 이 소녀는 인간이 아니었다.

"너……."

"응?"

그 이전에, 느긋하게 고개를 갸웃거리는 이 소녀를 나는 알고 있었다.

——엘피스자크 길데가르드.

그곳에는 30년 전, 몇 번이나 목숨을 걸고 싸웠던 마족의 모습이 있었다.

제7화 『공투, 혹은 이용 관계』

엘피스자크 길데가르드.

마왕군에서 어떤 입장인지는 모르지만, 사천왕을 웃돌 정도의 힘을 지닌 마족이었다.

동료에게 배신당하기 전에 싸웠던 상대였으니 기억에 남아 있었다. 모습이 변하지 않은 것은 마족이라 노화가 늦은 것이 원인이겠지.

설마 그 상황에서 살아남았을 줄이야.

"——흠."

엘피스자크는 나를 보고 진지한 표정을 지었다. 예전에 싸웠을 때와 마찬가지로 그곳에는 상대를 떨게 만드는 위압감이 존재했다.

경계심을 강화하는 나를, 그녀의 황금색 눈동자는 꿰뚫어보듯이 보고 있었다.

"설마, 너——."

"————."

엘피스자크가 입을 열자 나도 모르게 경계 자세를 취했다.

설마 내게 정체가 발각되었다는 사실을 알아차렸나?

엘피스자크는 진지한 표정으로 말했다.

"그렇게나 지그시 바라보다니, 나한테 한눈에 반해버렸나?"

"……뭐?"

예상 밖의 말에 무심코 되묻고 말았다.

이 녀석, 지금 뭐라고 했지?

"옛날부터 내 모습에 반해버리는 남자는 많았으니까. 너도 그런 거겠지?"

"아냐."

무심결에 즉답했다.

무슨 소릴 하는 거야, 이 녀석.

너무도 엉뚱한 말에 그냥 맥이 빠져버렸다. 이것이 내 페이스를 무너뜨리기 위한 연기라면 무시무시한 여자로구나.

"……음, 그런가."

어째서 조금 시시하다는 표정을 짓는 거지.

정말로 30년 전에 싸웠던 마족인지 불안해졌다.

"……너, 대체 뭐야?"

이상한 분위기를 걷어내고, 나는 이야기를 건넸다.

누군지는 알고 있었다. 하지만 어째서 토 마장군과 싸우고 있었는지 알 수 없었다.

엘피스자크는 마족—— 마왕군에 소속되어 있었다. 같은 마왕군인 토 마장군과 싸우는 건 이상했다.

"……이미 눈치 챘을 테지만, 나는 마족이야. 이름은 엘피스자크 길데가르드라고 해."

그때 들은 이름과 조금의 차이도 없었다. 예상 밖의 성격이었지만 아무래도 진짜임에 틀림없는 듯했다.

"……마족이라면 어째서 토 마장군한테 쫓기고 있었지?"

"나는 마왕군에서 빠져나왔거든. 지금은 적대한다고 할 수 있어. 그 무례한 드래곤이 내 모습을 보자마자 덤벼들었어."

마왕군을 빠져나와서 적대하고 있다, 인가.

토 마장군에게 공격을 당한 걸 보면 적어도 거짓말은 아니겠지. 도망칠 때에 그 드래곤이 『반역자』라 부르기도 했고.

그대로 받아들일 생각은 없지만.

"그 결과, 막다른 곳으로 몰려버렸어. 그때 마침 내가 내려온 덕분에 어떻게든 도망친 거지."

이전의 엘피스자크라면 그 드래곤을 상대로도 승리했을 테지만 아무래도 약체화된 모양이었다.

발밑이 무너진 것은 이 녀석들이 벌인 전투의 여파에 휘말려버렸기 때문이었나.

어떤 사정이 있는지는 모르겠지만 귀찮게 되었군.

"그래서…… 그러는 너는 누구야?"

질문하는 엘피스자크에게 적의는 없는 듯했다. 지금은 나와 싸울 생각은 없는 모양이었다.

곧바로 싸울 수 있도록 태세를 갖추며, 우선 질문에 대답하기로 했다.

"……이오리다. 미궁에 용건이 있어서 여기에 있지."

"호오. 보아하니 왕국 사람은 아닌 것 같네. 모험가 같은 건가?"

"뭐, 그런 셈이야."

과연과연, 엘피스자크는 고개를 끄덕였다.

"미궁이 움직임을 멈춘 건 네 소행인가?"

"응. 그 드래곤한테서 도망치는 와중에 받아왔지."

엘피스자크가 품속에서 손바닥 사이즈의 구체를 꺼냈다. 그것은 어렴풋한 무지개색의 빛을 수상쩍게 발하고 있었다.

틀림없는 던전 코어였다.

"뭐야. 던전 코어에 용건이라도 있었나?"

내 시선을 깨달았는지 구체를 이쪽으로 내밀며 엘피스자크가 그리 물었다.

어찌 대답할지 망설여졌다.

"그럼 너한테 줄게."

고민하는 내게 엘피스자크는 가벼운 말투로 그리 말했다.

"……그래도 되겠어?"

"응. 가져오기는 했지만 나한테는 필요 없는 거였으니까. 감사히 받도록 해."

툭.

맥이 빠져버릴 듯이 가볍게, 엘피스자크가 던전 코어를 건넸다. 받아든 던전 코어에서는 막대한 마력의 파동이 전해졌다.
"……알았어. 고마워."
"흐흥. 그래그래."
일단 던전 코어는 파우치 안에 넣어뒀다.
놀랄 정도로 간단하게, 목적했던 물건을 입수하고 말았다.
이 녀석…… 정말로 뭐야?
"그래서, 이오리라고 그랬지. 너는 아직 이 미궁에서 뭔가 할 일이 남아 있어?"
"아니, 던전 코어가 목적이었으니까 남은 건 여기서 탈출하는 것뿐이야."
"그거 마침 잘 됐네. 이오리, 나한테 협력해."
"……협력?"
갑작스러운 제안에 무심코 되묻고 말았다.
"공투, 같이 싸우자고 이야기해도 되겠네."
그녀의 이야기에 따르면, 바깥으로 통하는 전이진은 14층에 있다나. 우리가 지금 있는 곳은 그 아래, 15층이었다. 엘피스자크는 이곳 15층에 있던 던전 코어를 빼앗은 뒤, 전이하기 위해 14층으로 향했다. 14층에서 그 드래곤과 싸운 것은 탈출하기 위해서였나보다.
"아마도 그 드래곤은 전이진 앞에서 내가 오는 걸 기다리고 있겠지."
"……쫓아오지 않았던 건 네가 전이진이 있는 곳으로 올 거라고 생각했기 때문이었나."

언어를 사용했다는 사실로 미루어보면, 그 드래곤의 지능은 높다. 확실히 매복하고 있어도 이상할 건 없었다.

엘피스자크의 말을 곱씹으며 앞으로의 행동에 대해서 생각했다.

그 드래곤은 엘피스자크를 노리고 있는 모양이었다. 나는 그에 휘말려든 것이었다. 그렇다면 엘피스자크와는 다른 경로를 통해서 도망치면 되는 게 아닐까.

"밖으로 나갈 거라면 위층으로 올라가서 미궁 입구로 탈출하는 수단도 있는데."

"그건 현실적이니 않아. 그 드래곤은 마법을 사용해서 지면을 자유자재로 이동할 수 있거든. 위층으로 도망쳐봐야 탈출하기 전에 따라잡힐 테지."

게다가, 라며 엘피스자크는 계속 말했다.

"그 무례한 놈은 언동을 보면 상당히 끈질긴 성격일 거야. 나는 물론이고 마침 그 자리에 있던 너도 그냥 도망치게 두지는 않겠지. 따로 행동하더라도 한쪽을 박살낸 뒤에 다른 한쪽도 뒤쫓을 테고."

내 생각을 꿰뚫어본 것 같은 말이었다. 허나 거짓말을 하는 것처럼 여겨지지는 않았다.

확실히 그만한 거구를 가진 어스 드래곤이라면, 내 다리로는 도망쳐봐야 따라잡힐 가능성이 있었다.

"단독으로 미궁 아래층까지 올 수 있었을 정도니 실력은 있겠지? 나랑 연계하면 탈출할 가능성은 높을 거야."

그리 말하며 엘피스자크는 손을 내밀었다.

함께 싸우자, 그녀의 눈이 그리 말했다.

"……나는 그 드래곤한테 대미지를 줄 수 있을 정도로 강한 공격은 못 써."

이곳으로 오는 동안에 스스로의 역량은 완전히 파악했다. 전성기의 발끝에도 미치지 못했다. 지금으로서는 마석과 매직 아이템을 사용해도, 예전에 사용했던 고유 마법의 불과 몇 할 정도의 힘밖에 내지 못하는 것이다.

"문제없어. 내 마법은 그 드래곤한테도 대미지를 줄 수 있으니까. 이오리는 시간을 벌어주면 돼."

엘피스자크는 괜찮다며 고개를 끄덕였다.

"…………."

확실히 나쁜 이야기는 아니었다. 하지만 지나치게 그럴싸했다.

"……이제 막 만난, 그것도 인간을 상대로 잘도 같이 싸우자는 말을 하네."

이 녀석의 입장에서는, 나는 처음 만난 타인이었다. 게다가 마족과 적대하는 인간. 그런데도 아무런 경계도 보이지 않았다. 아무리 그래도 너무 수상쩍잖아.

뭘 꾸미는 거지?

……탈출에 방해가 될 것 같다면 지금 여기서 처리해야 한다.

그리 생각하는 나를 정면으로 응시하며 엘피스자크는 이렇게 말했다.

"너는 나를 도와줬으니까. 그 사실에 인간이든 마족이든 상관없잖아?"

"________."

당연한 일이다, 그리 말하고 싶다는 표정으로.

"……뭐?"

인간이든 마족이든 상관없다고?

무슨 소릴 하는 거야, 이 녀석은. 영문을 모르겠다.

"게다가 안목에는 자신이 있어. 너는 같이 싸우기에 충분한 인간이야."

여전히 엘피스자크는 잘났다는 듯이 말했다. 치켜세우는 것도 비위를 맞추려는 것도 아닌, 그저 진지한 표정으로 그리 말하는 것이었다.

적어도 그렇게 보였다.

"________."

이야기를 받아들이느냐, 거절하느냐.

잠시 생각한 뒤, 이윽고 결론을 내렸다.

"……알았어. 이 미궁을 나갈 때까지 협력하지."

"음, 현명한 판단이야."

엘피스자크는 기쁜 듯 표정을 풀고는 거만한 태도로 고개를 끄덕였다.

"…………."

신용하는 것은 아니었다. 오히려 조금 전의 말로 더더욱 믿지 못하게 되었다.

예전의 동료, 루시피나가 비슷한 소리를 했다. 인간이든 마족이든 똑같다고. 그리 이야기한 입으로, "진심으로 그런 생각을 했느냐"라며 나를 비웃었던 것이다.

무언가를 꾸미고 있다면, 그래도 상관없다. 배신할 생각이라면 환영이다.

——내가 먼저 배신하면 그만일 뿐이니까.

이제 속지 않는다.

두 번 다시, 같은 전철을 밟지는 않는다.

엘피스자크 길데가르드.

이곳에서 살아서 나가기 위해 최대한 이용해주마.

"엘피스자크. 너는 정말로 그 드래곤을 쓰러뜨릴 수 있을 정도의 마법을 쓸 수 있나?"

여기서 탈출할 계획을 세운 뒤, 우리는 전이진이 있는 위층을 향해 걷고 있었다.

"흥, 나를 누구라고 생각하는 거야?"

"모르니까 물어보는 건데."

"음……."

아니, 실력은 알고 있지만.

사천왕은 아닌 모양인데, 결국 이 녀석은 마왕군에서 대체 뭐였을까.

"안심해. 지금은 사정이 있어서 전력을 발휘하지는 못하지만, 그래도 저 드래곤을 쓰러뜨릴 정도의 마법은 쓸 수 있어."

……전력을 발휘하지 못한다, 인가.

확실히 예전의 실력이라면 내 손을 빌릴 필요는 없겠지. 저 드래곤 정도라면 혼자서 쓰러뜨렸을 테니.

"그런 불안해하는 표정 하지 마. 나랑 한편이 된 거야. 너는 제대로 미궁 밖으로 돌려보내줄게. 드래곤 등에 올라탄 기분으로 있으면 돼."

"……그래. 기대할게."

그런 소리를 하기는 해도, 대체 어디까지 신용할 수 있을지.

배신당할 경우도 당연히 생각하고 있었다. 그 드래곤은 엘피스자크를 노리는 모양이었으니 그걸 이용하면 된다.

함께 싸우는 관계이기는 하지만 동료가 된 건 아니었다. 그저 서로를 이용하는 것뿐이다.

인간의 적인 마족인 시점에서, 아무리 우호적인 척을 하더라도 신용할 수는 없었다.

……몇 년이나 여행을 한 동료마저 나를 간단히 배신했으니까.

언제 이 녀석의 마음이 바뀌어도 괜찮도록 항상 대비하

고 있으니까 일단 허를 찔릴 일은 없겠지. 반대로 수상쩍은 거동을 내비친다면 단칼에 목을 날릴 수 있다.

"왜 그래. 계속 나만 보고 있는데."

응? 그렇게 고개를 갸웃거리며 엘피스자크가 내게 시선을 향했다.

"아니…… 아무것도 아냐."

실없는 행동만 하는 것 같더니 감은 예리한 모양이다. 약체화되기는 했지만 역시 방심할 수는 없겠구나.

"흠…… 역시 너, 나한테 첫 눈에 반한 게."

"아니라고."

"음…… 그런가."

……방심, 할 수 없다.

그런 대화를 나누며 계단을 올라갔다. 14층으로 올라가서 전이진이 있는 방향으로 걸어갔다.

"이제 곧 도착해. 마음 단단히 먹어."

"……그래."

마소가 옅어진 영향으로 몬스터의 모습이 완전히 사라졌다. 약한 몬스터는 사멸하고 강한 몬스터는 마소를 찾아서 미궁 밖을 향해 움직이고 있을 테지.

싸울 상대는 토 마장군뿐이라는 건 고마운 이야기였다.

엘피스자크의 안내에 따라 진입한 곳은 원형의 넓은 방이었다. 조금 전의 작은 방처럼 벽을 파내어 만들어진 곳이었다.

방 안쪽에는 다른 곳과 달리 튼튼해 보이는 소재로 만들어진 길이 이어져 있었다. 아마도 저 길 끝에 전이진이 있을 테지.

우리는 그 방 안으로 들어섰다.

안에는 아무런 기척도 없었다.

하지만 알 수 있었다.

“여기 있겠지? 숨어 있지 말고 그냥 나와.”

『──호오.』

방 안에 목소리가 울리는가 싶더니, 방 중앙에서 바위로 뒤덮인 거대한 팔이 튀어나왔다. 스르륵, 마치 수면에서 밖으로 나오는 것처럼 지면에 파문을 만들며 토 마장군이 모습을 드러냈다. 땅거미를 아득히 뛰어넘는 거대한 드래곤이 우리를 내려다보았다.

『내게 죽을 결의를 마친 모양이로군.』

“멍청이. 우리한테 패배하는 건 네놈 쪽이야.”

엘피스자크가 사나운 미소를 띠고서 토 마장군을 도발했다.

불쾌하다는 듯 코웃음을 치고, 토 마장군은 이쪽으로 시선을 향했다.

『왜소한 인간이여. 네놈에게도 날 방해한 대가는 확실히 받아내겠다.』

엘피스자크의 말대로 나 역시도 완전히 그의 표적이 된 듯했다. 그건 예상한 바다.

“덤벼라, 토 마장군. 엘피스자크, 물러나 있어. 이 녀석은 나 혼자서도 충분해.”

『……뭐라고?』

사전에 이 드래곤의 성격에 대해서는 엘피스자크에게 들었다. 조금 전의 언동을 봐도 이 녀석이 자신의 힘에 자신감을 가지고 있다는 것을 알 수 있었다.

바로 그렇기에, 이렇게 도발.

“모르겠나? 던전 코어를 빼앗길 정도의 얼간이는 나 혼자서도 충분하다는 거야.”

『——큭!!』

내 도발은 성공한 듯했다. 토 마장군은 자신의 거구를 분노로 바르르 떨었다.

“이오리. 계획대로 부탁할게.”

“……그래.”

그리 말하고 엘피스자크가 후방으로 물러났다.

어디까지 작전대로 움직여줄지는 모르겠지만 일단은 사전의 작전대로 움직이자.

즉 나는 지금부터 토 마장군을 상대로 혼자서 싸워야만 한다.

『그래, 알았다…….』

토 마장군은 거대한 두 눈으로 나를 노려보며 외쳤다.

『내 이름은 토 마장군 바르길드! 당장 박살내주마, 인간!!』

토 마장군의 포효가 울렸다.

아아, 그렇지.

던전 코어를 손에 넣은 지금, 이제 이곳에 용무는 없다. 그러니까 얼른 사라져라, 토 마장군.

이리하여 토 마장군과의 싸움이 시작되었다.

제8화 『그것을 뒤집어썼기에』

——어스 드래곤.

바로 토 마장군의 종족이다.

광석을 캘 수 있는 광산에 많이 서식하며 마왕의 수하로서 활동하는 드래곤의 일종.

바위로 뒤덮인 표피는 무시무시할 정도로 단단해서 어지간한 마법으로는 상처를 낼 수조차 없다. 토 속성 마법을 사용하고 입에서 바위 탄환을 발사하여 공격한다.

그저 움직이는 것만으로 주위에 막대한 피해를 주는 성가신 몬스터다.

『네놈들은 여기서 확실하게 박살내주겠다.』

토 마장군이 거대한 팔로 땅을 후려쳤다. 그 충격에 방이 진동하는 것과 동시에 지면으로 마력이 흘러들었다. 그 직후, 벌리고 있던 입을 닫는 것처럼 다른 방으로 통하는 통로가 모두 막혀버렸다.

『이젠 도망칠 수 없다, 날벌레들아.』

엘피스자크는 이미 방 후방으로 물러났다.

나는 마석을 쥐고 보검을 뽑았다.

토 마장군의 몸은 전부 단단한 바위로 덮여 있기에 보검은 물론이고 『브레이크 매직』을 사용해도 변변한 대미지를 주지는 못하겠지.

하지만 방법은 있다.

“——윽.”

토 마장군이 움직이기 전에 나는 먼저 달려갔다. 달리며 마석으로 신체 능력을 한계까지 높였다.

다행히도 이 방은 넓어서 도망칠 곳은 적지 않았다.

“『브레이크 매직』!”

거리를 벌리자마자 토 마장군을 향해 복수의 마석을 투척했다. 토 마장군에게 부딪힌 마석이 기세 좋게 터졌다.

『흥, 잔재주 따위.』

“……효과는 없나.”

현재 펼칠 수 있는 최대의 공격을 가지고도, 역시 토 마장군의 장갑은 돌파할 수 없었다. 이걸로 안 된다면 다른 어떤 마법을 사용해도 저 녀석에게는 대미지 하나 주지 못하겠지.

『겁먹었나, 인간?』

비웃듯이 토 마장군이 웃었다.

여기까지는 예상한 그대로였다. 퇴로가 없어지는 것도, 이쪽의 공격이 통하지 않는 것도 예상했던 바.

어스 드래곤은 강력한 몬스터지만 그럼에도 약점이 없지는 않았다. 바위로 뒤덮이지 않은 몸 안, 그리고 유일하게 장갑이 얇은 꼬리에는 지금의 나라도 공격이 통하겠지.

그 약점을 노린다.

아무리 그래도 몸 안으로 뛰어들 수는 없으니, 내가 노리는 것은 꼬리였다.

어스 드래곤은 지상에서는 이족보행으로 이동하고 그때에 몸의 균형을 잡는 것이 꼬리였다. 끊어진다면 균형이 무너지며 큰 틈이 생긴다. 꼬리의 뿌리 부분은 다른 부위보다 바위 장갑이 얇아서 보검을 사용하면 절단하는 것도 가능하겠지.

"설마. 지금부터다, 토 마장군."

『호오?』

뛰어난 힘을 지닌 마족이나 몬스터 중에는 다른 종족을 얕보는 자도 많다. 토 마장군은 그런 전형적인 예시였다.

그 틈을, 파고든다.

"——윽!"

토 마장군을 향해 전력으로 달려갔다.

꼬리를 절단하려면 우선은 거기까지 다다라야만 한다.

『인간 주제에, 거슬리는군.』

토 마장군이 입을 벌리고 거기서 연속으로 바위 탄환을 발사했다. 탄환이 비처럼 쏟아졌다.

"——, 윽!"

한계까지 높인 신체 능력으로, 지그재그로 달려 탄환을 회피했다.

땅바닥을 도려낸 포탄의 여파에 등을 맞아도 이를 악물고서 앞으로 계속 나아갔다.

토 마장군이 팔을 들어 올리려는 것을 확인하고 추가 마석으로 마법을 발동했다. 사용하는 것은 전격, 목표는 토 마장군의 시야.

위력은 낮지만 범위가 넓은 전격 마법이 토 마장군을 덮쳤다.

『크…… 두 번씩이나!』

팔을 휘두르자 전격은 간단히 흩어졌지만 그 한순간으로 틈이 생겼다.

도약하고 구르듯 토 마장군의 발밑을 빠져나갔다.

여기까지는 순조로웠다. 남은 것은 꼬리를 절단하는 것뿐――.

『――소용없다!』

"칫!"

머리 위에서 토 마장군의 꼬리가 내려왔다. 옆으로 뛰어서 피해도, 사람 몸통보다 배는 두꺼울 터인 꼬리가 채찍처럼 틀어박히자 땅이 부서지고 파편이 이쪽으로 날아왔다.

"크……!"

검으로 파편을 쳐냈지만 균형을 잃고 땅으로 쓰러져버렸다. 그곳으로 또다시 토 마장군의 꼬리가 내려왔다.

『꼬리를 노린 거겠지? 그렇다면 제대로 노렸어야지.』

회피하는 나를 토 마장군이 비웃었다.

신체 강화를 사용해서 뛰어올라 꼬리의 궤도에서 아슬아슬하게 회피했다. 그리고 공격으로 전환하기 위해 움직

이려고 한 참에,

『느려!』

다시 한 번, 연속해서 토 마장군이 꼬리를 휘둘렀다.

"커, 헉……!"

그 충격으로 다시금 대미지를 받고, 나는 거친 호흡 그대로 땅바닥에 처박혔다.

『꼴사납군, 인간. 그저 입만 살았어. 어차피 인간 따윈 이 정도밖에 안 되겠지.』

거슬리는 웃음소리. 토 마장군은 이미 의기양양한 태도였다.

——아아, 예상대로야.

비웃음과 함께 토 마장군이 또다시 꼬리를 들어 올리고자 힘을 실었을 때였다. 그때가 되어서야 토 마장군은 간신히 이변을 깨달았다.

『뭐냐, 이건?!』

토 마장군의 꼬리는 지면에 완전히 들러붙어 있었다. 꼬리 주위에는 끈적거리는 하얀 액체가 펼쳐져 있었다.

『큭…… 이건 땅거미의……!』

토 마장군의 꼬리에 들러붙은 것은 땅거미의 고치에서 나온 액체였다.

회피하는 것과 동시에, 꼬리의 낙하지점에 가지고 있던 고치를 모두 내려놓았다.

강력한 점착력이 있다고는 해도 고치의 효과가 통하는

것은 불과 몇 초겠지.
하지만 그것으로 충분했다.
"제대로 노렸어야지, 라고 그랬나? 그래, 그 충고는 감사히 받아들이마."
『이 자식……!』
토 마장군이 꼬리를 땅에서 떼어내려고 했지만 이미 늦었다.
간격을 좁히고 신체 강화에서 나오는 혼신의 일격을 꼬리 뿌리 부분에 휘둘렀다. 이 보검은 내포된 마력으로 항상 수준 높은 예리함을 자랑한다. 드래곤의 꼬리라도 장갑이 얇은 부분이라면 절단 가능.
"——하아!!"
꼬리 중에서도 특히 장갑이 얇은 부분을 노리고 일격. 휘두른 보검이 토 마장군의 꼬리를 뿌리 부분부터 끊어놓았다.
『그오오오오오오!!』
방 안에 포효를 울리고 이어서 받침점을 잃은 토 마장군이 기세 좋게 땅으로 쓰러졌다.
휘말려들지 않도록 거리를 벌린 참에 그의 거구가 땅에 처박히고 굉음이 울려 퍼졌다.
『네 이노오오옴!!』
"……!"
분노의 외침을 내지르며, 토 마장군은 균형을 잃은 상태에서도 억지로 몸을 일으켰다.

이전에 싸운 어스 드래곤은, 꼬리를 잃은 뒤로는 제대로 움직이지도 못했다. 이 상황에서 움직이려고 하다니 역시 토 마장군이라고 해야 할까.

그리고 그 거구를 이용하여 나를 짓눌러버리기 직전——,

"——잘 했어, 이오리."

엘피스자크의 목소리가 방 안에 울렸다.

◆ ◆ ◆

사전에 싸움의 전개를 정해두었다.

이 싸움에서 내 역할은 시간벌이. 진짜는 엘피스자크의 마법이었다.

"뒷일은 내게 맡기도록 해!"

정신이 드니, 후방에서 대기하고 있던 엘피스자크가 바로 옆에 서 있었다.

『크으으, 엘피스자아아아크!!』

내 발로 엎드린 채 몸부림치는 기세로 토 마장군이 돌진했다. 언덕만한 거구가 들이받으면 그것만으로 우리는 고깃덩어리가 되어버리겠지.

"——어디 받아봐, 토 마장군."

그 위용을 눈앞에 두고 엘피스자크는 움직이지 않았다.

방을 뒤흔들 정도의 마력을 두르며 그녀는 천천히 두 눈을 토 마장군에게 향했다.

그리고, 나는 보았다.

황금빛이었던 그녀의 눈동자가 피처럼 새빨갛게 빛나는 것을.

"——『마안 회신폭(灰燼爆)』."

다음 순간.

지옥 같은 극한의 빛이 세계를 물들이고, 그 직후 토 마장군이 폭발했다. 열풍이 방에 휘몰아치고 굉음을 내며 방 전체가 진동했다. 브레이크 매직과는 비교도 안 될 정도의 규모와 위력에 토 마장군의 거구가 날아갔다.

엘피스자크가 가진 힘 중 하나——『마안(魔眼)』.

마(魔)의 힘이 깃든 눈동자는 시선을 향하는 것만으로 고유의 마법을 발동할 수 있다.

"힘을 잃은 상태에서 이 정도 위력인가……."

이런 걸 당한다면 지금의 나 따윈 한순간도 버티지 못한다.

전성기의 일격이었다면 토 마장군만이 아니라 이 방이 통째로 날아가고 무너져 내렸을지도 모르겠구나.

어안이 벙벙한 표정의 나를 보고 엘피스자크는 자신만만한 표정을 지었다.

"훗, 놀랐나? 무리도 아니지. 위력 조절을 그르쳐서 아군을 날려버릴 뻔한 적도 있는 마안이니까 말이야!"

……그건 아니잖아.

마안을 사용한 엘피스자크의 눈동자는 새빨간 색에서 황금빛으로 돌아온 상태였다. 조금 전에 선보인 굉장한 마력도 전부 방출한 듯했다.

어스 드래곤의 장갑은 어지간한 마법이라면 완전히 무효화시켜버리는 강도를 지녔다. 엘피스자크의 일격은 그 장갑과 함께 토 마장군의 몸까지 날려버렸다. 이만한 일격을 맞았으니 어스 드래곤이라도 즉사했을 테지.

——상대가 평범한 어스 드래곤이라면.

『——오오오오오오오오오오오오오오오오오!!』

"——윽."

"뭐야……?!"

마안의 일격을 맞고서도 토 마장군은 살아있었다.

그의 두 눈에 어린 것은 모든 것을 불태워버릴 듯한 분노의 기색.

빠직빠직 소리를 내며, 날아가 버렸던 육체가 재생하기 시작했다. 날아가 버린 살점도 사라진 장갑도, 그리고 잘린 꼬리마저 서서히 이전의 상태로 돌아갔다.

"어스 드래곤이 치유 마법을 쓸 수 있을 리가——."

강력한 힘을 지닌 드래곤도 만능은 아니었다. 종족에 따라서 사용할 수 있는 마법은 한정되어 있는 것이다. 일찍이 치유 마법을 쓸 수 있는 어스 드래곤 따윈 들은 적 없었다.

그들은 단단한 장갑과 높은 공격력을 지닌 대신에 몸을 치유하는 마법은 쓸 수 없을 터.

『——그것을 뒤집었기에 토 마장군이 되었지. 얕보지 마라, 날벌레들.』

"그런가……! 네놈, 희소종이었나……!"

엘피스자크의 말에 토 마장군이 치유 마법을 사용할 수 있는 이유를 깨달았다.

희소종——조금 전에 미궁 위층에서 만난 머드 오거와 마찬가지로 통상적인 개체보다 높은 능력을 지닌 개체.

토 마장군은 어스 드래곤 희소종인가……!

『오오오오!』

꼬리를 재생한 토 마장군이 거대한 몸을 일으켰다.

『왜소한 인간이! 인간과 한패가 되는 마왕군의 수치 주제에! 다름 아닌 내게 부상을 입혔겠다……! 용서치 않아, 절대 용서치 않겠다! 당장 네놈들의 몸을 미궁의 얼룩으로 만들어주마!!』

불과 십여 초 만에, 이제까지 입힌 모든 부상이 토 마장군의 몸에서 사라졌다. 존재하는 것은 이전과 변함없는 압도적인 거구와 굴욕을 당했다는 분노뿐.

"……나도 이건 예상 못 했는데. 치유 마법을 사용하는 드래곤이라니, 애완동물인 베르디아밖에 몰라."

그토록 대담한 엘피스자크도 토 마장군의 치유력을 보

고 표정을 찌푸렸다.

결정타인 마안을 사용하고도 쓰러뜨리지 못했다――말하자면 절체절명의 상태인가.

"……엘피스자크. 저 녀석은 다시 한 번, 치유 마법을 쓸 수 있을까?"

"아니. 지금 그걸로 녀석은 대부분의 마력을 사용했어. 완전한 치유 마법 구사는 불가능할 거야."

본 상대의 마력을 알 수 있는 마안을 가졌는지, 엘피스자크는 붉은 눈동자로 토 마장군을 보더니 그리 결론지었다. 그렇다면 다시 한 번 마안으로 대미지를 준다면 저 녀석을 쓰러뜨릴 수 있다는 이야기였다.

"다시 한 번, 아까 그 마안을 사용할 수 있나?"

"응. 하지만 마찬가지로 시간이 필요해."

토 마장군의 팔이 우리를 향해 위에서 떨어졌다. 대화를 중단하고 둘이서 동시에 물러났다.

『우선은 엘피스자크, 네놈부터 박살내주마!!』

그녀의 마안은 토 마장군을 쓰러뜨릴 정도의 위력을 발휘하려면 몇 분의 충전이 필요했다. 그동안에는 다른 마법은 쓸 수 없으니 무방비했다.

"……알았어. 내가 시간을 벌지."

파우치 안에는 아직 충분한 마석이 남아 있었다. 대미지는 주지 못하더라도 아직은 계속 더 싸울 수는 있겠지.

"그래! 네게 맡길게, 이오리!"

내 말을 믿고 엘피스자크는 마안 충전을 개시했다. 그것을 저지하고자 토 마장군이 움직였다.

분노로 미쳐서 막무가내인 저 녀석을 막으려면 꽤나 고생하겠지.

하지만 이런 곳에서 죽을까보냐. 내게는 아직 해야만 하는 일이 있다. 무슨 수를 써서라도 이곳에서 탈출해야 한다.

파우치 안으로 손을 넣어 마석을 붙잡았다. 한손으로 보검을 들고, 엘피스자크를 지키고자 앞으로 뛰어나가려고 했을 때였다.

"――――."

어떤 사실을 깨닫고 말았다.

마력을 모으며 눈앞에서 무방비한 모습을 드러내고 있는 엘피스자크.

마안을 경계하여 그녀를 향해 똑바로 돌진하는 토 마장군.

그리고 토 마장군 너머로 보이는, 막힌 상태인 전이진으로 이어지는 길.

현재 토 마장군은 철저하게 엘피스자크만을 노리고 있었다. 막힌 길도 마석의 『브레이크 매직』을 풀로 사용하면 몇 초 만에 돌파할 수 있겠지.

그렇다면 지금 그녀를 버리고 토 마장군을 우회해서 출구로 달려가면――.

그녀를 버리면 나만은 살 수 있다.

——머릿속에 떠오른 선택지에, 나는 마석을 붙잡은 팔을 내렸다.

제9화 『터닝 포인트』

——엘피스자크를 버리면 나 혼자서는 도망칠 수 있다.

그런 생각이 머릿속을 스쳤다.

지금은 나로서는 토 마장군의 단단한 갑옷을 부술 정도의 공격은 불가능하다. 시간을 버는 것도 상당한 위험이 뒤따르겠지. 섣불리 움직였다가는 일격에 목숨이 날아갈 것이다.

토 마장군은 이쪽을 향해 맹렬한 기세로 돌진했다.

생각할 시간은 앞으로 몇 초밖에 없었다.

애당초 같이 싸우자고 제안한 것은 엘피스자크였다. 그 자식들과 동료가 되었을 때와 마찬가지로, 나는 또 상대에게 휩쓸려 어쩔 수 없이 협력 관계를 맺은 것이었다.

상대는 마족이다. 나를 상대로 무언가 생각하는 바가 있을지도 모른다.

"……그래."

엘피스자크는 마족이다. 이제까지 계속 싸운 적이다. 적을 배신하는 게 뭐가 나쁜가. 도와줄 필요 따윈 전혀 없다.

이것이 이곳에서 살아서 돌아갈 수 있는 최후의 기회일지도 모른다. 지금은 어떻게든 도망쳐야 한다.

내게는 아직 해야만 하는 일이 있으니까.

눈앞에는 엘피스자크의 뒷모습이 있었다. 아직 내 움직임을 깨닫지는 못했다.

"——윽."

그녀를 버릴 생각으로, 나는 앞으로 걸음을 내디뎠다. 모래를 박차는 소리가 연속해서 울렸다. 엘피스자크도 이 소리가 들릴 테지. 내가 도망치려 한다는 사실도 깨달았을 것이다.

그럼에도.

"————."

엘피스자크는 아무 말도 하지 않았다.

무방비한 모습을 드러내고, 그저 나를 믿고서 마력을 모으고 있었다.

——너는 나를 도와줬으니까. 그 사실에 인간이든 마족이든 상관없잖아?

아까 그 말이 떠올랐다. 이 녀석은 진심으로 그렇게 생각했던 걸까.

인간이든 마족이든 상관없다고, 적대하는 종족임에도 나를 믿을 수 있다고.

엘피스자크는 돌아보지 않았다.

그녀만큼의 능력이 있다면 내가 도망치려는 것 정도는 알 수 있을 텐데.

아무 말도 않는 그녀의 뒷모습은——그저 나를 계속 믿고 있었다.

『오오오오오오!!』

토 마장군이 팔을 들어올렸다. 누가 상대라도 가볍게 으스러뜨릴 수 있는 그 팔을 무방비한 엘피스자크 위로 휘둘렀다.

"————."

정신이 드니.

나는 엘피스자크를 안고서 몸을 날리고 있었다.

"……이오리."

품속에서 그녀는 놀란 표정을 짓고 있었다.

……역시 내가 혼자서 도망치려 한다는 사실을 알아차렸던 거겠지.

"——윽."

후려친 팔이 땅을 도려내고 바위가 부서지며 흩날렸다. 바위 파편을 피하고 토 마장군과 거리를 벌렸다.

『한꺼번에 사라져 버려라.』

분하다는 듯이 신음하며 토 마장군이 울부짖었다.

토 마장군이 크게 입을 벌렸다. 그곳에 집중되는 막대한 양의 마력. 저건 확실하게 우리 둘을 죽일 수 있다.

아직 도망칠 수 있다.

저 녀석이 마력을 모으는 동안이라면 아직——.

"——저 일격만큼은 막아내겠어. 그러니까 서둘러, 엘피스자크."

하지만 나는 그리 말하고 있었다.

……아아, 그렇다.

여기서 버리고 도망치는 건 잘못이겠지. 이용하는 건 괜찮다. 하지만 속이고 배신하는 건 잘못이다. 그런 짓을 한다면 나는 그 녀석들과 똑같은 쓰레기가 된다.

"——그래!"

힘차게 끄덕이는 엘피스자크를 보고 나는 각오를 다졌다.

◆ ◆ ◆

『약삭빠른 짓을 해주었지만, 그것도 이제 끝이다. 저세상으로 보내주마!』

토 마장군이 울부짖었다.

입가에 집중된 마력량을 미루어보아, 저게 발사된다면 어쩔 도리도 없었다. 그리고 지금의 내게는 저걸 막을 수단은 없었다.

——그렇다, 지금의 내게는.

꺼낸 것은 무지갯빛으로 빛나는 던전 코어. 그 안에 든 것은 미궁을 기동시킬 수 있을 정도의 마력.

손안의 던전 코어——그것을 으스러뜨렸다.

"크——윽……!"

뿜어 나온 마력의 격류가 오른팔의 증표로 흘러들었다. 몸 안이 삐걱거렸다. 휘몰아치는 폭풍 같은 마력에, 시야에 노이즈가 끼었다.

"——아."

그리고, 깨닫고 말았다.

부족하다——는 사실을.

던전 코어에 내포된 정도의 마력으로는 증표를 기동시키기에 부족했다.

『그리고 마왕님께 전해주지. 네놈 따윈 전혀 가치 없는, 왜소한 존재라고 말이다!!』

마력을 모두 모은 토 마장군의 광소가 울렸다. 술식이 완성되고 말았다.

이제 어쩔 도리도 없었다.

"……기지 마."

이 광경을 앞에 두고서도 엘피스자크는 움직이지 않았다.

의심도, 불안도 없이 그저 나를 믿고서 마력을 계속 모으고 있었다.

『——'콜랩스 스테이크(collapse stake)'.』

만들어진 것은 거대한 기둥이었다.

토 마장군의 거구에 필적할 정도의 크기를 지닌 기둥이 탄환처럼 발사되었다.

저런 게 직격한다면 한순간도 버티지 못한다.

"웃기지, 마……!"

이 마당에 이르러서도 『용사의 증표』는 발동할 기미가 없었다.

움직이지 않는 힘에게, 무엇보다도 그것이 없다면 아무것도 못 하는 스스로에게 지독히 화가 치밀었다.

파우치에서 한 번에 사용할 수 있는 최대한의 마석을 꺼냈다. 피가 배어나올 정도로 움켜쥐고 안에 든 마력을 해방했다. 한계까지 마석을 사용해도 저 기둥을 막을 수 있을 만큼의 마법은 사용할 수 없었다.

"크……윽."

무리한 마법 구사로 마력이 흩어져버릴 뻔했다.

압도적인 마력 부족.

"내게는, 해야만 하는 일이 있다고……!"

이런 곳에서 죽을까보냐.

용사의 증표를 막고 있는 무언가——그것을 억지로 무너뜨리고 마력을 끌어낸다.

존재하는 것을 모두, 억지로라도 모조리 사용한다.

"방해하지, 말라고……!"

굉음을 울리며 붕괴의 기둥이 밀어닥쳤다. 움켜쥔 마석이 손바닥에 박히고 피가 배어나왔다.

오른팔이 불타오를 듯이 뜨거웠다.

"오, 오오오오오오!!"

충분할 리가 없는 마력.

그것이 몸 안에서 끓어오르듯 넘쳐흐르고 오른팔로 모여들었다.

불타버릴 것 같은 팔을 내지르고, 외쳤다.

예전의 내가 사용했던 최강의 방어 마법을.

"『일 아타락시아』———!!"

정면으로 전개한 것은 기둥에 필적하는 크기의 방패였다. 발사한 기둥이 방패와 격돌하고 충격을 흩날리며 움직임을 멈추었다.

『뭣이……?!』

——일 아타락시아.

결코 부서지지 않는 방패를——그리 생각하며 내가 만들어낸 방어 마법. 물리적인 공격만이 아니라 맞부딪친 마법을 소멸시켜 없애버리는 빛의 방패였다.

붕괴의 기둥과 맞서는 무적의 방패. 불완전한 상태로 발동한 그것이 흔들리고 삐걱거렸다.

하지만 질 수는 없다……!

"크——아아아아아아아아아……!"

절규하며 땅을 박찼다.

그리고 움켜쥔 마석이 부서지는 것과 동시에——,

『……말도 안 돼.』

기둥과 방패가 동시에 부서졌다. 토 마장군의 동요한 목소리가 방 안에 울렸다.

……막아냈다.

조금이라도 마력이 부족했다면 내 방패가 패배했겠지.

억지스러운 마력 구사의 영향인지 권태감이 온몸으로 덮쳐들었다.

오른손의 증표가 타오르듯 뜨거웠다.

『그렇다면……!』

"큭."

토 마장군이 입을 벌려 바위 포탄을 발사하려했다. 이제 그 방패는 쓸 수 없었다.

건곤일척, 보검으로 궤도를 빗나가게 만들 수는 없을까 생각하여 자세를 취했을 때였다.

"——잘 버텨줬어, 이오리."

늠름하게 울리는 그 목소리에 토 마장군이 굳었다.

그 목소리의 주인은 눈동자를 새빨갛게 물들이고 휘몰아치는 듯한 마력을 몸에 두르고 있었다.

『윽…… 엘피스자크!』

불리함을 깨달았는지 토 마장군이 암석포 발동을 멈췄다.

처음에 나타났을 때와 마찬가지로 거구가 스르륵 땅으로 가라앉기 시작했다.

"——그렇게 두지 않아!"

그보다도 먼저, 엘피스자크가 움직였다.

새빨간 눈동자를 크게 떴다.

『말도 안 돼……. 기회주의적인 패배자들 따위에게 이몸이——.』

“——『마안 회신폭』——!!”
절규하는 토 마장군을 향해 홍련의 섬광이 날아갔다.
그것은 땅속으로 가라앉으려던 토 마장군에게 적중하여 눈부실 정도의 폭발을 일으켰다. 조금 전과 마찬가지로 바위 장갑을 통째로 날려버리는 폭풍 같은 일격.
『커……헉.』
폭연이 개고, 마안을 맞은 토 마장군의 모습이 드러났다. 온몸이 불에 타고 폭발로 한쪽 팔이 날아갔다.
확실한 치명상이었다.
하지만——,
『나는…… 아직 지지…… 않았다!』
“……이 자식, 아직도!”
그만한 공격을 받고도 토 마장군은 쓰러지지 않았다.
마력은 거의 끝이 났을 텐데도 억지로 치유 마법을 발동, 상처를 치유하려고 했다. 빠직빠직, 처음과는 비교가 안 될 정도의 완만한 속도로 상처가 치유되고 있었다.
“크…… 지금 그걸로 나도 마력이 거의 바닥났어. 이제 회신폭은 못 써……!”
마안을 두 번이나 사용한 엘피스자크는 이마를 누르고 얼굴을 찌푸렸다.
토 마장군이 다시 움직일 수 있다면 더 이상 우리로서는 손쓸 도리가 없었다.
……여기까지 와서 질까보냐.

“엘피스자크! 남은 마력을 이 검으로 집어넣을 수 있겠어?”

“어떻게 할 생각이야?”

“이걸로 저 녀석을 끝내겠어.”

“……알았어. 남은 마력은 너한테 맡길게!”

건넨 보검에 엘피스자크가 마력을 주입했다.

“미안해…… 이게 한계야.”

엘피스자크의 마력이 담긴 보검은 시커먼, 꺼림칙한 색깔로 물들어 있었다. 무시무시할 정도의 마력이었다.

“……아니, 충분해!”

나는 땅을 박차고 토 마장군을 향해 달려갔다.

『오오오오오!!』

고통스러워하는 절규를 흘리며 토 마장군이 접근하는 나를 향해 팔을 휘둘렀다. 아무렇게나 휘두른 그 팔은 제대로 나를 노리지 못하고 바로 옆으로 틀어박혔다.

“윽, 오오오오!”

그 팔로 뛰어올랐다.

울퉁불퉁한 바위로 뒤덮인 팔 위를 전속력으로 달려갔다.

“이걸로 끝내주마.”

『그——오오오!!』

검게 물든 보검을, 장갑이 벗겨져나가서 훤히 드러난 머리를 향해 휘둘렀다. 칼날이 토 마장군의 살점을 갈랐다.

『헛수고……다!!』

"윽!"

그럼에도 토 마장군을 끝내지는 못했다. 토 마장군이 머리를 흔들어 나를 허공으로 내던져버렸다.

보검은 여전히 머리에 박혀 있었다.

『죽어라아, 인가아아안!!』

허공에 뜬 나를 향해 토 마장군이 팔을 휘둘렀다. 지금의 나로서는 그것을 피할 수는 없었다.

하지만.

그 직전, 토 마장군에게 박힌 보검이 빛을 발했다.

『뭐냐, 이건……?!』

토 마장군과 싸우기 전, 미리 생각해둔 방안 중 하나.

어스 드래곤의 약점 중 하나는——바위로 뒤덮이지 않은 몸 안. 그렇다면 그 몸 안에서 비장의 공격을 발동시키면 된다.

『설마…… 이 자식, 이 자시이익!!』

"——끝이다, 토 마장군."

이 보검은 내부에 마력이 담긴 매직 아이템. 마석과 마찬가지로 내부의 마력을 폭주하게 만들면 폭탄으로 만들 수 있었다.

보검만으로도 마력량은 충분했지만 거기에 엘피스자크의 마력까지 더해지니——.

“『브레이크 매직』——!!”

꺼림칙한 빛이 작렬했다. 폭주한 마력의 업화가 토 마장군의 몸 안으로 흘러들었다.

『————윽!!』

찢어질 듯한 단말마.

그 직후, 토 마장군의 머리가 터지고 마력의 불꽃이 만발했다. 천장을 꿰뚫을 듯이 폭연이 피어올랐다.

『————.』

기우뚱, 머리를 잃은 거구가 기울었다. 언덕처럼 거대한 몸이 가라앉으며 미궁을 뒤흔들었다.

그것을 마지막으로 토 마장군은 더 이상 움직이지 않았다.

이번에야말로 완전히, 나락 미궁의 주인은 숨이 끊어졌다.

“……이오리!”

땅으로 추락하기 직전, 또다시 엘피스자크가 나를 받아들었다.

이래서야 또 입장이 거꾸로잖아.

억지로 마법을 사용한 영향일까. 전지가 끊어지듯 몸에서 힘이 빠졌다.

엘피스자크의 품속에서 의식이 점점 멀어졌다.

“——역시 너는.”

그런 혼잣말이 마지막으로 들린 것 같았다.

제10화 『정체를 꿰뚫어보는 혜안』

깊은 바다 속에 잠긴 듯한 감각.

그것을 인식한 순간, 의식이 점점 위로 끌려올라갔다. 이윽고 천천히 눈을 떴다.

"……아얏."

몸 여기저기가 아프고 감기에 걸리기라도 한 것처럼 나른했다. 오랫동안 느낀 적 없는 근육통과 마력 결핍의 증상이었다.

"여긴……."

올려다보니 울퉁불퉁한 바위 천장이 시야에 들어왔다. 어스름한 미궁의 풍경이었다.

아무래도 나는 미궁에 누워 있었나보다.

……아아, 그런가.

토 마장군과의 싸움에서 승리한 뒤, 마력이 떨어져서 의식을 잃었던가.

그건 그렇고, 바닥에 누워 있는 것치고는 머리 쪽이 무척 부드러웠다.

부드럽고, 탄력이 있고, 그리고 따듯했다.

"……뭐지?"

천천히 고개를 들자 나를 들여다보는 엘피스자크의 얼굴이 눈앞에 있었다.

"이제야 일어났나."

"우왁……?!"

아무래도 나는 이 녀석의 무릎 위에서 잠들어 있었던 듯했다.

그런가…… 나는 이 녀석 앞에서 무방비한 모습을 드러내고 있었나.

그리 생각하니 오싹했다.

"……그렇게 놀랄 건 없잖아."

"……아니, 무릎베개를 해줄 거라고는 생각 안 했거든."

"설마, 버려두고 갈 수도 없잖아?"

"그렇기는 하지만……. 아니, 고마워. 덕분에 살았어."

전이진으로 가는 길을 막는 장해물은 이제 없을 텐데, 엘피스자크는 나를 버려두고 가지 않았다. 그 사실에 순순히 감사를 표하고 그녀의 무릎에서 얼른 거리를 벌렸다.

"음. 내가 무릎베개를 해줬다는 사실을 대대손손 자랑해도 돼."

엘피스자크는 여전했다.

그 말을 가볍게 흘려 넘기고, 나는 몸 상태를 확인했다. 몸은 무겁지만 움직이지 못할 정도는 아니었다. 마력도 자는 동안에 다소 회복된 듯했다.

엘피스자크에게 무언가 당한 흔적도 없었다.

"…………."

여전히 용사의 증표는 대부분의 기능을 잃은 상태 그대로였다. 하지만 던전 코어를 흡수한 것은 전혀 소용없는 일은 아니었다. 다소나마 마력을 끌어낼 수 있게 되었다.

이 정도면 마석을 사용하지 않고도 하급 마법은 구사할 수 있겠지.

"여하튼 그 드래곤을 쓰러뜨릴 수 있었으니 다행이네. 나 혼자서는 녀석을 끝내지 못했을 거야."

고마워, 엘피스자크가 감사를 표했다.

"……아니, 도움을 받은 건 내 쪽이야."

사실은 나에게 그렇게 감사를 받을 권리는 없었다. 왜냐면 나는 그때 한 번, 엘피스자크를 배신하려고 했으니까.

"토 마장군의 마법을 막은 방패, 그 기술에는 나도 놀랐어."

그런 내 속마음은 아는지 모르는지, 엘피스자크는 유쾌하게 말했다.

『일 아타락시아』.

다시 생각해봐도 어떻게 그 마법을 사용할 수 있었는지는 모르겠다. 다시 한 번 꺼내보라고 해도 못 쓰겠지.

대체 그건 뭐였을까.

"그렇지. 그래서 생각했는데 말이야."

가벼운 말투로, 엘피스자크는 계속 말했다. 그리고 튀어나온 말에 나는 얼어붙었다.

"——너, 아마츠지?"

◆ ◆ ◆

"너……."

갑자기 던져진 그녀의 말에 굳어버렸다.

아마츠, 라고 했나.

내가?

"역시 그랬나."

……저질렀다.

내 반응에 눈을 가늘게 뜨는 엘피스자크를 보고, 실패를 깨달았다. 이제 발뺌하지는 못하겠지.

"큭……!"

여전히 앉아 있는 엘피스자크에게서 거리를 벌렸다.

마족의 입장에서 보면 『영웅 아마츠』는 우리가 말하는 『마왕』이나 마찬가지인 존재였다. 정체를 들켰으니 그냥 넘어가지는 못하겠지.

"오오……. 놀랐어……. 갑자기 너 왜 그래."

그렇게 생각했는데.

엘피스자크는 움직이지 않고, 펄쩍 물러난 나를 보고서는 눈을 동그랗게 떴다.

"내가 공격할 거라고 생각하기라도 했어?"

"……당연하지. 반대로, 어째서 공격하지 않는 거야?"

"……그건 말이지."

내 물음에 엘피스자크는 오묘한 표정으로 대답했다.

"일단 공격하려고 해도, 너한테 무릎베개를 해주다보니 다리가 저려서 못 일어나겠어."

"…………."

물러난 스스로가 바보처럼 느껴졌다.

"게다가 지금 나한테는 너와 싸울 이유가 없어. 옛날이라면 모를까 지금은 마왕군에서 빠져나왔으니까."

"…………."

정말로 그녀에게 적의는 없는 듯했다.

냉정하게 생각하면, 적의가 있었다면 기절한 동안에 살해당했을 테지. 무릎베개 같은 건 절대로 안 했을 테고.

"……언제부터 알아차렸어?"

"토 마장군의 일격을 막아냈을 때야. 네 마력은 아마츠와 같은 종류였거든."

나 정도 되면 마력으로 알 수 있어, 엘피스자크는 의기양양하게 말했다.

"용모가 무척 바뀌었으니까 못 알아차렸어. 정말이지, 모르는 사이도 아니니까 만났을 때 말해주면 되었을 텐데."

서로 목숨을 걸고 싸운 상대를 가리켜서 그저 모르는 사이도 아니라니.

"하지만, 반가워, 아마츠. 마지막으로 만난 건 30년 전이었나."

너한테 당한 흉터는 아직 남아 있어, 엘피스자크는 즐겁게 그리 말했다.

내가 아마츠라는 사실을 깨닫고서도 꽤나 친근한 태도였다.

"설마 그 상황에서 살아남았을 줄이야. 놀랐어."

"……뭐, 그렇지."

정신이 들었더니 살아남았더라, 그리 표현하는 게 맞을 테지만.

"나도 남 일처럼 이야기는 못 하겠지만, 아마츠도 꽤나 약화된 모양이네. 옛날의 너라면 그 드래곤 따윈 간단하게 쓰러뜨릴 수 있었을 테지?"

"……좀 사정이 있어서 힘을 쓸 수 없게 되었어. 이 미궁에는 마력을 되찾으러 왔지."

"아, 과연. 던전 코어를 사용한 건 그런 이유였나."

"결국에는 부족했지만."

던전 코어가 하나로는 부족하다는 것은 상당히 성가셨다. 대체 마력이 얼마나 필요한 건지.

"그 후로 시간이 꽤 흘렀는데, 아직도 용사로서 싸우는 거야?"

"……아니."

용사의 증표는 여전히 내 팔에 있었다. 하지만 이제 나는 용사가 아니었다.

"엘피스자크. 될 수 있으면 아마츠가 아니라 이오리라고 불러줘. 그 이름은 이미 버렸어."

『영웅 아마츠』는 이미 죽었다.

세계를 평화롭게 만들고 싶다는 유치한 이상은, 내게는 더 이상 없으니까.

"……그런가. 그렇다면 지금까지처럼 이오리라고 부를게."

내 태도에서 그다지 옛날이야기를 하고 싶지는 않은 모양이라 알아차렸을까. 엘피스자크는 과거에 대해서 마구잡이로 파헤치려 들지는 않았다.

아, 그런가. 이 녀석은 내가 동료에게 배신당하는 모습을 봤구나.

여하튼 적의는 없다면 그걸로 됐다.

"저기, 이오리. 너는 앞으로 어떻게 할 거야?"

앉은 채, 엘피스자크가 물었다.

"……앞으로, 라."

이번 목적은 던전 코어였다. 손에 넣는 데에는 성공했지만 결국 마력은 돌아오지 않았다. 그 감각을 미루어보면, 던전 코어를 받아들인 것은 방법의 측면에서는 정답이었다.

문제는 필요한 마력의 양. 완전히 힘을 되찾으려면 아마도 두세 개의 던전 코어가 필요하겠지.

내 목적은 배신한 녀석들에게 복수하는 것이다.

우선 류자스가 한 말의 진위를 확인할 필요가 있었다.

그를 위하여 매직 아이템을 보물 창고에서 훔쳐왔는데, 그 자리에서 류자스에게 사용할 수 없었던 건 아쉽구나.

"……다른 나라로 가서, 여기랑 마찬가지로 미궁에 도전할까."

복수 이야기는 덮어놓고, 그녀에게는 그리 설명했다. 이번 토 마장군 바르길드는 지난번 토 마장군보다도 훨씬 성가신 상대였다.

다음 미궁에 도전할 때에는 장비를 갖추는 것 말고도 무언가 방책을 세울 필요가 있겠네.

"호오."

"……뭐야."

내 말을 듣고 엘피스자크가 싱글싱글 미소를 띠었다.

무언가 안 좋은 예감이 들었다.

"우연이네, 이오리. 사실은 나도 미궁에 용건이 있어."

"그런가. 잘 됐네. 그럼 나는 저 토 마장군의 비늘 같은 걸 벗겨낼 테니까."

"잠깐만 기다려."

도망치려던 내 팔을 단단히 붙들었다.

젠장, 무슨 말도 안 되는 힘이냐. 꿈쩍도 하지 않았다.

"이오리. 조금 전 싸움의 활약을 높게 평가하여, 하루 세 끼 식사를 만들 것과 내게 동행할 것을 허가하지."

"거절한다."

"어?!"

예상도 하지 않았다, 그리 말하고 싶은 표정으로 엘피스자크는 놀란 목소리를 흘렸다. 함께 싸우기는 했지만 미궁

바깥까지 따라오는 건 역시나 귀찮았다.

"그, 그럼 하루 두 끼랑 손톱을 다듬는 거랑 동행을."

"사양하지."

"그럼 하루 한 끼랑 손톱을."

"필요 없어."

엄청 끈덕지네, 이 녀석…….

그럴 리가 없다, 엘피스자크는 바들바들 몸을 떨며 외쳤다.

"내가 좋다고 하잖아?!"

"네가 뭔데."

"마왕님이야, 전직!"

이 녀석, 대체 무슨 소리야.

싸울 때에는 그렇게나 위압감이 넘치더니, 평소에는 어째서 이다지도 안타까운 걸까. 함께 싸운 것에는 감사하고 있지만 그렇게까지 어울리고 싶지는 않았다.

떼를 쓰는 엘피스자크를 떼어놓고, 나는 토 마장군의 시체로 향했다.

"아, 이봐 이오리!"

대형 몬스터에게서는 좋은 소재를 손에 넣을 수 있다. 그대로도 비싸게 팔 수 있고, 가공하면 튼튼한 무기나 방어구를 만들 수도 있다. 이만큼 거대한 드래곤이니까 틀림없이 좋을 소재를 얻을 수 있겠지.

깊은 상흔이 있으니 안쪽의 살점부터 잘라내면 떼어낼

수 있었다. 비늘이나 이빨 등, 좋은 무기가 될 법한 부위는 모조리 받아냈다.

그중에서도 몬스터의 심장부라고 할 수 있는 『마결정(魔結晶)』은 엄청난 것을 손에 넣었다. 이것들을 사용하면 그 보검을 뛰어넘는 무기를 만들 수도 있겠지.

마결정을 손에 넣고 파우치에 집어넣으려고 했을 때였다.

“샤샥!”

직접 입으로 효과음을 내며 엘피스자크가 마결정을 빼어갔다. 그대로 벽까지 달려가나 싶더니, 경이적인 도약력으로 뛰어올랐다.

내가 닿지 않는 높이에서 팔을 벽에 박아 넣더니 그대로 매달렸다.

“흐흥, 토 마장군이라고 그러더니, 확실히 무척 좋은 마결정인 것 같네! 이오리! 이걸 돌려받고 싶다면 나랑 같이 가자!”

“……시끄러워, 돌려줘.”

“싫어!”

“아아, 정말이지. 너는 무슨 어린애냐!”

대체 뭐냐고!

“나는 말이지, 무슨 일이 있어도 미궁 안으로 들어가야 할 필요가 있어! 너도 미궁에 용건이 있는 거잖아?! 그렇다면 동행해도 될 거 아냐?!”

어린아이가 떼를 쓰듯, 벽에 매달린 채로 팔다리를 바동바동 움직였다. 이 모습을 보아하니 말하는 걸 안 들어주면 마결정을 돌려주지는 않을 듯했다. 반드시 필요한 물건은 아니지만, 약체화된 현 상태에서는 최대한 최고의 장비를 마련해두고 싶었다.

저걸 두고 가는 건 아무래도 아깝다.

"……알았어. 일단 이야기는 들어줄게."

"정말인가?!"

"그래."

이야기는, 말이지. 이야기를 듣고 적당히 구슬리도록 하자. 마결정만 되돌려 받으면 더 이상 용건은 없으니까.

"그러니까 일단 좀 내려와."

"음, 알았어."

엘피스자크는 고개를 끄덕였다.

"…………."

"…………."

"…………."

"…………."

"아니, 얼른 내려오라고."

왜 계속 벽에 매달린 채로 나만 보고 있냐.

"이오리. 한 가지, 네게 말해둘 게 있어."

"……뭔데."

"음, 사실은 말이야, 내려가질 못하겠어."

진지한 표정으로 엘피스자크는 말했다.

"……내려줘, 이오리."

나는 머리를 부여잡고 크게 한숨을 내쉬었다.

제11화 『소녀는 이야기한다』

"——사실 지금의 나는 머리뿐이야."

애써 벽에서 땅으로 내려와서는, 엘피스자크는 영문도 모를 소리를 꺼냈다.

나를 데려가고 싶은 이유를 물었는데, 이 녀석은 무슨 소릴 하는 걸까.

"……그 말은, 머리만 있고 안에 든 건 없다는 의미인가?"

"그게 아냐! ……그보다도 지금 그 말투, 날 살짝 바보 취급하는 거 아냐?"

"…………."

엘피스자크는 분개한 태도로 설명을 시작했다.

요약하자면 이런 이야기였다.

지금 엘피스자크는 몸과 마력이 다섯 개로 분할된 상태다. 이곳에 있는 것은 머리뿐이고, 나머지 부위는 다른 미궁에 봉인되어 있다고 한다. 그녀가 약체화된 것은 그것이 원인이라나.

"분할이라니, 몸은 제대로 있잖아."

"이건 마력으로 만들어낸 분신체야. 진짜 몸이 아니지. 분신체를 없애면 나는 목만 남아."

"그건 꽤나 쇼킹한 그림이겠네……."

엘피스자크의 머리는 이곳 나락 미궁에 봉인되어 있었다. 마침 오늘 자력으로 그 봉인을 풀고 머리만으로 도망치려고 했다나. 그 상황에서 토 마장군에게 쫓기고 있었다, 그런 이야기인가.

"나는 봉인된 몸을 되찾기 위해서라도 미궁으로 가야만 해."

"봉인이라니, 대체 어째서 그렇게 된 거야."

내가 살해당한 뒤에 다른 녀석들한테 봉인 당했나?

……아니, 그렇다면 굳이 다섯 장군 미궁에 봉인하지는 않았을 테지.

내 물음에 엘피스자크는 생각에 잠기는 표정을 짓더니 이윽고 입을 열었다.

"오르테기어 반 자레펠드. 나를 봉인한 건 현재의 마왕이야."

마왕 오르테기어.

일찍이 내가 싸우고 죽음 직전까지 몰아붙였던 최대의 적. 마왕군을 이끌고 인간을 멸망시키려 하는 존재.

"……어째서 네가 오르테기어에게 봉인을 당했는데. 너도 마왕군이었잖아?"

"말했잖아. 나는 마왕군을 빠져나왔다고."

"그렇다고 해도, 어째서 네가 마왕에게 직접 봉인을 당해야 되는데."

내 물음에 엘피스자크는 자조하듯 어렴풋이 웃었다.

"저기, 이오리. 내 이름을 기억해?"

"……? 음."

엘피스자크 길데가르드.

그것이 이 녀석의 이름이었을 터.

"——엘피스자크 **반** 길데가르드. 나는 말이지, 예전에 이런 이름이었어."

그게 어쨌다고, 그리 말하려다가 나는 문득 떠올렸다.

——오르테기어 **반** 자레펠드.

마왕의 이름에도 『반』이라는 글자가 포함되어 있다는 사실을.

"너, 설마."

"그래."

먼 곳을 바라보는 듯한, 그런 눈빛으로 엘피스자크는 말했다.

"——나는 말이지, 전직 마왕이야."

◆ ◆ ◆

이전에 들은 적이 있다.

마왕이라는 칭호는 마족 가운데 가장 강한 자에게 주어지는 것이라고.

최강의 마족이 되면 마왕이 되었다는 증명으로 붉은색 문장이 떠오른다. 그것을 『마왕문(魔王紋)』이라고 한다나.

오르테기어의 몸에 있는 붉은 문장을 나는 보았다.

"내 이건 그 잔해야."

자조하듯 말하는 엘피스자크.

그녀의 몸에는 색깔을 잃은 『검은 문장』이 새겨져 있었다. 마왕의 자리에서 내려오게 되었을 때, 붉은색에서 검은색으로 변색된 듯했다.

"내가 마왕의 자리에 있었던 건 불과 몇 년뿐이었어. 다른 세계에서 나타난 인간 용사——아마츠의 이름이 세계에 퍼지는 것보다도 더 전의 이야기야."

내가 이 세계에 왔을 때에는 이미 오르테기어가 마왕이었다.

"내가 직접 말하는 것도 뭣하지만, 나는 온건파 마족이었어. 마왕이 된 날부터 인간과의 전쟁을 가능한 한 자제하려고 했지."

그것이 마음에 들지 않았을 테지, 엘피스자크는 그리 중얼거렸다.

"오르테기어를 시작으로 전쟁을 바라는 마족들이 내게 반기를 든 거야. 그때에, 나는 오르테기어에게 패배해서 마왕의 자리에서 끌려 내려왔어."

"그래서…… 오르테기어가 마왕이 되었다는 건가."

마왕군의 공격이 격화된 것은 내가 소환되기 얼마 전부터였다. 그때까지는 사소한 분쟁 정도의 싸움은 있었지만 그렇게까지 본격적인 전쟁은 아니었다고 한다.

지금 같은 전쟁이 된 것은 마왕이 엘피스자크에서 오르테기어로 바뀐 게 원인이겠지.

"그리고 그 녀석은 내 부하를 인질로 잡고 내게 인간과 싸울 것을 강요했어.”

씹어 삼키듯 씁쓸한 목소리.

온건파였던 전직 마왕을 싸우게 만들다니, 참으로 아이러니했다.

아, 그런가. 그래서 이 녀석은『사천왕』이 아니었나. 반역할 우려가 있는 녀석한테 지위를 줄 수는 없었을 테니.

“나는 몇 년 동안 오르테기어의 부하로서 녀석을 따랐어. 동료를 구하고 반격할 기회를 기다리면서.”

그러나 그 기회는 오지 않았다. 다른 세계에서 소환되었다는, 영웅 아마츠가 나타난 것이었다.

“아마츠를 죽이면 인질을 해방해주겠다―― 오르테기어는 그렇게 말했지.”

그 결과는, 나도 알고 있었다. 엘피스자크는 패배하여 나를 죽이지 못했다.

“그 후에는 어떻게 되었지?”

“인간 여자와 귀족 남자. 루시피나와 디오니스라고 했나, 그 두 사람은 원래 동료였지.”

“……그래.”

지독히 불쾌하다는 표정으로, 엘피스자크는 말했다.

“……사전에 연출이 있었던 거겠지. 그 두 사람은 너를 죽인 뒤, 마왕군으로 돌아섰어. 마법사 남자를 빈사 상태까지 몰아넣고 낄낄 웃어댔지.”

“……큭.”

……아무래도 류자스의 이야기는 사실이었나 보다.

"그 후, 나는 오르테기어가 있는 곳으로 그 둘에게 끌려갔지. 만신창이가 된 나를 보고 녀석은 이렇게 말했어. 『네 놈은 더 이상 쓸모가 없다』고."

어느샌가 엘피스자크의 목소리는 떨리고 있었다. 주먹을 움켜쥐고 피를 토하는 듯한 표정으로 계속 말했다.

"처음부터 인질을 풀어줄 생각 따윈 없었던 거겠지……! 오르테기어는 내가 인간과 싸우는 걸 보며 웃고 있었던 거야! 그리고는 끝내 인질을…… 동료를! 그들은 내 앞에서 죽였어……!!"

"…………."

"울부짖는 나를 보고 귀족 남자와 루시피나라는 녀석은, 내 동료를 죽이며 진심으로 즐겁다는 듯이! 나를, 비웃었어……!!"

떨리는 목소리는 서서히 커지고 있었다.

이제까지 우스꽝스럽기는 했지만 의연하던 그녀가 처음으로 보이는, 강한 감정. 얼마나 큰 분노인지는 그 표정을 보면 알 수 있었다.

"『너도 아마츠와 마찬가지로 형편없는 어릿광대였어』라고 말이야!!"

세계가 떨리는 것처럼 착각이 느껴질 정도의 살기.

"————."

자신이 그런 살기를 내뿜고 있다는 사실을 깨닫고 엘피

스자크는 숨을 내쉬었다.

"……엘피스자크."

"……미안해. 조금 지나치게 감정적이 되었어."

"아니……."

감정을 억누르듯 담담히 그녀는 이야기했다.

"……그 후, 내 몸을 루시피나라는 여자가 다섯으로 나누었어."

마왕 클래스 정도 되면 그리 간단히 죽지는 않는 모양이었다. 살해당하더라도 시간이 지나면 되살아날 수 있다. 그러니까 엘피스자크가 되살아나지 않도록 몸과 마력을 분할했다.

"그리고 산산이 흩어진 나를, 오르테기어의 명령으로 그 여자가 봉인했지."

"……봉인? 루시피나가?"

그 녀석이 봉인 마법을 사용하다니, 그런 모습은 본 적이 없었다.

루시피나의 마법은 기본적으로 『베는』 것에 특화되어 있었다. 봉인이나 결계 같은 마법은 류자스의 영역이었을 터.

……다른 마법을 사용할 수 있다는 사실을 숨겼다는 건가.

"그리하여 나는 다섯 장군 미궁에 봉인되었어. 그리고 지금에 이르렀지."

머릿속에서 정보가 이어졌다.

엘피스자크가 이 미궁에 있던 이유. 토 마장군의 표적이 된 사연. 어째서 힘을 잃었는지.

"그러니까…… 나는 힘을 되찾기 위해서 미궁으로 들어가야만 해."

나는 엘피스자크가 미궁으로 가야만 한다는 말의 의미도 이해했다.

"…………."

엘피스자크도 나와 마찬가지로 다섯 장군 미궁에 용건이 있다. 아이러니하게도 그 목적도 『예전의 힘을 되찾는 것』으로 일치했다.

"……너는 오르테기어에게 복수하고 싶은 건가?"

무의식적으로 그런 물음이 입에서 흘러나왔다.

엘피스자크의 처지는 아주 조금, 나와 비슷했다. 동료에게 배신당하고 살해당한 나와, 동료가 살해당하고 본인도 봉인된 엘피스자크. 그렇다면 그녀가 향하는 곳에 있는 것은,

"나는──."

엘피스자크가 내 물음에 대답하려고 한 그때였다.

등줄기가 오싹했다. 누군가가 우리를 덮친다, 그런 감각.

반사적으로 몸을 돌리는 것과 동시에.

"윽──!"

그때까지 내가 서 있던 장소로 전격이 날아들어 박혔다.

동시에 느낀, 복수의 인간이 다가오는 기척. 우르르, 우리가 있는 방 안으로 사람들이 쏟아져 들어왔다.

갑옷을 입은, 체격 좋은 남자들. 검은 로브를 걸친, 지팡이를 든 남자들. 그들 모두의 가슴에는 기억에 있는 나라의 문장이 새겨져 있었다.

왕국기사단과 왕국마법사들.

"……왕국의 인간인가."

어느샌가 엘피스자크는 옆에 서 있었다. 그녀의 눈은 붉게 빛나고 있었다.

경계하는 우리를 앞에 두고, 기사와 마법사를 밀어 헤치고 한 남자가 모습을 드러냈다.

……검은 로브를 흔들며 진심으로 유쾌하다는 표정으로.

"크, 하하하! 쫓아온 게 정답이었군!"

거슬리는 그 목소리가 누구의 것인지 금세 알 수 있었다.

"여, 멀쩡해보여서 다행이네. 그렇지? 아 · 마 · 츠 · 키, 이오리 군?"

그리 말하며 류자스가 사납게 웃었다.

제12화 『개수일촉(鎧袖一觸)』

미궁 입구로 들어온 것은 류자스가 이끄는 왕국의 부대였다.

……성가신 녀석이 왔다.

토 마장군과의 싸움이 끝난 뒤로 적잖은 시간이 흘렀다. 내가 의식을 잃은 동안에 미궁 안으로 들어온 거겠지.

"……틀림없이 감옥에 처넣기라도 했을 거라 생각했는데 말이야."

"어, 그렇게 될 뻔했지. 결백을 증명하느라 큰일이었다고."

기사와 마법사의 혼성부대를 이끌고 있는 것을 보면 일단 처분은 면한 거겠지.

기사가 열다섯, 마법사가 열. 류자스도 포함해서 스물여섯 명의 적이 늘어서 있었다.

"이 마력. 거기 있는 여자…… 마족인가!"

"칫, 추잡스럽군."

뒤에 서 있던 기사들이 엘피스자크에게 오물을 보는 듯한 시선을 보냈다.

"……흠."

엘피스자크는 가볍게 투덜거릴 뿐, 별 다른 반응은 보이지 않았다. 이번에는 내가 휘말려들게 만들어버린 모양새가 되었지만, 지금은 아직 무언가 할 생각은 없는 듯했다.

"아마츠키 군. 거기 마족은 대체 뭐지? 설마 그럴까 싶지만 너…… 마족 측에 붙으려는 건 아니겠지?"

"이 녀석은 상관없어."

그리 대답했지만 뒤에 있던 기사들의 귀에는 그리 받아들여지지 않는 모양이었다.

"국보를 훔치고, 더군다나 마족과 같이 있다니 대체 무슨 생각이냐?!"

"용사라는 입장이면서도 마족을 내버려두다니 어떻게 된 거냐! 지금 당장 그 마족을 죽여라!"

"웃기는 짓도 좀 작작하라고."

침을 튀기며 기사들이 내게 화를 냈다. 용사와 마족이라는 조합을 어지간히도 용서하지 못하는 듯했다.

그런 기사들을 제지하고 류자스가 다시 입을 열었다.

"뭐, 됐다. 일단 본론부터. 아마츠키 이오리── 국보와 마석을 반환하고 왕국으로 돌아와라. 용사로서 왕국을 위해 일하겠다고 하면 네가 저지른 죄는 용서하지."

내가 차고 있는 『방마의 팔찌』와 『강마의 반지』를 가리키며 류자스가 거침없이 말했다.

"──국왕 폐하께서는 그렇게 말씀하셨는데…… 순순히 왕국으로 돌아올 생각은 있나?"

"……있을 거라고 생각하나?"

어떤 조건을 붙이더라도 왕국으로 돌아갈 생각은 없었다.

그것은 류자스도 이미 예상했는지,

"아니? 그냥 확인한 거야. 폐하께서는 저항한다면 죽여도 된다고 그러셨으니까 말이지. 나로서는 그쪽이 더 좋고."

그러면서 기분 나쁘게 웃었다.

뒤에 있는 녀석들이 각자 무기를 들었다.

"하지만 말이야…… 어떻게 토 마장군을 쓰러뜨렸는지는 모르겠지만, 꽤나 소모되었을 테지? 그런 꼴로 우리한테 이길 수 있을 거라고 생각하나?"

뒤에 있는 녀석들은 모를까, 확실히 소모된 상태로는 류자스에게 이길 수는 없었다. 애당초 로브를 입고 있는 시점에서 나는 저 녀석을 죽일 수 없는 것이었다.

"당연히 그쪽 마족도 살려서 돌려보내지는 않아. 생포해서 고문, 마지막에는 처형해서 효수할까?"

"그것도 괜찮사오나, 류자스 경. 저런 오물이 왕국에 발을 들인다니 도저히 참을 수가 없습니다."

"고문을 할 거라면 이 미궁에서 하고 이 자리에서 죽이는 게 좋지 않겠습니까."

류자스의 말에 기사들이 반응했다.

어쨌든 엘피스자크도 죽일 생각인 듯했다.

그때, 류자스가 손뼉을 짝 쳤다.

"아아, 그렇지. 그럼 거기 용사한테 마지막 기회를 주지. 네놈의 손으로 마족을 죽여라. 그리고 우리한테 항복한다면 살려는 주지. 어때, 친절하지 않나?"

"역시 류자스 경, 좋은 생각입니다."

"마족은 물론 그와 한패가 될 법한 어리석은 용사라면 살려둘 가치도 없으니까요."

류자스의 제안에 그 자리에 있던 녀석들이 좋은 생각이라며 고개를 끄덕였다.

"용사, 아마츠키 이오리. 조금이라도 용사로서의 긍지가 남아 있다면 지금 당장 그 마족을 죽여라!"

내 손으로 죽이라며 녀석들은 입을 모아 소리쳤다.

류자스는 싱글싱글 웃으며 나를 보고 있었다.

엘피스자크에게 흘끗 시선을 향했지만, 그녀의 표정에서는 감정을 읽어낼 수 없었다. 아무런 말도 없이 그저 눈을 감고서 침묵했다.

내 손으로 엘피스자크를 죽여라, 인가.

"……시시하군."

내가 죽이고 싶은 건 네놈이니 이 여자를 죽일 이유 따윈 없었다.

"헛! 마족도 못 죽이다니, 용사 아마츠키 님은 꽤나 물러 터지셨군?"

움직이려 하지 않는 나를 향해 류자스가 도발적인 말을 던졌다. 이 녀석도 처음부터 내가 따르리라고는 생각하지 않았을 테지. 그저 단순히 내가 분노로 사고가 둔해지기를 기다리는 것이었다.

"『여동생을 지키고 싶다』고 그랬더니 맥없이 태도가 느슨해졌던, 어떤 영웅님이랑 똑같을 만큼 무르구나!"

유치한 도발이었다. 분노에 떠밀려 돌격하는 짓은 하지 않는다.

"걸작인데! 여동생? 그런 건 없었다고!"

……다만 역시 거슬렸다.

"정말이지, 용사라는 인종은 머릿속이 얼마나 꽃밭인지——."

그 짜증나는 입을 막고자 파우치로 손을 뻗었을 때였다.

"——**닥쳐라.**"

그 순간, 공기가 얼어붙었다. 냉기로 착각할 정도의 살기.

류자스가 숨을 삼키고 등 뒤의 기사들이 작게 비명을 질렀다.

"당장 그 입을 다물어라. 네놈의 말은 못 들어주겠군."

그때까지 철저히 방관자 입장을 유지하던 엘피스자크가 한 걸음 앞으로 나섰다.

"뭐……뭐냐, 이 자식……."

"안 들렸느냐. 나는 닥치라고 했다."

"윽……!"

엘피스자크가 차가운 표정으로 류자스를 노려봤다.

얼어붙을 듯한 기백에 숨을 삼키며 류자스가 뒷걸음쳤다.

"이야기의 흐름을 보고서 어찌어찌 이오리의 사정은 알았어."

"…………."

"나는 마족에게 비웃음당하고, 너는 인간에게 매도당한다. 저기, 이오리. 우리는 닮았구나."

"……그래."

싫어질 정도로 말이야.

서로에게 빌어먹을 동족이 있다는 것.

"이 자식들, 모두 준비해!"

엘피스자크의 살기를 받고 이미 상대는 전투태세에 들어갔다. 나와 엘피스자크, 두 사람을 표적으로 마법을 발사할 준비를 진행했다.

"손대지 말라, 고는 안 하겠지? 그만한 굴욕을 당하고서 그냥 보내줄 만큼 나는 사람이 좋지 않다고."

"……그래. 하지만 한가운데 있는 남자는 죽이지 마. 저건 내 사냥감이야."

"후, 알았어."

어렴풋이 웃고, 엘피스자크는 고개를 끄덕였다.

◆ ◆ ◆

"……겁먹지 마라! 적은 아무 쓸모없는 용사와 다친 마족, 둘뿐이다! 마법을 처먹여!!"

그러는 사이에 정신을 차린 녀석들이 일제히 공격을 가했다. 복수의 마법이 일제히 날아왔다.

첫 공격으로 우리를 처리하고자 사전에 영창해둔 거겠지. 확실하게 이쪽을 죽일 수 있는, 각각이 필살의 위력을 지닌 마법.

류자스가 여유를 부렸던 건 첫 공격으로 나를 죽일 자신이 있었기 때문인가.

날아오는 마법을 보고 엘피스자크가 겁먹은 기색도 없이 말했다.

"후위는 나한테 맡겨. 너라면 저 정도 녀석들한테 밀리지는 않겠지?"

"당연하지."

희미하게 웃고, 그 직후 엘피스자크의 눈동자가 붉게 물들었다.

"크하하핫! 날아가 버려라, 쓰레기들아!"

마법의 명중을 확신하고 류자스가 웃었다.

날아온 마법이 그야말로 우리를 꿰뚫기 직전.

"——『마안 중압궤(重壓潰)』——."

마력으로 만들어진 중력이 모든 마법을 땅으로 떨어뜨렸다. 마법은 우리에게 닿지 않고 차례차례 깨졌다.

"뭐야?!"

"마안이라고?!"

그들이 동요한 표정을 짓는 것과 동시에, 녀석들의 발밑으로 복수의 마석을 투척했다.

마안에 의식을 빼앗겼던 자들의 반응이 늦어졌다.

"힉."

"이, 이런."

브레이크 매직의 폭발이 미처 피하지 못한 녀석들을 사정없이 집어삼켰다.

"갸아아아악!"

"다리가, 다리가아아아!"

정면으로 폭발에 당한 녀석들이 절규했다. 대부분의 마법사가 날아가고 기사 몇 명이 바닥을 굴렀다.

전멸하지 않았던 것은 류자스가 직전에 방어 마법을 발동했기 때문이었다.

하지만 전성기와 비교해서 반응속도가 상당히 뒤떨어졌다. 이전이라면 그 정도 공격은 발동하게 두지 않았을 텐데.

"약해졌군, 류자스."

"뭐라…… 이 빌어먹을 자식!"

격노한 류자스가 마법을 발동하려고 손을 내질렀다.

그 손에서 마법이 발동되기 전, 냉정을 잃은 기사 하나가 이쪽으로 돌격했다.

"윽, 잠깐!"

"용사, 이 자시이이익……!"

딱 좋았다.

옆으로 뛰어 기사의 움직임을 유도했다. 격앙한 기사는 자신이 동료의 마법 궤도 안으로 들어와서 방해를 하고 있다는 사실을 깨닫지 못했다.

아무리 그래도 동료를 말려들게 할 수는 없었는지, 류자스를 포함한 그들은 마법을 멈출 수밖에 없었다.

“잘도 동료들을…… 이 쓰레기가!”

“……너희들한테는 듣고 싶지 않은 말인데.”

크고 조잡한 일격을 피하고 공격.

파우치에서 뽑아든 예비용 검으로 기사의 목을 베었다.

“아, 어?”

넋 나간 표정의 목이 허공을 날았다.

“젠장!”

기사가 죽은 순간, 일제히 마법이 날아왔다. 머리를 잃은 기사를 걷어차서 마법의 방패로 삼는 것과 동시에 땅을 기듯이 자세를 낮추어 마법을 피하고 기사의 눈앞으로 들이닥쳤다.

“뭣이?!”

“……둔하군.”

마법사를 지키듯 서 있는 기사들의 발목을 향해, 검을 옆으로 휘둘렀다.

“히, 히아아아아아악!”

발목이 잘려나간 기사들이 절규와 함께 쓰러졌다.

동료가 당하자 그 자리에 있던 자들의 주의가 내게로 집중되었다.

그 호기를 엘피스자크는 놓치지 않았다.

"——이오리!"

목소리를 듣자마자 나는 옆으로 크게 뛰었다. 그 순간, 엘피스자크의 두 눈이 붉게 빛났다.

"멍청이들이, 앞이다!"

그에 대응할 수 있었던 것은 류자스뿐이었다.

"——『마안 회신폭』——."

마안이 발동되는 것과 동시에 자신과 마법사를 지키듯 방어를 전개했다. 하지만 대처하지 못한 기사들은 비명도 못 지르고 폭발에 삼켜졌다. 남은 것은 잿더미로 변한 잔해뿐이었다.

"세, 세상에?!"

"히, 히이이익!"

기사가 전멸한 것을 보고 남은 마법사가 공황 상태에 빠졌다. 순식간에 죽은 동료의 모습에 완전히 평정심을 잃었다.

"……어지간히도 전투에 익숙하지 않은 녀석들만 데려왔군."

안전한 싸움만 했을 테지. 죽음을 눈앞에 두고 마법사들은 위축되어 마법을 발사하려던 손이 멈춰버렸다.

——그렇기에 내가 던진 마석에도 반응하지 못했다.

"칫, 쓸모없는 놈들!"

"허, 엇?!"

넋이 나간 마법사를 걷어차, 류자스는 『브레이크 매직』의 방패로 삼았다. 무슨 일이 벌어지는지 모르는 표정 그대로, 남은 마법사들도 날아갔다.

남은 것은 류자스뿐.

"젠장, 쓸모없는 놈들! 어째서 이럴 때 제대로 싸울 수 있는 녀석이 없는 거냐고! 젠장, 젠장할!"

처음에 드리웠던 여유는 이미 사라졌다. 동요해서는, 죽은 부하들을 천박하게 매도할 뿐이었다.

"……불쌍하군."

"히익?!"

어느샌가 엘피스자크가 앞으로 나왔다. 더없이 차가운 눈빛으로 류자스를 보고 있었다.

2 대 1.

수의 우위를 잃고 류자스의 표정이 굳어졌다.

"자, 잠깐! 오지 마! 부탁이야, 기다려줘!"

불리하다고 판단했는지 류자스는 양손을 들어 항복 포즈를 취했다.

"아, 알았어! 이제 공격하지 않겠어! 더는 쫓지 않을 테니까 용서해줘!!"

머리를 숙이고 떨리는 목소리로 애원하는 류자스.

그 말에 엘피스자크는 움직임을 멈췄다.

그 순간.

"그딴 소릴 하겠냐!!"

들어 올린 오른팔에서 화염이 빛나고, 그것을 엘피스자크에게 향했다. 그것을 발사하고자 류자스의 얼굴이 미소로 일그러지는 것과 동시였다.

"——어?"

내 검이 류자스의 오른팔을 잘라버렸다.

허공을 가르고 팔이 땅바닥으로 떨어졌다. 류자스는 그것을 멍한 표정으로 보고 있었다.

"커, 어, 아아아아아아아아악?!"

몇 초의 틈을 두고, 류자스가 절규했다. 끝이 잘려나간 팔을 누르고 땅바닥을 구르며 몸부림쳤다.

간신히, 검이 통했다.

기사검으로는 로브의 방어를 부수지 못했지만 보물 창고에서 훔쳐온 이 검이라면 절단할 수 있는 듯했다.

왕국에서 로브에 기사검이 통하지 않았을 때는 무척 낙담했지. 간신히 그때의 빚 하나를 갚았구나.

"아까 어째서 공격을 멈췄지?"

고통에 몸부림치는 류자스에게서 시선을 떼고 엘피스자크에게 물었다. 류자스의 목숨구걸이 통했나?

"이 녀석은 네 사냥감이잖아? 너한테 양보해야겠다고 생각했거든."

"……아, 그런가. 그건 고맙네."

엘피스자크가 죽이려고 했다면 막을 생각은 있었다. 이

녀석을 죽이는 건 내 몫이니까.

게다가 자폭하는 로브를 입고 있으니 지금 죽일 수는 없었다.

"아마츠……! 자, 잘도…… 내, 내 팔을……!!"

"30년 전에 내 팔을 잘라 놓고 잘도 그런 소릴 하는군. 오른팔을 잃은 기분은 어때?"

"웃기지…… 마! 젠장, 젠장젠장젠자아앙!"

그리 아우성치는 류자스의 상처가 자연스럽게 치유되고 있었다. 아무래도 몸에 무언가 마법을 걸어둔 모양이었다. 죽이면 자폭하는 로브도 건재하겠지.

"나를, 나를 이런 꼴로…… 용서 못 해, 용서 못 한다……!"

그리 중얼거리는 류자스의 시선이 갑자기 엘피스자크에게로 향했다.

"그런가…… 네놈, 기억났다! 그때 마왕성에서 싸운 마족인가……!"

그리고 활로를 찾았다는 듯이 싱긋 미소를 띠었다.

"너도 기억하고 있겠지?! 마왕성에서 아마츠 파티와 싸운 걸! 거기에 있는 아마츠키 이오리는 말이야, 그때 네놈을 박살냈던 아마츠라고?!"

"——그래서?"

"……그, 그러니까 너도 아마츠한테 원한이 있잖아? 내가 힘을 빌려주지! 그러니까 같이 아마츠를 죽이자!"

목숨구걸 다음은 권유.

엉덩방아를 찧은 채, 류자스가 엘피스자크를 향해 남은 손을 내밀었다. 그 팔이 엘피스자크에게 닿으려고 한 직후였다.

으득, 무언가 비틀리는 소리가 울렸다.

"갸아아아아아아악?!"

엘피스자크를 향해 뻗은 팔이 마안의 중력으로 으스러졌다.

뼈가 부러지는 소리와 류자스의 절규가 울려 퍼졌다.

"……이오리. 내가 말하는 것도 뭣하지만, 동료는 제대로 선택해야 돼."

"너무도 지당해서 뭐라 할 말이 없네."

교섭의 여지가 없다는 사실을 깨달았을 테지.

히익, 그런 목소리를 흘리며 양팔을 잃은 류자스가 뒷걸음쳤다.

"아, 아아……! 웃기지 마. 이 자식, 네가 누군지 알고는 있나?! 이 몸은 류자스 길버언! 왕국 최강의 마법사다!"

"모르겠는데."

"어, 어엉?!"

"아마츠는 잘 알고, 루시피나인가 하는 검사도 기분 나쁜 귀족도 알고 있지만, 너 같은 녀석은 몰라. 애당초 흥미도 없어."

"그게 무슨……."

절망한 표정을 짓는 류자스.

그만 닥쳐라, 엘피스자크는 다리를 들었다.

"기억해둬라……! 네놈의 얼굴은 기억했다! 아마츠랑 같이, 반드시 내가 지옥으로 커흑."

엘피스자크의 발차기가 류자스의 안면에 직격했다. 기묘한 소리를 내며 류자스는 그대로 의식을 잃었다.

자폭하는 로브 때문에 지금 당장 죽일 수는 없었다. 게다가 이 녀석에게는 확인해야 할 것이 있었다.

배신자의 숫자, 진위. 그것을 이 녀석으로부터 알아내야만 한다.

그를 위한 수단은 있었다.

개수일촉(鎧袖一觸), 이라고 하면 될까. 이것으로 왕국의 추격자는 전멸했다.

제13화 『전직 용사와 전직 마왕』

궁정마법사의 로브. 그것은 왕국에서 궁정마법사에게 부여하는 특제 로브였다. 류자스가 걸친 것은 그 로브에 대량의 술식을 새겨 개조한 물건이었다.

"이 로브는 벗기지 않는 게 좋겠네. 강제적으로 벗기면 폭발하도록 되어 있어."

복잡한 표정으로, 류자스의 로브를 본 엘피스자크가 말했다. 조사해보니 류자스는 온몸에 마법을 걸어둔 상태였다. 치유 마법, 방어 마법, 반사 마법 등 엄청난 숫자였다.

너무도 많은 양에 엘피스자크조차 손을 댈 수 없는 모양이었다.

"너한테도 무리인가?"

"응. 복잡하게 마법이 뒤얽혀 있어서 지금의 나로서는 해제하지 못해."

"……뭐, 됐어. 로브랑은 상관없이 이 녀석을 죽일 방법이라면 얼마든지 떠오르니까."

묶은 채로 강에 떠내려 보내어 익사시킨다. 죽지 않을 정도의 부상을 입히고 출혈로 천천히 죽인다. 효과가 늦게 나타나는 독을 먹여도 된다.

수고는 들겠지만 마석에 『브레이크 매직』을 장치해서 시간차로 폭발시키는 수단도 있다.

하지만 엘피스자크는 고개를 가로저었다.

"그만두는 게 좋아. 이걸 봐."

엘피스자크가 로브를 들추고 안쪽을 가리켰다. 로브 안쪽에는 빽빽하게 마술식이나 마법진이 새겨져 있었다.

"……? 확실히 성가신 장치가 많지만, 지금의 나라도 이걸 돌파하는 방법 정도는 떠올릴 수 있는데."

"그렇지 않아. 자세히 봐. 대량의 마술식과 마법진, 이게 모여서 **하나의 술식**이 만들어져 있어."

마안을 발동한 엘피스자크의 말을 듣고 간신히 깨달았다. 수십 개 술식이 조합되어 하나의 술식을 구성하고 있다는 사실을.

"뭐야…… 이건."

자폭 술식을 봤을 때, 그 마력량을 보고 나는 꺼림칙하다고 표현했다. 하지만 이건 그런 게 아니었다.

소름이 돋을 정도의 정밀함, 그리고 류자스의 마력으로도 모으는 데 몇 년은 걸렸을 마력량. 오랫동안 여행을 하면서 한 번도 본 적이 없는 술식이었다.

"『인과반장(因果返葬)』…… 인과를 담당하는 마법이네. 사용자의 『죽음의 원인』을 만들어낸 인간 모두에게 같은 효과를 주는 술식이야. 그러니까 자신을 죽인 모든 사람을 길동무로 삼는 술식이지."

류자스가 이런 마법을 익힌 기억 따윈 없었다. 마력의 증표를 사용하던 시절의 나조차 이 마법은 쓸 수 없었을 거라 단언할 수 있다.

"이걸 막으려면 상당한 마력 내성이 필요해. 이오리는커녕 나조차 이런 것에는 못 버텨."

이런 마법의 존재는 견문이 적은 탓에 알지 못했다.

그렇다면 이건.

현대에는 이미 사용되지 않는, 존재 자체가 상실되어버린 마법.

"……『상실 마법(로스트 매직)』인가."

"그래. 이런 마법을 쓸 수 있는 건…… 내가 아는 한으로는 한때 마왕군에 소속되어 있던 『사신』 정도겠지."

들은 적 없는 이름이었다.

다섯 장군을 쓰러뜨리고 사천왕을 돌파했지만 『사신』 같은 녀석은 만난 적이 없었다.

"……류자스는 그 녀석에게서 이걸 배웠다는 건가?"

"거기까지는 모르겠지만…… 단순히 이 남자가 자력으로 이 경지에 다다랐든지, 그밖에도 쓸 수 있는 자가 있었든지. ……하지만 어쨌든 성가신 마법을 쓸 수 있다는 사실에 변함은 없어."

"……젠장."

삶에 구차하게 집착하는 남자라고는 생각했지만, 설마 이 정도일 줄이야. 자폭 마법도 그렇고, 상실 마법도 그렇고. 정말로 귀찮은 남자였다.

"……뭐, 됐어."

죽이기 전에 하고 싶은 일이 있었다.

보물 창고에서 훔쳐낸, 배신의 진위를 확인할 수 있는 매직 아이템. 사용처를 찾기 어려워서, 현재로서는 류자스에게 사용하는 게 베스트였던 도구다.

타이밍 문제로 류자스 본인에게는 사용하지 못했지만.

"……굳이 미궁까지 와줘서 살았네. 덕분에 이걸 쓸 수 있겠어."

파우치에서 금색 나이프를 꺼냈다.

"그건……『첩보의 금검』인가?"

"그래."

첩보의 금검.

찌른 상대 안에 있는 특정한 기억을 찾아낼 수 있다. 다만 한 번 사용하면 효력을 잃어버린다. 그렇기에 상당히 희소한 매직 아이템이었다.

첫 번째 소환 당시에는 마족에게 사용하는 현장을 본 적이 있었다.

"——찾으려는 건 배신자의 기억."

이 녀석은 나를 죽이자고, 다른 두 사람에게 제안을 받았다고 했다.

협력 체제에 있던 아인들도 자신과 마찬가지로 배신했다고.

그 진위를 여기서 확인한다.

찾을 기억을 지정하고, 잘려나간 팔의 단면에 첩보의 금검을 찔러 넣었다.

"갸아아아아아아아아아아아악?!"

상처를 도려내자 류자스가 절규했다.

그걸 무시하고 칼날을 안쪽으로 밀어 넣었다. 이윽고 칼날에서 칼자루로 지정한 기억이 흘러들어왔다.

◆ ◆ ◆

『그 멍청이는 우릴 믿고 있어. 등 뒤에서 팔을 잘라내는 건, 너라면 쉬운 일이잖아?』

『신호는 우리가 보낼게요. 류자스 씨, 당신은 그에 맞추면 돼요.』

『그래, 알았어. 하지만 마왕을 죽인 명예는 내가 받겠어.』

『예, 약속할게요.』

흘러드는 기억.

그곳에는 확실히 루시피나와 디오니스의 모습이 있었다.

『배신당한 걸 알았을 때, 저 사람이 어떤 한심한 표정을 지을지 기대되네요.』

『아마츠의 얼빠진 표정이 선하네. 하지만 그렇게까지 완전히 속아 넘어가서는 신용해주다니, 웃음을 참느라 큰일이었어.』

『남을 의심할 줄 모르고 이상에 취한 멍청이니까. 뭐, 결국 속은 멍청이가 잘못이지.』

누구든 상냥하게 대하며 항상 미소를 띠고 있던 루시피나가 욕망으로 물든 비열한 미소를 띠고 있었다.

항상 의연하게 웃던 디오니스가 악의를 훤히 드러내고서 웃고 있었다.

잔뜩 들뜬 류자스의 웃음이 조용한 방 안에 울렸다.

류자스의 기억과 동시에 당시의 감정이 흘러들었다.

악의.

아마츠를 어떻게 죽일까. 배신당하면 어떤 반응을 보일까. 그 얼빠진 얼굴이 절망으로 일그러졌을 때, 얼마나 가슴이 후련할까.

흘러든 감정은 순수한 악의였다.

마왕을 죽인 명예는 나만의 것으로, 아마츠는 그것을 얻기 위한 도구에 불과하다. 그러니까 이제 더는 쓸모없다.

그런 감정이나 생각이 흘러들었다.

"__________."

시야에 노이즈가 끼고 장면이 바뀌었다.

배신의 기억 중에 류자스가 들은 말이 머릿속에 울렸다. 메아리치는 많은 목소리는 들은 적이 있는 것들뿐이었다.

『아마츠를 죽여? 그거 괜찮네. 전부터 그 녀석의 존재는 거슬렸거든.』

『기습, 인가요. 흠흠, 저로서는 마왕과 용사, 방해꾼이 동시에 사라져준다면 딱히 더 할 말은 없네요.』

『그 남자의 생각에 찬동하는 자가 나오면 여러모로 성가시니까요. 예, 이의는 없어요. 저도 꼭 협력하게 해주세요.』

여행 중에 도와준 자. 협력하겠다며 다가온 자. 부족의 수장이나 제국의 귀족(貴族) 등, 그곳에는 많은 아인이 있었다.

『우리를 구해준 은혜를 갚기 위해 힘을 빌려드릴게요.』

『당신의 이상을 이루기 위해 협력하고 싶다.』

그리 말하며 다가온 녀석들이, 반쯤 웃으며 이야기를 나누고 있었다. 그리고 그 자리에 있는 모두가, 루시피나가 제시한 보수를 받아들여 후방 부대의 발목 붙잡기를 받아들였다.

『아마츠를 확실하게 죽이기 위해, 이 몸에게 계획이 있다.』

나를 죽이기 위한 작전을 모두 함께 만들어냈다.

누구 하나 그에 반대하는 자는 없이 희희낙락하게 회의는 진행되었다.

소중한 동료들.

신뢰했던 협력자들.

지키고 싶다 생각했던, 모두.

그들이 나를 배신하려는 기억이 머릿속을 불태웠다.

◆ ◆ ◆

지정한 기억을 모두 보고 의식이 돌아왔다.

역할을 마친 첩보의 금검이 손 안에서 효력을 잃어가는 것을 알 수 있었다.

"……그렇게나."

돈을, 명예를 그렇게나 원했나. 나를 죽여서라도 손에 넣고 싶었나.

이야기로 듣는 것과 실제로 보는 것은 달랐다.

멍청이라 매도하는 목소리가, 전부터 방해였다며 웃는 목소리가 머릿속에 들러붙어 떨어지지 않았다.

"크……크크. 하하하, 아하하하하하하!!"

걸작이다. 아아, 정말로. 너무도 걸작이라 눈물이 다 나오네.

"아아……, 하나도 남김없이, 죽여주마."

어느샌가 뺨을 따라 흐르던 액체를 닦고, 웃었다.

"아아아아아아악!"

상처에 나이프가 박힌 류자스가 절규하고 있었다. 거슬리지만, 지금만큼은 기분 좋았다.

"너는 아직, 죽이지 않겠어."

류자스의 귓가에 속삭였다.

"그저 죽이는 것만으로는 복수가 안 되거든."

나를 배신한 걸 진심으로 후회하게 만들겠다. 배신한 게 잘못이었다고, 어떠한 수단을 써서라도 인정하게 해주마. 땅을 기고 머리를 조아리며 진심으로 사죄하게 만들어주마.

——그런 다음에, 죽여주겠다.

"내가 죽이러 올 때까지, 사라진 오른팔의 아픔으로 괴로워하도록 해."

마석을 꺼내어 떨어져 있는 류자스의 오른팔 쪽으로 던졌다.

폭발하고, 어떤 치유 마법으로도 재생 불가능할 정도로 오른팔을 박살났다.

"아……아아."

절망한 표정을 짓는 류자스.

"죽여…… 주, 마."

"그래. 내가, 너를 말이야."

나는 여전히 박혀 있는 나이프로 상처를 깊이 도려냈다. 차마 소리로 나오지 않는 절규를 지르며, 너무나도 큰 격통에 류자스는 거품을 물고 실신했다.

지긋지긋하게도, 이만큼 부상을 입혀도 로브에 부여된 치유 마법으로 상처자국이 점차 막혔다.

그걸 기회로 삼아, 나는 류자스의 상처를 몇 번이고 몇 번이고 도려냈다.

"아아아아아아아아아아아아아악!"

통증에 눈을 뜨고, 절규하고, 그리고 통증으로 류자스는 또다시 기절했다.

"그, 어억……."

도려낸다.

몇 번이고, 몇 번이고, 몇 번이고.

"하하……."

마석으로 불꽃을 만들어내어 류자스의 상처를 지졌다.

"후……허, 억."

"하하하하하."

사지의 뼈를 부수었다.

"갸아, 아아아악!"

"하하하하하하!"

부족하다.

"아하하하하하하하!!"

이런 걸로는 전혀 채워지지 않는다.

그렇다. 어차피 재생하는 것이다. 사지를 모두 잘라내주지.

문득 떠오른 생각 그대로, 검을 들어 올렸을 때였다.

"——거기까지 해둬."

엘피스자크가 들어 올린 팔을 붙잡았다.

"……방해할 생각인가?"

"아냐. 그 이상 하면 쇼크로 죽을 가능성이 있어."

엘피스자크의 그 말에, 류자스가 흰자위를 드러내고서 경련하고 있다는 사실을 깨달았다.

상처가 재생되니까 얼마든지 괴롭혀도 된다고 생각했지만, 그런가. 쇼크사할 가능성도 있었나.

……상당히 냉정을 잃었던 모양이다.

"……미안해."

"감사할 필요는 없어. 그렇게 되었을 경우, 나도 같이 폭사했을 테니까."

"……그래."

마지막으로 류자스를 걷어차고, 그것으로 끝내기로 했다. 이 녀석에게 복수하는 건『인과반장』을 돌파할 수 있게 된 다음부터다.

"……죽여주마."

인간도 아인도 죽인다.

마법사도 검사도 죽인다.

귀족이든 마왕군의 스파이든, 찾아내서 반드시 죽인다.

"——그게 네가 힘을 되찾으려는 이유인가?"

엘피스자크가 옆에서, 그리 물었다.

"……아아, 그래. 나는 복수를 위해서 힘이 필요해. 동료라고 생각했던 녀석들한테, 나는 더 이상 쓸모가 없다며 살해당했어. 하나는 공적을 독점하기 위해, 다른 둘은 처음부터 마왕군의 스파이였지. 걸작이잖아?"

평화라는 이상을 앞세웠던 사람은 나뿐이었던 것이다. 자신의 어리숙함에 구역질이 났다.

"엘피스자크. 아까 이야기를 계속하자. 너는 힘을 되찾고 뭘 할 거야?"
"——복수야."
물음에 대답한 것은, 오싹할 정도로 차가운 목소리였다.
"부하를 죽인 마족을 죽인다. 나를 봉인한 여자도, 비웃은 귀족도 죽인다. 그리고 오르테기어를 죽인다."
그리고, 엘피스자크는 말했다.
"나는 다시 한 번, 마왕이 된다."
조금 전과는 다른, 감정을 억누른 목소리.
그렇기에 내면에 있는 증오의 감정이 두드러졌다.
"아아, 역시.
이 녀석은 나와 같은 부류다.
"마왕이 되어서, 이번에야말로 나는——."
"……이번에야말로?"
"아니…… 이건 됐어."
고개를 가로젓고, 엘피스자크는 말을 중단했다.
"역시 우리는 닮았네."
"……그래."
평화를 주장하던 나, 용사는 동료에게 살해당했다.
온건파였던 마왕은 부하를 잃고 자신도 봉인되었다.
정반대의 입장이었을 텐데, 우스울 정도로 닮은 처지였다.
이 녀석이라면——.
머릿속 한구석에 그런 생각이 떠올랐을 때였다.

“그러니까…… 한 번만 더 말할게.”

황금빛 눈동자가 정면으로 나를 응시했다.

“내게 협력해준다면, 나도 네게 협력할게. 내 복수에 힘을 빌려준다면, 네 복수에도 힘을 빌려주겠어.”

목적지도 목표도 피차 마찬가지. 복수를 달성하기 위해서 힘을 되찾아야만 한다.

“나는 네 동료와는 달라. 절대로 너를 배신하지 않아.”

그러니까——.

그때까지의 얼빠진 듯 우스꽝스럽던 태도와는 정반대. 온몸이 떨릴 정도의 위엄과 함께, 그녀는 말했다

“나와 함께 가자——『전직 용사』.”

내게로 손을 뻗으며, 전직 마왕이 그리 말했다.

“————.”

이번 일로 통감했다.

미궁은 강화되어 지금의 내 힘으로는 마장군을 쓰러뜨릴 수 없다. 장비를 갖추어도 혼자서는 한계가 있다. 혼자서 할 수 없다면 누군가의 힘을 빌려야만 한다.

현재 신용할 정도까지는 아니더라도 손을 잡기에 가장 적절한 상대는——.

“………….”

정면으로 나를 바라보는 황금빛 눈동자를 들여다봤다.

더는 쓸모없다고, 이상을 품고 있던 건 너뿐이라고. 그리 비웃었던 그 녀석들을 떠올렸다.

맹세했을 터다. 무슨 일이 있어도 그 녀석들에게 복수하겠다고.

그렇다면 쓸 수 있는 건 뭐든 써야 한다.

신용도, 신뢰도, 하물며 서로 상처를 핥아주는 것도 아니라.

그저, 이해의 일치.

같은 장소, 같은 목적이 있다면 쉽사리 배신할 수는 없을 테지.

용인하자. 이 녀석과 함께 행동하고, 배신당할지도 모른다는 리스크를.

——내 복수에 다다르기 위해.

"그래."

엘피스자크의 손을 붙잡았다.

"——앞으로 잘 부탁하지, 『전직 마왕』."

맞받아친 그 말에 엘피스자크가 미소 지었다.

필요한 것을 파우치에 챙긴 뒤, 닫혀 있던 문을 억지로 부수고 전이진이 있는 곳으로 갔다.

엘피스자크가 마력을 흘려 넣자 전이진이 빛나기 시작

했다.

"크흐흐."

들뜬 엘피스자크와 나란히 서서 전이진 위로 올랐다. 전이의 빛이 점점 몸을 뒤덮었다.

완전히 뒤덮이기 전에, 류자스와 부하들이 굴러다니는 방으로 시선을 향했다.

"——류자스. 그리고 디오니스, 루시피나."

나를 배신한, 모두.

기다려라.

당장 네놈들이 있는 곳으로 가겠다.

나를 배신한 것을 잔뜩 후회하게 만들어주마.

다음 순간, 우리는 전이하여 미궁에서 모습을 감추었다.

이리하여.

『전직 용사』와 『전직 마왕』.

함께할 리 없었던 두 사람의 여행이, 이곳에서 시작되었다.

막간 『증오에 웃다』

『용사』 아마츠키 이오리가 탈주하고 며칠 뒤.

오린 왕국, 왕도 브레이언 중앙에 자리 잡은 왕성 안에서는 아직도 어수선하게 뒤처리가 진행되고 있었다.

용사의 탈주에 더해 마석과 국보를 빼앗겼다. 게다가 용사의 뒤를 쫓은 부대는 단 한 명만 남기고 전멸했다. 그리고 정지한 나락 미궁 조사까지 더해지니 처리해야만 할 일은 막대했다.

그런 왕성 안에서, 목숨을 건지고 치료를 마친 류자스 길버언은 국왕의 명령에 따라 알현실로 호출되었다.

오른팔을 잃어 균형을 잡지 못하게 된 류자스는 불안정한 걸음걸이로 알현실에 들어섰다.

그곳에서 기다리던 것은 류자스의 실각을 노리고 있던 귀족들의 추궁이었다.

어째서 용사는 도망쳤나.

어째서 보물 창고의 문은 열렸나.

어째서 추격 부대는 전멸했나.

그 물음에 류자스는 조용히 대답했다. 대답했다고는 해도 자신에게 불리한 내용은 완전히 숨기고 있었지만.

그럼에도 납득하지 못한 귀족들이 떠들어대는 것을 무시하고, 류자스는 국왕에게 시선을 향했다.

"이번 추태, 어떻게 책임을 질 생각이냐?"

떠들어대는 귀족들을 제지하고, 가장 안쪽의 옥좌에 앉아 있는 국왕 그란실 크로이츠 오린이 무겁게 입을 열었다.

"용사를 이 손으로 붙잡는다—— 제가 할 수 있는 것은 그것뿐입니다."

류자스는 정면으로 국왕을 응시하며 말했다.

30년 전의 전쟁에서 용사를 잃고, 기사 가운데 최강의 실력을 지니고 있던 루시피나도 배반했다. 그 이후, 왕국의 국력은 떨어지고 전력도 대폭적으로 내려가고 말았다.

아직도 예전의 류자스나 루시피나에 필적하는 인재는 나타나지 않았다.

——나 말고 그 녀석을 붙잡을 수 있는 인간이 있기라도 한가?

넌지시, 류자스는 국왕에게 그리 고했다.

잠깐의 침묵 후, 국왕은 말했다.

"류자스 길버언, 네게는 열흘의 근신을 명한다. 근신이 끝나는 대로, 확실하게 용사를 붙잡는 것이다. 돌아올 의사가 없다면 죽여도 상관없다. 다른 나라에 용사의 존재가 노출되기 전에 확실하게 매듭을 짓는 것이다."

"예."

기세 좋게 대답하고 류자스는 알현실에서 나갔다.

"폐하, 어째서 류자스를 벌하지 않으시는 겁니까?!"

그가 떠난 뒤, 남아 있던 귀족이 국왕에게 항의했다. 그만한 실패를 저질렀는데 어째서 아무런 문책도 없느냐고.

“늙었다고는 해도, 저건 영웅과 어깨를 나란히 한 남자다. 처단한다면 백성들의 비판을 면할 수 없지. 너 따위가 그걸 막을 수 있겠느냐?”

“……윽.”

국왕의 말에 귀족은 대답하지 못했다.

“이곳에 있는 사람들도 알고 있겠지. 지금의 왕국에는 저 남자가 필요하다.”

확실히 지금의 왕국에게 류자스의 존재가 크다는 것은 사실이었다.

귀족들도 납득할 수밖에 없었기에 그것을 끝으로 해산하게 되었다.

◆ ◆ ◆

“젠장, 젠장, 아마츠, 아마츠, 아마츠……!!”

자신의 공방으로 돌아온 류자스는 억누르던 분노를 분출했다.

책상 위에 있던 기자재를 쓸어버리고 책상을 마구 두들겼다. 방울져 떨어지는 주먹의 피마저도 증오스러워 참을 수 없었다.

그것도 모두 아마츠키 이오리――아마츠 때문이다.

“붙잡으라고? 당연히 죽여야지!”

용서하지 않는다, 몇 번이고 몇 번이고 저주처럼 되뇌었다.

"그 여자도 용서치 않는다."

왕국 최강의 마법사인 류자스 길버언을 모른다고?

헛소리에도 정도라는 게 있다.

이놈이고 저놈이고, 아마츠아마츠아마츠아마츠.

마음에 안 들어, 마음에 안 든다고!

"얼굴은 기억했다. 마력도 기억했다. 놓치지 않아. 다음에는 전력으로 박살내주마."

첫 번째는 허를 찔렸다.

두 번째는 준비가 부족했다.

그렇다면 세 번째는 만전을 기하여, 박살낸다.

"뭐가 복수냐. 그게 아니지, 아마츠……! 복수하는 건 나다. 내가, 너를 후회하게 만들고, 죽여주겠어……!"

자신을 내려다보는 그 녀석들의 표정.

그것이 고통으로 일그러지고, 후회하고, 울부짖으며 목숨을 구걸하는 모습을 상상하고 류자스는 웃었다.

후회한다?

사죄하게 만든다?

죽여주겠다?

그것은 전부 자신이 할 말이었다.

"방향을 보면, 그 녀석들은 연합국으로 가겠지. 큭큭, 손을 써둘까."

어디로 가든 놓치지 않는다.

추악한 웃음을 띤 채, 류자스는 그들을 죽이기 위한 준비를 시작하는 것이었다.

제14화 『복수의 시작』

——영웅 아마츠.

세계를 평화롭게 만들고 싶다는 이상을 앞세웠던 용사.

동료에게 배신당한 그 순간, 영웅 아마츠는 죽었다. 지금의 나는 용사를 그만두고 전직 마왕과 한편이 된, 그냥 아마츠키 이오리다.

살해당한 것은 증오스럽다. 배신당한 것도 분하다. 이상을 비웃은 것도 화가 치민다.

하지만 무엇보다도, 이상에 찬동하는 척하며 친근하게, 동료인 척했던 것을 용서할 수 없다.

류자스, 디오니스.

다시 생각해보면 이 두 사람에게서는 배신의 편린이 보였다.

예를 들자면 류자스는——.

『이 정도도 못 하면서 용사 운운하면 안 되지! 이제 그만둬. 너한테는 너무 무거운 짐이야, 용사라는 이름은!』

거친 천성과 폭력적인 성격은 지금도 기억하고 있다.

디오니스도 그랬다.

『각오가 부족해. 나로서는 네가 죽는 미래밖에 안 보여.』

『호, 역시 디오니스 님. 그 통찰력, 그저 어중이떠중이랑은 격이 다르십니다!』

녀석은 자주 다른 사람을 얕보고, 또한 그의 부하들도

문제를 일으키는 자가 많았다.

하지만 그런 단점도, 여행을 하는 동안에 자취를 감추었다. 그렇기에 나는 그 녀석들을 좋은 동료라고 믿었던 것이다.

지금 생각해보면 그것도 연기였을 테지.

구역질이 난다.

단 하나, 루시피나 만큼은 첫 만남부터 한 번도 단점을 드러내지 않았다. 다른 사람을 위해서 자신을 희생할 법한, 상냥한 여성이었다.

내가 세계를 구하고 싶다 생각한 것도 그 녀석의 존재가 가장 컸다.

하지만 그것도 이제는 상관없다. 동료인 척하더니 마지막에는 배신한 녀석들은 하나도 남김없이 죽여주마.

◆ ◆ ◆

우르그스의 숲.

왕국와 연합국 사이에 있는 광대한 숲이다. 몬스터나 동물이 많이 살고 있기에 통행하려면 나름대로 위험이 뒤따른다.

“예의 『인과반장』은 어느 정도의 마력 내성이면 무효화할 수 있지?”

“사천왕 수준이면 간신히 무효화할 수 있는 수준이겠네.

뭐, 이전의 우리라면 틀림없이 무효화할 수 있을 거야."

"……정말로 성가신 마법이네."

미궁에서 전이하고 몇 시간 뒤.

다음 목적지인 연합국으로 가기 위해 우리는 그 숲 속에 있었다.

"마법을 무효화하는 마법…… 뭐, 상실 마법이나 심상(心象) 마법의 힘이 있다면 돌파할 수 없는 건 아니겠지만."

"……어쨌든 무리겠군. 애당초 나는 상실 마법도 심상 마법도 못 쓰니까."

마법에는 두 가지 도달점이 있다고들 한다.

하나는 상실 마법(로스트 매직).

소비 마력이 지나치게 많다, 다루기 어렵다. 그런 이유로 다룰 수 있는 자가 사라진 마법을 가리킨다. 이걸 재현해서 사용을 가능케 하는 것이 도달점 중 하나다.

류자스가 사용한 인과반장은 바로 이 상실 마법으로 분류된다.

그리고 또 하나는 심상 마법.

이름 그대로 그 인간의 『마음의 형태』를 마법으로 표현하는 것이었다. 효과는 사람에 따라 달라서 같은 것은 둘도 없는 대마법.

루시피나는 바로 이 심상 마법을 사용했다.

어느 마법이든 사용할 수 있는 인간은 지극히 소수였다. 그래서 어느 쪽이든 마법사들의 목표로 취급되었다.

상실 마법 구사는 마법의 원리를 완전히 이해하지 않고서는 불가능하다. 증표에 의지하던 나로서는 불가능했다.

그리고 마음을 마법으로 표현하는 것도 나는 할 수 없었다.

이유는 모르겠다. 신념이 부족했던지, 형태로 만들 정도의 마음이 없었던지.

"어쨌든 결국은 미궁으로 가서 힘을 되찾을 수밖에 없다는 건가."

"음. 팔팔하게 힘을 되찾고, 배신자들을 모조리 죽이는 거야."

꽤나 뒤숭숭한 말을 하는 엘피스자크였다.

그런 이야기를 나누는 사이에 기온이 내려갔다. 이미 해가 기울어 나무들 사이로 자주색 빛이 비쳐들었다.

"이제 곧 해가 져. 오늘은 여기서 야영해야겠네."

"……어? 베개랑 침대는 없나?"

"있을 리가 없잖아."

"뭐……라고?"

망연자실한 엘피스자크를 무시하고, 주위를 둘러보고는 야영 순서를 생각했다.

전방에 시야가 트인 장소가 있으니 그곳을 거점으로 할까.

"야영…… 야영인가. 이오리, 야영에서는 뭘 하는 거야?"

"우선 잘 장소를 준비. 몬스터 대책으로 결계를 만들고 불씨가 될 법한 장작을 모아. 그리고 물과 식량을 모으는 거지. 결계 쪽은 내가 마석으로 해둘게."

다행히도 근처에서 깨끗한 강을 발견할 수 있었다. 결계 전개도 잘 진행되었다.

"이오리는 이런 걸 잘 아는구나."

"……뭐, 그렇지."

여행을 하던 시기에 야영 방법은 얼추 배웠다.

……가르쳐준 녀석은 떠올리고 싶지 않지만.

의외로 엘피스자크는 순순히 일했다.

불평도 않고 장작이나 낙엽을 척척 모았다. 이런 귀찮은 일은 싫어할 거라 생각했는데. 오히려 콧노래까지 부르며 경쾌하게 뛰어다닐 정도였다.

"즐거워 보이네."

"응. 야영을 하는 건 처음이거든. 두근두근해서 참을 수가 없어."

아웃도어도 즐길 줄 아는 전직 마왕인 듯했다.

그리고 잠시 후, 일단 잠자리 확보가 끝났다.

마석을 소비해서 결계를 쳤으니 하급 몬스터나 동물은 다가오지 않겠지.

장작은 엘피스자크의 괴력 덕분에 금세 모았다.

하지만 침낭도 뭣도 없으니 나무에 기대어서 잘 수밖에 없었다. 천이 있다면 낙엽 위에 깔아서 간이형 침대라도 만들 수 있을 텐데.

"……천 같은 걸 가져오면 좋았을 텐데."

"음, 천이 필요한가?"

"있어?"

고개를 끄덕이더니 엘피스자크는 갑자기 손가락을 머리에 찔러 넣었다. 손가락이 쑥쑥 들어갔다. 잠시 후에 손을 빼자 그곳에는 천 두 장이 들려 있었다.

"자."

"……아니, 잠깐만. 지금 그건 뭐야……."

어째서 머리에서 천이 나오는데.

"수납 마법이야. 작은 방 정도의 이차원으로 이어져 있으니까 그럭저럭 물건을 채워놓을 수 있지."

마법 그 자체는 내가 가진 파우치와 마찬가지였다.

그러나 자신의 머리에 수납 마법을 부여한 녀석은 처음 봤다.

"다만 너무 채워 넣으면 물건이 한꺼번에 쏟아져 나와."

……상당히 쇼킹한 그림이네.

살짝, 보고 싶다는 기분이 없는 것도 아니었다.

그 후, 나는 산토끼랑 과일로 저녁을 만들고 강물을 퍼와 끓여서 소독하여 마셨다. 식량도 물도, 엘피스자크의 머릿속에서 나온 그릇에 담겨 있었다.

"이……이건."

내가 만든 요리를 입에 넣은 엘피스자크가 눈을 부릅떴다.

"이오리! 이걸 만든 셰프를 불러와!"

"나야."

"그랬지."

갑자기 왜 이래.

"……입에 안 맞아?"

"아니, 그런 게 아니라. 상상했던 것보다도 훨씬 맛있었거든. 칭찬해줄까 싶어서."

만면의 미소를 띠고, 엘피스자크는 산토끼 고기를 베어 물었다. 요리라고 해봐야 향초와 소금으로 가볍게 간을 한 정도인데. 마음에 든다니 다행이다.

"음, 역시 너는 내 전속 셰프라는 걸로."

"거절한다."

"에엣……."

일단은 배도 찼고 목도 축였다.

◆ ◆ ◆

저녁을 먹은 뒤.

낙엽 위에 천을 깐 간이형 침대 위에서 마법 실험을 진행했다.

던전 코어를 손에 넣은 덕분에 어느 정도는 마석 없이도 마법을 쓸 수 있게 되었다. 이제까지 사용했던 기술을 적은 마력으로 재현할 수는 없을지 시험하는 것이었다.

"어느 정도는 쓸 수 있을 것 같네."

열화 정도가 아니라 완전히 다른 마법 수준으로 효과가 떨어져버리겠지만.

일 아타락시아도 대폭 규모와 위력을 떨어뜨리면 훈련에 따라서는 발동 가능할지도 모른다.

실험을 마치고 일단락되었을 때였다.

"역시 바깥 세계는 좋구나."

옆에 누워 있던 엘피스자크가 툭하니 중얼거렸다.

"빛이 있고, 소리가 있고, 바람이 있고, 맛있는 걸 먹을 수 있고."

"…………."

"봉인 안은 세계와 격리되어 있으니까 캄캄하거든. 빛도 소리도 아무것도 없는 곳이었어. 오랜만에 밖을 느끼는 건 각별하네."

"……30년, 이었나."

엘피스자크가 봉인된 것은 내가 죽은 직후라고 들었다. 그렇다면 30년 동안, 엘피스자크는 암흑 속에 있었다는 이야기였다.

"머릿속에 떠오르는 건 봉인되기 직전의 광경이었어. 부하를 죽이고 웃는 오르테기어. 어릿광대였다며 웃는 귀족 남자. 진심으로 얕잡아보는 눈빛으로 내 몸에 검을 휘두르는 루시피나. 그 녀석들이 증오스러워서, 증오스럽고 또 증오스러워서――증오스러워서, 참을 수 없었어."

그리 말하더니 엘피스자크는 감정을 억누르듯 한숨을

내쉬었다.

“오랜만에 제대로 대화를 나눌 수 있는 게 너라니, 신기한 감각이야.”

“……엘피스자크.”

“이오리. 일일이 그리 부르는 건 너무 길겠지.”

무거운 분위기를 떨쳐내듯, 엘피스자크는 말했다.

“너한테는 특별히 엘피라고 부르는 걸 허락할게. 영광으로 생각해.”

“……여전히 거만한 녀석이네.”

“충분히 위대했으니까 말이지.”

과거형이냐.

“……뭐, 알았어.”

엘피스자크── 엘피의 말에 고개를 작게 끄덕였다.

“앞으로는 엘피라고 부를게.”

“음, 그러면 돼. 아, 그렇지. 이오리, 절대로 장작은 꺼뜨리지 마.”

“……절대로?”

“그래. 추우니까.”

그리 말한 뒤, 엘피는 침묵했다. 잠시 후, 잠든 숨소리가 들렸다.

“………….”

여유로운 태도를 취하고는 있지만 이 녀석도 상당한 어둠을 품고 있는 듯했다.

엘피는 대화를 나눌 때마다 대답을 바라듯 내 눈을 응시했다. 마치 그러지 않으면 이것이 정말로 현실인지 판별할 수 없다는 것처럼.

"……후우."

생각을 중단하고, 몸을 뉘었다.

동정하지는 않는다.

복수를 하려는 사람이 무언가를 품고 있는 것은 당연하다. 나도 그러니까.

토 마장군과 싸우느라 쌓인 피로가 몸에 남아 있었다. 졸음도 밀려들었다.

하지만 잠들 수 없었다. 옆에서 잠든 엘피가 언제 배신하더라도 괜찮도록 몸이 준비태세를 갖추고 말기 때문이었다.

하지만 수면을 취하지 않으면 몸이 버티지 못한다.

나는 눈을 감고 그저 잠들기를 기다리는 것이었다.

◆ ◆ ◆

그로부터 며칠이 지났다.

수면이 부족한 기미는 있었지만, 몸을 쉴 시간은 충분히 취했다.

움직일 수 없을 정도는 아니었다.

"……이제 보이네."

간신히 숲 출구에 다다랐다. 숲을 나오니 정비된 가도가 펼쳐져 있었다.

그 앞에는 거대한 화산과 그 산의 기슭에 있는 도시가 보였다.

저것이 연합국.

힘을 되찾기 위해서 돌파해야만 하는 연옥(煉獄) 미궁이 있는 나라다.

그리고 『첩보의 금검』으로 본 배신자가 있는 곳이기도 했다.

평화를 위해서라며 착한 사람인 척하여 다가왔던 웨어울프. 반드시 찾아내어 첫 복수로 네놈을 죽이겠다.

제15화 『연합국 온천 도시』

볼카니아 연합국.

레이테시아 서부에 있는, 약소국이 모여서 만든 나라다.

나라 운영은 대표인 의원이 의회를 열어서 논의하는 의회제 형태를 취하고 있다. 인간만이 아니라 많은 아인이 이 거리에서 산다. 아인을 배척하는 나라가 많은 가운데, 연합국은 보기 드문 형태를 취하고 있다 할 수 있겠지.

그렇다고는 해도 역시나 마족은 받아들여지지 않겠지만.

"다른 사람이 있는 곳에서는 그 팔찌를 벗지 말라고?"

"알고 있어. 마력이 억눌려버리지만 어쩔 수 없겠지."

현재, 엘피의 팔에는 『위장의 팔찌』라는 매직 아이템이 채워져 있었다. 마족의 외모와 마력을 인간의 것으로 위장하는 효과가 있는 팔찌였다.

엘피의 머릿속에 들어 있던 걸 연합국으로 들어오기 전에 채웠다.

동료는 제외하고 작용하는지, 내 시점에서는 평소의 엘피와 전혀 다르지 않았다.

다른 사람이 보면 측두부에 난 뿔이 보이지 않는 모양이었다.

그렇게 공들여 엘피의 정체를 감춘 뒤, 연합국으로 발을 들여놓았다.

"그건 그렇고, 미궁이 옆에 있다고는 믿기지 않을 정도로 활기찬 나라네."

도시 안을 돌아다니는 많은 인파를 보고 엘피가 중얼거렸다.

이곳은 연옥 미궁이 있는 화산의 기슭에 있는 큰 도시였다. 땅을 파면 온천이 자주 나오기에『온천 도시』등으로 불린다. 온천을 목적으로 찾는 사람도 많다고 한다.

그에 더해, 이곳에는『모험가 길드』라고 불리는 조합이 있다.

각국에서 모험가로 등록하기 위해 실력이 있는 자들이 모여드는 것도 이유 중 하나겠지.

"30년 전에 한 번 와봤지만, 이렇게까지 활기차지는 않았어."

30년 동안에 인구도 늘어났을 테지.

여행 도중에, 딱 한 번 휴식을 취하기 위해 동료와 이 도시에 온 적이 있었다. 이제는 그 흔적도 없을 만큼 도시의 경관은 변해버렸지만.

"────."

거짓된 평온을 떠올리며, 자신이 무엇을 해야 하는지 머릿속에 그렸다. 이 도시에서 나는 해야만 하는 일이 두 가지 있었다.

첫 번째는 연옥 미궁 공략, 그리고 던전 코어 입수.

두 번째는 배신자 탐색, 그리고 복수였다.

엘피에게는 이미 이 거리에 복수 대상이 있다는 사실은

이야기했다. 그녀의 마안을 사용하면 다소나마 발견하기 쉬워지겠지.

우선은 목적을 이루기 위해 필요한 준비를 갖추도록 하자.

◆ ◆ ◆

관광객 대상의 노점이 늘어선 구획을 지나, 우리는 모험가가 모이는 구획에 도착했다.

장비점이나 대장간, 아이템숍 등이 늘어서 있었다.

이곳에 온 것은 장비를 갖추기 위해서였다.

엘피는 몰라도 현재는 약한 내 능력을 보충하기 위해서는 가능한 한 좋은 무기, 방어구를 마련할 필요가 있었다. 토 마장군의 마결정이라는 극상의 재료를 가지고 있으니 이걸 사용해서 무기를 만들고 싶었다.

그래서 우리가 용건이 있는 곳은 대장간이었다.

그중에서 무기와 방어구, 그리고 대장간 역할까지 세 가지를 모두 취급하는 커다란 가게가 있었다. 내어놓은 간판에 따르면, 몬스터의 부위나 마석 등의 환금도 하는 모양이었다.

문을 열자 달려 있던 종이 딸랑딸랑 소리를 냈다.

입구 바로 앞쪽에 빽빽하게 무기랑 갑옷이 진열되어 있었다. 조금 들어온 곳에 카운터가 있고, 가장 안쪽으로는 대장간으로 여겨지는 방이 이어져 있었다. 방음성이 높은 문이라서 안의 소리는 들리지 않았다.

"어서오시라냥!"

제복을 입은 점원이 안쪽 문에서 기세 좋게 나왔다. 머리에는 고양이로 여겨지는 귀가 달려서는 달릴 때마다 살랑살랑 흔들렸다.

아무래도 『워캣(인묘종)』 점원인 듯했다.

점원의 안내로 우리는 카운터가 있는 곳까지 들어갔다.

"제작 의뢰를 하고 싶어. 가져온 몬스터 소재로 검을 만들어줬으면 하는데, 괜찮을까?"

"그러시면 소재를 보여주시라냥."

"엘피, 꺼내줘."

결국 마결정 등은 엘피의 머릿속에 넣어두었다.

내 파우치보다 이 녀석의 머리 쪽이 더 많이 수납할 수 있었으니까.

"알았어."

머릿속으로 팔을 넣어 토 마장군에게서 떼어낸 소재를 카운터 위에 척척 쌓아놓는 엘피.

"냐앙?!"

그 쇼킹한 장면에 점원이 귀를 바짝 세우며 놀라고 말았다.

미안한 짓을 했네.

"야옹, 그, 그럼 잠깐만 시간을 주시라냥."

소재를 확인하고는 굳은 표정 그대로, 점원은 문 안쪽으로 들어갔다.

"……어쩐지 괴물이라도 보는 것 같은 표정이네."

"당연하잖아."

"모르겠어……."

그런 대화를 나누자니 문에서 아까와는 다른 점원이 나왔다.

신경질적인 표정의 노인인데, 백발이 성성한 머리에는 대장장이용 고글을 쓰고 있었다.

"어스 드래곤의 소재인가."

카운터에 놓인 소재를 보고 노인은 단번에 정답을 맞혔다.

"검 의뢰였지. 괜찮겠군. 며칠 안으로 만들어주지."

그 후로는 체중이나 키, 자세 등을 묻고 그에 대답했다. 그동안에 엘피는 전시된 방패나 검을 치덕치덕 만지다가 노인에게 혼이 났다.

"냥메르. 여기 적힌 소재를 사와라. 검을 치는 데 필요하다."

"알았다냥."

그 점원의 이름은 냥메르라고 하는 모양이었다. 노인에게 건네받은 메모를 들고 가게를 나갔다.

"여하튼 미궁 토벌을 하러 온 거겠지. 그날까지는 맞춰

주마. 그러면, 사흘 뒤 정도에 와라."

그런 말을 남기고, 노인은 또다시 문 안쪽으로 돌아갔다.

장인 기질인 사람이겠지. 어쩐지 드워프 대장장이를 떠올리게 했다.

"음…… 뭐야, 저 사람은. 거만한 놈이네!"

"네가 할 말이 아니라고, 네가."

어쨌든 무기 의뢰는 마쳤다.

검이 완성될 때까지는 보물 창고에서 훔친 검을 쓰면 되겠지. 이것도 충분히 괜찮은 물건이니까.

대장간을 나와 거리로 나섰다. 여전히 길은 사람으로 북적였다.

"다음은 모험가 길드로 가자."

"그러니까 모험가 등록을 하는 거였지?"

"그래. 미궁에 들어가려면 모험가가 될 필요가 있는 모양이니."

일반인의 안전을 지키기 위해 모험가가 아니면 연옥 미궁에는 들어가지 못하도록 되어 있는 것이었다. 평소에는 결계를 치고 경비도 서는 모양이었다.

이런 사정에 대해서는 왕국의 서고에서 조사했다. 미궁 출입 제한은 30년 전에는 조금 더 애매했다. 시간의 경과로 명확해진 듯했다.

뭐…… 모험가 등록 같은 건 안 하더라도 억지로 미궁으로 들어가는 방법도 있지만, 굳이 소동을 일으킬 정도의 일도 아니었다.

"……그리고 사람이 많이 모이는 길드라면 그 남자에 대한 정보도 쉽게 모을 수 있을 테니까."

"과연."

혼잡한 거리를 뚫고 모험가 길드 쪽으로 향했다.

관광객을 위해 길가에 노점이 펼쳐져 있는 것도 사람이 많은 이유 중 하나겠지.

"모험가가 되려면 시험을 받아야 돼. 너라면 여유 있을 테지만 어느 정도는 마음의 준비를 해둬."

"——잠깐만, 이오리."

갑자기 엘피가 걸음을 멈췄다. 그리고 왼손으로 내 앞을 가로막았다.

"……왜 그래?"

목소리를 죽여 엘피에게 물었다.

설마 배신자와 관련된 것이라도 발견했나?

"뭐야, 용사쯤 되는 사람이 못 알아차렸나."

"……뭔데?"

"——오감을 갈고닦아."

곤혹스러워하는 내게 간결하게 이야기하는 엘피. 그녀의 눈빛은 극히 진지해져서 항상 전장에 선 상황을 대비하는 마음마저 느껴졌다.

엘피의 시선을 좇았다.

그곳에는 노점에 늘어선 남자들의 모습이 있었다.

아무래도 모험가 같은데, 얼핏 봐도 알 수 있을 만큼 질 좋은 장비를 장착하고 있었다. 그들은 팽팽하게 긴장된 분위기를 흩뿌리고 있었다.

평화로운 거리지만 나름대로 실력자가 모여 있는 듯했다.

엘피는 저것에 반응했나……?

"그들은 강해. 내 시각과 후각을 계속 붙잡고 있어."

"음…… 후각?"

잘못 말한 걸까.

고개를 갸웃거린 순간, 엘피는 싱긋 웃었다.

"그래, 연합국의 특산 요리로 이름 높은 『화산구이』. 흥미를 돋우는 녀석이야…… 상대로 부족함이 없어."

아아…… 음식 이야기였네. 모험가가 아니라 안쪽의 노점을 본 거였나.

나는 힘이 쭉 빠져 어깨를 풀썩 떨어뜨렸다.

그런 나를 보고 엘피는 어리둥절한 표정을 지었다.

"그 눈빛은 뭐냐, 이오리. 저건 육즙이 넘치는 스테이크와 신선한 채소를 화산의 돌로 구운 명물이라고? 이곳 연합국에서밖에 못 먹어. 최고의 요리인데?"

"마음의 준비를 해두라고 그랬잖아, 대체 어디에 혹하는 거냐."

그러고 보니 이 녀석, 미궁에서 『하루 세 끼를 만들어라』

라든지 숲에서 『셰프를 불러라』라며 부산을 떨어댔지. 식사에 대해서 호들갑스러운 녀석일지도 모르겠다.

“뭐, 그런 이야기는 됐어. 우선은 노점에서 배를 좀 채우고——.”

“안 돼.”

옷을 붙잡아 말렸다.

엘피는 원망스럽다는 눈빛을 보냈다.

이 녀석…….

이런 녀석과 사투를 거듭했느냐고 생각하니 복잡한 기분이었다.

“모험가 등록이 먼저야.”

“세상에……!”

노점에 가고 싶다며 졸라대는 엘피를 끌고서 모험가 길드로 향하는 것이었다.

제16화 『등으로 꽂히는 불온한 시선』

모험가.

모험가 길드가 알선하는 몬스터 퇴치나 도적 퇴치, 미궁 공략 등의 위험한 일을 맡는, 용병에 가까운 직업.

왕국에서 읽은 서적에 따르면 다른 나라에도 모험가 길드 설립 제안이 나왔지만 지금은 연합국에만 존재하는 특별한 직업이었다.

일의 내용상 위험한 직업이기에, 모험가가 되려면 엄격한 심사를 통과해야만 한다.

모험가라는 것만으로도 스테이터스가 되기에 다른 나라에서 심사를 받고자 오는 사람도 많다고 한다.

연옥 지옥에 들어가려면 모험가 길드에 등록하고, 그리고 정기적으로 조직되는 미궁 토벌대에 참가해야만 한다.

가게를 나와서 걷기를 10분 남짓. 주위와 비교해서 한층 더 커다란 건물이 자리 잡고 있었다.

"여기가 모험가 길드인가. 크네."

모험가가 모이는 건물인 만큼 내부는 나름대로 넓었다.

모험가들끼리 정보를 교환하는 술집, 의뢰가 나붙는 게시판, 의뢰 수주 등의 수속을 진행하는 프론트.

그밖에도 이런저런 설비가 있는 듯했다.

안의 술집에는 많은 모험가들이 모여서 떠들썩한 분위기를 자아내고 있었다.

"그건 그렇고 모험가가 되지 않으면 미궁에 들어갈 수 없다니, 꽤나 성가시네."

"힘이 없는 사람이 미궁으로 들어가지 않도록 하려는 거겠지. 실력을 시험해보는 감각으로 미궁에 도전하는 녀석은 옛날부터 많았으니까."

안으로 들어간 우리에게, 술집에 있는 모험가들이 뚫어질 듯이 시선을 향했다.

모험가 대부분이 억센 어른들뿐이니 우리 같은 젊은 사람은 진귀하겠지.

이곳에 있는 사람들 다수는 체격이 큰 남자였다. 그런 장소에 아직 어린 남녀가 둘이서 들어오면 주목이 모일 만도 하지.

수군수군 뒷담화를 하듯 동료에게 무언가를 속삭이는 전신갑옷 남자. 그저 말없이 이쪽으로 시선을 보내는, 풀페이스 투구를 쓴 덩치 큰 남자. 점수를 매기듯 시선을 보내는 아인종.

그중에는 엘피의 몸을 보고 노골적으로 싱글거리는 시선을 보내는 모험가도 있었다.

"내 마안으로 노려봐줄까."

"으스러지든지 폭발해버리든지 할 테니까 그만둬."

프론트에는 상당히 많은 사람이 나란히 서서 다양한 수속을 진행하는 듯했다.

오른쪽 끝이 모험가 등록 접수인 모양이라, 우리는 거기에 섰다.

첫 번째 소환 당시에는 거의 들른 적이 없었지만, 길드는 비교적 상상하던 그대로인 장소로군.

잡다한 모험가가 술집에서 정보를 교환하거나, 신참을 평가하거나.

웅성웅성, 그리 들리는 목소리에 살짝 의식을 집중해 봤다.

"하니까, ―――――잖아."

"――용병단이 토벌에 참가한다는 모양이던데."

"――, 그저께 정도였던가? 미궁 토벌 자료가 나왔다며."

들리는 정보.

"정말로 마음에 안 드는군. 웨어울프 녀석들은 말이야."

"그만둬. 어디서 듣고 있을지 모르니까."

그중에 마음에 걸리는 단어가 있었다.

웨어울프.

내가 이 도시에 온 목적 중 하나. 나를 배신한 녀석들의 종족도 웨어울프였다.

좀 더 정보를 얻을 수는 없을까 싶어 이야기를 나누는 모험가에게 의식을 집중했을 때였다.

"―――――."

――누군가 나를 보고 있다.

내면을 정탐하는 듯한, 시선.

왕국의 추격자인가?

돌아보려고 했을 때였다.

"이런."

갑자기 무언가가 내게 부딪혔다.

돌아보니 풀 플레이트, 전신 갑옷 남자가 뒤에 서 있었다.

나를 내려다보고, 투구 밑으로 날카로운 시선을 보냈다.

"……뭐야?"

"뭐야, 가 아니지. 놀이삼아 모험가가 되려는 거라면 당장 돌아가. 모험가는 너희 같은 비실비실한 애송이가 할 수 있을 만큼 만만한 일이 아니야."

짜증스러운 태도로 전신 갑옷이 나를 위협했다.

그저 어린애로밖에 안 보이는 우리가 이곳에 있다는 사실이 마음에 안 드는 거겠지.

"될 수 있는지는 길드의 시험으로 정해지는 거잖아? 당신이 이러쿵저러쿵 할 일이 아닐 텐데."

"허, 그러냐. 그럼 시험, 기대하라고?"

가볍게 웃더니 전신 갑옷 남자는 길드 안쪽으로 걸어갔다.

"역시 마안으로."

"그만두라니까."

그러는 사이에 우리 차례가 왔다.

"다음 분, 오시죠."

접수처에서는 모험가의 역할과 시험 내용에 대한 설명

을 들었다.

모험가는 길드로 들어온 의뢰를 하청 받는 용병에 가까운 직업. 약초 탐색, 도적 퇴치, 미궁 토벌 등 역할은 다양했다. 의뢰 내용에 따라서는 생명의 위험도 따르기에 사망할 리스크를 염두에 둘 것.

이런 느낌이었다.

위험이 많은 직업이니 등록할 때의 시험 내용은 하나. 그자의 전투 능력을 파악하는 전투 시험뿐이었다.

참가자가 상대 역할의 모험가와 싸우고, 그 과정과 결과를 보고 심사원이 판정을 내린다나.

설명이 끝난 뒤에는, 길드 안쪽에 있는 회장으로 가라고 지시를 받았다.

마음을 다잡고, 우리는 회장으로 향했다.

◆ ◆ ◆

전투 시험은 길드로부터 대여한 무기, 혹은 자신이 사용할 수 있는 마법만으로 싸워야만 한다.

매직 아이템도 마석도 사용 불가.

우선 처음으로 자신이 사용할 무기를 선택한다. 나는 오서독스한 한손검을 선택했다.

참고로 엘피는 무기를 선택하지 않았다. 시합은 회장을 둘로 나누어 네 명이 동시에 진행한다.

나와 엘피는 각각 나뉘어버렸다.

"다음 분, 준비를 부탁드립니다."

잠시 기다리자 내 차례가 왔다. 싸울 상대는 모험가 길드에 소속된 모험가였다.

모험가 본인, 그리고 싸움을 보고 있던 심사원이 평가를 내리고 합격 여부가 정해진다.

"여어."

내 앞에 나온 것은 아까 본 전신 갑옷 남자였다. 아무래도 모험가의 시험에 협력하는 사람인 듯했다.

"그런 비실비실한 몸으로 모험가가 되겠다는 거니까 어지간히도 자신이 있는 거겠지? 그렇다면 내가 시험해주지."

"그럼 잘 부탁합니다."

가볍게 흘려 넘기고, 심사원이 지시한 위치에 섰다.

전신 갑옷 남자는 마법과 검 양쪽을 사용하는 마법검사인 듯했다.

민첩성을 버리고서라도 갑옷을 입어 공격을 막고, 마법을 발사한다. 접근한다면 검을 뽑아들고 싸운다. 그런 스탠스겠지.

"그럼 양쪽 모두 준비해주세요."

서로의 거리는 그렇게 떨어져 있지는 않았다. 달리면 금방 좁힐 수 있을 정도였다.

하지만 상대는 마법사. 이런 거리라면 선수는 상대에게

넘겨주게 되겠지.

"지금 쫄았냐, 이봐!"

"도망치려면 지금뿐이라고!"

견학하는 모험가들이 야유를 날려댔지만 무시하고 정면을 응시했다.

상대가 마법사라면 딱 적당한 기술이 있다.

소량의 마력으로 사용할 수 있도록 조정한 마법을 여기서 시험해볼까.

"그럼, 시작!"

심사원이 손을 들고 구령을 내렸다.

그 순간, 전신 갑옷 남자가 마법을 사용하려고 했다.

"——『스펠 디바우어』."

그에 맞추어 나도 마찬가지로 마법을 사용했다.

임의의 대상으로부터 마력을 빼앗아 강제적으로 마법을 소멸시키는 기술. 대폭 열화되어 지금은 상대의 마력을 한순간 흩어버리는 정도의 효과밖에 없었다.

"뭐, 야? 마력이……!"

마력이 흩어지고 남자는 놀란 목소리를 흘렸다. 나와 자신의 지팡이로 몇 번이고 시선을 왕복했다.

그 한순간에 간격은 완전히 좁혀졌다.

황급히 검을 뽑아드는 것보다 빨리, 기술을 걸었다.

"으, 억."

다리를 걸고 남자와 전신 갑옷의 무게를 이용해서 땅으

로 넘어뜨리는 것과 동시에.

목 부분에 있는 갑옷의 틈새로 한손검을 내질러 목덜미에 칼날을 가져다 댔다.

실전이라면 이것으로 남자는 사망이다.

"어……."

개시 이후로 아직 5초 정도밖에 지나지 않았다.

그때까지 야유를 날리던 모험가들이 놀란 표정으로 이쪽을 보고 있었다.

"여, 여기까지!"

뒤늦게 심사원이 외쳤다. 이것으로 심사는 종료인 듯했다.

"처음 그 마법은 뭐야? 넌 알겠어?"

"어, 아니…… 그보다도 저렇게 간격을 좁히다니, 무슨 짐승이냐?"

모험가들의 놀란 모습을 보면 나쁘지 않은 결과인 모양이었다.

모험가가 된 적은 없으니까 기준을 모르겠지만, 이 정도면 합격할 수 있겠지.

그때, 등 뒤에서 펑, 폭발음이 울렸다.

돌아보니 엘피의 대전 상대가 기절해서 바닥에 쓰러져 있었다. 당연하다는 표정으로 엘피가 팔짱을 끼고 있는 모습이 보였다.

아무래도 저쪽도 끝났나보네.

"……칫."

바닥에 엉덩방아를 찧은 전신 갑옷 남자가 작게 혀를 찼다.

"너무 까불지 말라고, 애송이."

"…………."

투구 틈새로 보이는 눈. 거기서 느껴지는 중압감에 칼자루를 더욱 힘껏 쥐었다.

그 기백은 무엇인지를 헤아리기도 전에, 전신 갑옷 남자는 떠났다.

……뭐야, 저 녀석.

떠나는 뒷모습을 응시하고, 나도 다음 사람에게 자리를 넘겼다.

◆ ◆ ◆

"심사 결과는 모레 발표됩니다. 하오니 모레, 다시 한 번 모험가 길드로 와주시길."

그 설명을 끝으로 심사는 종료되었다.

대전 상대인 모험가를 완파했으니 이의 없이 합격이라고 생각해도 될 것이다.

멀찍이서 날아드는 모험가들의 시선을 느꼈지만 상대하지 않고 길드 밖으로 나왔다.

"이걸로 오늘 용건은 끝이지? 이오리, 나는 배가 고파."

"알았어. 어디 적당한 데 밥 먹으러 가자."
그런 이야기를 나누며 걷고 있을 때였다.
"이봐, 인간. 그 정도 모험가한테 이긴 정도로 우쭐대지 말라고."
척, 앞이 막혔다.
보아하니 머리에 늑대귀가 있는 껄렁껄렁한 남자——웨어울프가 서 있었다.
"딱히 그런 생각은 안 했는데."
"뭐? 잔뜩 뻐기는 표정을 하고 있잖아, 인마. 네놈 같이 우쭐대는 인간 애송이가 제일 마음에 안 든다고."
곤란하네.
오늘은 왜 이렇게 귀찮은 녀석들이랑 얽히는지.
"거기 아가씨는 엄청난 마법사인 모양이던데. 괜찮으면 앞으로 우리 쪽으로 안 올래? 아가씨만한 미인이라면 나쁘게 대접하진 않을 테니까 말이지?"
"……호오?"
"가자, 엘피."
낮은 목소리로 말하고는 고개를 갸웃거리는 엘피의 팔을 잡아당기며 걸어갔다.
이런 놈들은 그저 상대하는 것 자체가 시간 낭비다.
"이 자식……!"
웨어울프가 내 멱살을 붙잡으려고 손을 뻗었다.
정말로 귀찮네.

대처하려고 자세를 취했을 때였다.

"적당히 해라. 곤란해 하잖아. 치근덕거리지 말라고, 보기 흉해."

옆에서 튀어나온 손이 웨어울프의 팔을 붙잡았다.

왼쪽 눈에 안대를 찬 워캣 여성이었다.

체형에 맞는 가벼운 갑옷을 입었고, 분위기를 보아하니 이곳 분위기에 익숙하다는 것을 알 수 있었다.

"이, 이봐 미샤. 그만둬."

동료 하나가 그리 말했지만 미샤라고 불린 여성은 무시하고 웨어울프를 노려봤다.

"……또 너냐."

"그건 내가 할 말이야."

"……칫."

여성의 기백에 눌렸는지 웨어울프는 혀를 차고 그 자리에서 떠났다.

하아, 여성은 한숨을 내쉬고 그의 뒷모습을 노려봤다.

"……감사합니다."

"음, 신경 쓰지 마. 나는 저런 제멋대로인 녀석은 정말 싫어하거든."

머리를 숙이자 여성은 가볍게 코웃음을 치며 그리 말했다.

『또 너냐』 같은 소리를 했으니 몇 번이나 맞부딪친 사이겠지.

"아아…… 또 미샤가 웨어울프를 상대로 저질렀어."

"시끄러워. 저런 걸 보고 어떻게 가만히 있어."

어찌된 영문인지 얼굴이 새파래진 동료에게 그리 대답하고는, 미샤는 우리를 봤다.

"둘 다, 여기에 온 지는 얼마 안 됐지? 지금 그걸 보면 알 수 있을 테지만, 웨어울프한테는 다가가지 않는 게 좋아. 저 녀석들은 이 도시에서 그야말로 제멋대로 날뛰고 있으니까."

"제멋대로……?"

지금처럼 많은 사람들이 시비를 걸 거라는 이야기일까.

"날뛰고 있다면 위병한테라도 넘기면 되는 거 아닌가?"

내가 품은 의문을 엘피가 대신하듯 입에 담았다.

그만큼 문제를 일으키고 있다면 그에 해당되는 기관에 대처를 요청하면 되는 게 아닌가.

"아니, 그게 말이지……."

"이 이야기를 길거리 한가운데서 하는 건 위험하겠지. 미샤, 이제 그만 가자."

물음에 대답하려던 미샤를 동료가 쿡 찔렀다.

미샤는 "……그러네"라며 눈을 가늘게 떴다.

"어쨌든 웨어울프랑은 가능한 한 엮이지 마. 그럼 잘 가라!"

그런 말을 남기고 동료와 함께 떠나버렸다.

"저 웨어울프는 지금 그 워캣한테 감사해야겠어."

그들의 뒷모습을 보고 엘피가 툭하니 중얼거렸다.

"우리, 가 아니라?"

"너, 웨어울프가 내민 팔을 꺾어버리려고 했잖아."

"……으음."

확실히 그 이상 시비를 걸려고 한다면 그 정도는 했을지도.

관계없는 인간에게 손을 댈 생각은 없지만 복수에 방해가 될 것 같다면 주저하지 않는다.

모험가든『사신』이든, 방해하려고 든다면 죽인다.

"뭐, 됐어. 시험도 끝났으니까 얼른 화산구이를 먹으러 가자, 이오리!"

"하아……."

뭐, 배도 고프니 슬슬 식사를 해도 될지도.

한숨을 내쉬고 엘피 뒤를 따르려고 했을 때였다.

"————."

또다시 시선을 느꼈다.

처음으로 느꼈던, 내면을 정탐하는 듯한 시선과는 달랐다. 명백하게 적의가 담긴, 날카로운 시선.

시선이 느껴진 방향을 봤지만 모험가 무리가 있어서 구별이 되지 않았다.

왕국의 추격자인가, 마왕군인가, 전혀 모르는 적인가.

"……성가시네."

경계를 강화하며 나는 엘피를 뒤따르는 것이었다.

제17화 『간신히, 발견했다』

엘피와 함께 화산구이라는 녀석을 먹은 뒤, 적당한 여관에 묵기로 했다.

작은 욕실이 있는 숙소였는데, "좀 더 큰 온천이 좋다"며 엘피는 떼를 썼지만.

다음날. 별도 요금인 아침식사를 마친 뒤, 우리는 여관 밖으로 나왔다.

심사 결과가 나오는 건 내일이고 무기 완성도 아직이지만, 이 나라에서도 해두어야 할 일이 있었던 것이다.

30년 동안 벌어진 일.

마왕의 손길로 재건된 연옥 미궁에 대해서.

디오니스, 루시피나에 대한 정보가 없는지.

복수 대상의 정보가 없는지.

조사하고 싶은 건 이런 정도일까.

그런 이유로 노점에 정신이 팔린 엘피를 잡아끌며 도서관으로 향했다.

도중에 여기저기 웨어울프를 볼 수 있었다. 활개를 치며 돌아다니는 녀석들을 거리의 다른 사람들은 피하는 것처럼 보였다.

"음, 거만해 보이는 녀석들이네."

"그러니까, 네가 할 말이 아니잖아."

그러는 사이에 도서관에 도착했다.

◆ ◆ ◆

입장료를 내고 안으로 들어갔다.

반출은 불가, 라고 여기저기에 주의사항이 적혀 있는 도서관 안은 낡은 종이 냄새가 감돌았다.

사람은 그렇게 많지 않아 안은 적막했다. 사서가 하품을 할 정도였다.

빽빽하게 책이 꽂힌 책장에서 목적하던 것들을 꺼냈다. 신문 따위도 있었기에 최근 몇 년 치를 적당히 손에 들고 의자에 앉았다.

엘피는 무언가를 찾아오겠다고 그러더니 어딘가로 가버렸다.

"자, 그럼."

가져온 책으로 시선을 떨어뜨렸다.

내가 죽은 뒤로부터 최근까지, 마왕군은 그다지 활발히 움직이지는 않았다나.

인간의 군대를 물리치고 다섯 장군 미궁과 반파된 마왕성을 재건한 뒤로는 이렇다 할 활동을 벌이지 않았다.

하지만 최근에 또다시 움직이기 시작한 모양이었다.

피해를 당하여 가족이나 살 곳을 잃은 사람이나 아인 대다수는 이곳 연합국으로 왔다나.

사람이 늘어난 것은 관광객이 많아진 것만이 아니라――.

――떠올랐다. 이제껏 본 많은 이들의 눈물이…….

"―――――윽."

한순간 머릿속에 떠오른 예전의 이상. 시시하다며 떨쳐내고, 이어서 다른 책으로 시선을 향했다.

역시 전멸시킨 사천왕도 새로이 탄생한 듯했다.

현재 『왜곡』을 자칭하는 마족이 자주 목격되고 있다나. 마왕성으로 쳐들어간 인간의 군대를 간단하게 반파시켰다고 한다.

안타깝지만 루시피나와 디오니스의 정보는 없었다. 하지만 그 두 사람의 실력을 생각하면 사천왕, 혹은 마장군이 되었어도 이상하지는 않았다.

녀석들은 『왜곡』과는 관계없을 테지만, 그런 정보는 봐두는 편이 좋을 듯했다.

연옥 미궁에 대해서는 새로이 눈에 띄는 정보는 없었다. 지난번과 크게 다르지 않은 모양이었다.

한숨 돌리며 책을 내려놓고 신문으로 흘끗 시선을 향했을 때였다.

어느 기사를 보고 나는 움직임을 멈추었다.

몇 년인가 전에, 연합국으로 몬스터가 쳐들어왔다나. 모험가가 반격했지만 서서히 궁지에 몰렸다. 그때에 웨어울프가 인간에게 가세했다고 한다.

그 웨어울프를 이끈 인물은―――――.

"들어줘, 이오리!"

그때, 분개한 태도로 엘피가 이쪽을 향해 저벅저벅 걸어왔다.

"도서관에서 큰 소리 내지 마. ……그래서, 무슨 일이야?"

"그게 말이다, 오르테기어에 대한 책은 잔뜩 있는데 내 책이 한 권도 없어!"

그야 나도 이 녀석이 마왕이었다는 사실은 몰랐으니까. 마왕으로 있었던 건 불과 몇 년뿐이라는 모양이니.

"확실히 마왕으로 있었던 기간은 짧았다지만, 이건 너무 하잖아. 책으로 만들 법한 일은 잔뜩 했는데."

"호오, 뭔가 굉장한 걸 했나?"

성격은 몰라도 실력은 확실했다. 무언가 무훈을 올렸다든지.

"마족들끼리 경쟁하는 토너먼트에서 우승했고, 날뛰는 드래곤을 길들여서 애완동물로 만들었고, 인간의 맛있는 요리 특집 책을 쓰기도 했고, 어쨌든 많은 걸 했다고. 게다가 다양한 걸 머릿속에 수집하는 게 취미로서 알려지기도 했지."

"너무 흔하잖아."

폭정의 끝을 달린 마왕 오르테기어 옆에 『엘피스자크. 드래곤을 애완동물 삼고 요리책을 쓴 마왕』 같은 게 적혀 있다면, 그저 웃긴 이야기 정도가 아닐 거라고.

"……으음."

"그보다, 말이야."

어느 신문의 기사를, 나는 엘피에게 보여줬다.

"……그건?"
"내 표적이야."
역시 내 표적은 이곳에 있을 가능성이 높은 듯했다.
"무척 예전의 기사니까 자세한 거처까지는 모르겠지만."
"……과연."
수확은 있었다.
얻은 정보에 만족하고 우리는 도서관을 뒤로했다.

◆ ◆ ◆

도서관을 나와서 거리를 돌아다녔다.
낮 시간이라 그런지 어제 도착했을 때보다도 사람이 많았다.
"……그건 그렇고 정말로 여기서는 인간과 아인이 함께 살고 있네."
인파 안에는 엘프(요정종), 워캣 같은 아인도 많이 포함되어 있었다.
그걸 보고 어쩐지 먼 곳을 바라보는 눈빛으로 엘피가 입을 열었다.
"마족만이 아니라 아인과 싸우는 인간도 많이 봤어. 때로는 전쟁이 된 경우도 말이야."
확실히 예전에 인간은 마족만이 아니라 아인과도 싸웠다고 한다.

아인 배척을 앞세웠던 나라도 있을 정도였다.

내가 왔을 때에는 마왕군 때문에 그럴 겨를이 아니었던 모양이지만.

그 모습을 보았던 엘피의 입장에서는 이 광경이 신기하게 여겨질지도 모르겠다.

이 나라에서는 아인이 평범하게 살고 있었다. 풍습 등의 차이로 트러블도 많은 모양이지만 그럼에도 함께 지내고 있었다.

"그렇게 생각하면 이 광경은 굉장한 것일지도 모르겠어."

——공존.

"——시시하군."

엘피의 말에 나는 무심코 그리 중얼거리고 말았다.

공생, 공존.

그 말을 듣자 속이 메스꺼워졌다.

과연, 확실히 공생하고 있는 거겠지. 이 도시는 겉보기에는 평화로울 것이다.

그래서, 뭐가 어쨌다고.

함께 산다고 해도, 인간도 아인도 아무 상관없이 배신할 테지. 자신의 욕망을 위해서라면 동료마저 베어버리는 녀석들이니까.

"……이오리."

무언가 말하고 싶은 듯 엘피가 입을 열었을 때였다.

가까운 곳에서 노성과 비명이 울렸다.

"……무슨 일이 있는 모양인데."

"살펴볼까."

인파를 헤치고 거리를 나아갔다. 노성과 비명의 주인은 바로 발견했다.

"죄, 죄송합니다냥……."

"부딪쳐놓고 그저 말만으로 넘어가려고? 성의가 부족하잖아."

그곳에는 워캣 하나가 덩치 큰 웨어울프에게 붙들려 있었다.

새파란 얼굴로 부들부들 떠는 그 워캣은 본 적이 있었다.

"그 대장간 직원인가."

아마도 냥메르라고 했던가.

이야기를 흐름을 보면 냥메르가 웨어울프에게 부딪히고 말았을 테지. 그 때문에 화가 난 웨어울프가 사죄하는 소녀에게 금전을 요구하는 것이었다.

소녀가 시비의 대상이 되었음에도 구경꾼들은 아무것도 하려고 하지 않았다.

그러기는커녕 냥메르 쪽으로 귀찮다는 시선을 보내고 있었다.

"웨어울프랑 시비를 붙다니, 대체 무슨 생각이야, 저 여자는……."

그런 목소리가 여기저기서 들렸다.

그 말을 듣고 웨어울프는 히죽 기분 나쁜 미소를 띠었다.

"괜찮겠나? 이 도시에서 우리한테 거스르다니. 어엉, 너희들?"

그 말과 동시에 다른 웨어울프가 우르르 다가왔다.

"냐, 냐아……."

냥메르가 눈물을 글썽이며 움츠러들고 말았다.

그럼에도 거리의 인간들은 나서지 않았다.

이만한 소란이 되었는데도 위병조차 나타나지 않았다.

역시 이 도시에서는 웨어울프가 위세를 떨치고 있는 모양이었다. 마치 당하는 입장인 냥메르 쪽이 나쁜 사람이라는 분위기였다.

"내 체면을 구겨놨는데 그냥 넘어갈 수는 없으니까 말이야. 조금 따끔한 맛을 봐야겠지?"

"냐……."

겁먹은 냥메르를 향해 웨어울프들이 다가갔다.

아무도 도와줄 기미는 없었다.

"어떻게 하지, 이오리."

"……어떻게도 안 해. 도와주러 나설 이유 따윈……."

……아니.

확실히 그 가게에서는 노인과 이 워캣만 일하고 있지 않았나?

여기서 다치기라도 한다면 검 제작에 지장이 생길 가능

성이 있었다.

만에 하나, 미궁 토벌에 때를 맞추지 못한다면 귀찮아지겠지.

"…………."

"이오리?"

한숨을 내쉬고 나는 앞으로 나섰다.

"……이봐, 무슨 일인가, 인간."

위압하려드는 웨어울프를 무시하고 냥메르를 끌어당겨 등 뒤로 숨겼다.

이 녀석들에게 딱히 흥미는 없지만 검 제작이 늦어지는 것은 곤란했다. 나는 서둘러서 미궁 공략과 복수에 착수하고 싶으니까.

"거기까지 하는 게 어때? 사과하는데도 난폭하게 굴 건 없잖아."

"어어? 인간, 네놈은 관계없잖아. 저리 꺼져."

이야기가 통할 것 같지도 않네.

그럼 어떻게 한다.

따끔한 맛을 보여줘서 물러나게 만들까.

웨어울프가 손을 뻗으려고 했을 때였다.

"——거기까지 하세요. 사람들 면전에서 보기 흉합니다."

구경꾼 사이에서 들린 그 한마디에, 위협하던 웨어울프들이 일제히 얌전해졌다.

"죄, 죄송합니다!"

뚜벅뚜벅 소리를 울리며 웨어울프 하나가 다가왔다.

그 자리에 있던 웨어울프들이 꾸벅꾸벅 머리를 숙였다.

다가온 그 인물을 보고 나도 모르게 눈을 부릅떴다.

——아아, 설마 이렇게나 빨리 너를 발견할 줄이야.

무심코 지을 뻔했던 미소를, 입을 눌러 감추었다.

풀을 먹인 양복을 입은, 신경질적으로 보이는 얼굴의 웨어울프. 갈색 머리카락을 빈틈없이 정돈했고 안경이나 복장, 헤어스타일에서 꼼꼼함이 엿보였다.

아아, 간신히.

간신히, 첫 번째다.

일찍이 웨어울프 군대의 참모를 맡고 있던 남자. 보수를 위해서 내 살해에 협력한 배신자.

——마윈 요하네스.

그곳에는 내 복수 대상이 있었다.

제18화 『마윈 요하네스』

당시에 왕국이나 제국 등의 각국이 동맹을 맺고 마왕군과 전쟁을 했다.

그때에 웨어울프는 인간 측에 붙었다.

사천왕을 셋까지 쓰러뜨리고 마지막 미궁을 돌파했을 무렵. 마왕군 사천왕『천변(千變)』이 이끄는 군대와 싸울 때였다.

우리 파티는 웨어울프의 거점에 머무르고 있었다.

그때에 나는 어느 웨어울프의 함정에 빠졌다.

『매직 디스터브』라는 결계 마법으로 내 마력을 억누르고 마비 향기로 움직임을 둔하게 만들어, 그 웨어울프는 나를 생포하려고 했다.

나는『스펠 디바우어』로 결계를 부수고 움직임이 둔해진 몸으로 그 웨어울프를 짓눌렀다.

그리고 왜 이런 짓을 했느냐고 물었다.

『천변이 마법을 이용해서 제 목숨줄을 쥐고 있습니다. 살고 싶다면 당신을 생포하라고 명령을 받았습니다.』

자신은 웨어울프를 지키기 위해 이런 곳에서 죽을 수는 없다. 그러니까 나를 생포하려 했다고.

자신을 마윈 요하네스라고 한 웨어울프는 그리 이야기했다.

『천변』은 다양한 마법을 사용하고, 특히 사람을 이용하고 멸시하는 것을 즐기는 마족이었다. 이번에도 마원을 이용해서 나를 죽이려고 한 것이었다.

결과적으로 나는 마원에게 붙잡힌 척하여 『천변』에게 접근, 동료와 함께 토벌하는 데에 성공했다. 누구 하나 희생시키지 않고 승리를 거둘 수 있었던 것이다.

그래서 나는 마원을 용서했다.

『천변』에게 이용을 당했던 것이니 네게 죄는 없다고.

자신이 살기 위해 나를 희생시키려고 한 마원의 배신은 가슴속에 묻고, 그의 재치로 『천변』을 쓰러뜨린 것으로 해두었다.

『아마츠 씨. 당신에게 구원을 받은 은혜는 절대로 잊지 않겠습니다.』

눈물을 흘리며 마원은 내게 그리 말했다.

어떤 일이 있을지라도 당신을 돕고 당신에게 힘을 빌려주겠다고.

마왕성으로 돌입하기 얼마 전.

대량의 몬스터와 마족 때문에 열세에 빠진 우리를, 마원이 이끄는 웨어울프 군대가 지원해주었다.

그때에 마원은 이리 말했던 것이다.

『당신에게 도움을 받은 은혜는 이곳에서 갚았습니다. 전쟁을 끝내고 당신들이 바란 평화로운 세계를 만들죠.』

그리 말한 그의 본심을, 나는 『첩보의 금검』으로 알게 되었다.

『마왕과 용사, 방해꾼이 동시에 사라져준다면 딱히 더 할 말은 없네요. 아마츠가 있어서야 저는 차분하게 생활할 수 없을 테니.』

다른 동료들로서는 이 말이 무슨 뜻인지 이해하지 못한 모양이지만, 나는 알 수 있었다.

자신이 배신했다는 사실을 저 녀석은 감추고 싶었던 것이다.

마왕군의『천변』토벌에 공헌했기에 저 남자는 웨어울프의 영웅으로 대우받았다. 그 지위를 위협할 가능성이 있는 나를, 저 녀석은 없애버리고 싶었던 거겠지.

은혜 따윈, 저 녀석은 처음부터 느끼지도 않았다.

그것뿐인 이야기였다.

나는 무슨 RPG의 주인공이라도 된 기분이었을 테지.

최종결전에서 그때까지 도와주었던 사람들이 힘을 빌려준다.

그런 전개가 되어, 자신이 이제껏 한 일은 헛수고가 아니었다고, 멋대로 무슨 보답이라도 받은 기분이었던 것이다.

시시하다.

지금은 진심으로 그리 생각한다.

◆ ◆ ◆

"제 동료가 폐를 끼쳤습니다."

웨어울프들을 물려놓고, 마윈은 나와 냥메르를 향해 머리를 숙였다.

얼핏 성실하게 보이는 그 태도에 구경꾼들은 "역시"라며 감탄하고 있었다.

이 태도를 보아하니 모두들 웨어울프 전체보다는 마윈 개인을 신뢰하는 것처럼 보였다.

"그들은 예전에 웨어울프라는 이유로 차별당한 경험이 있습니다. 그래서 과민하게 반응해버리는 거겠죠. 저도 잘 타일러둘 테니 부디 용서해주시지 않겠습니까?"

정중한 말투로 면목 없다는 듯이 마윈은 그리 말했다.

구경꾼들은 "마윈 님께 사과를 받다니"라며, 여전히 우리에게 비난의 시선을 보냈다.

"예, 예……. 알겠습니다냥."

"감사합니다."

싱긋 미소를 띠고 마윈이 감사를 표했다.

그리고 내 쪽으로도 흘끗 시선을 보냈다.

"당신께도 폐를 끼쳤습니다. 제 부하를 말려주시어 감사합니다."

사죄하고, 그리고는 싱긋 미소를 띠고서 이쪽으로 다가왔다.

그리고 다시 한 번, "감사합니다"라고 감사를 표한 직후.
내 귓가로 얼굴을 가져다 대고,
"──이 도시에서 우리를 거스르고 멀쩡히 지낼 수 있을 거라 생각하진 말라고."
나직이.
나한테만 들리는 목소리로, 마윈은 그리 속삭였다.
"…………."
놀라지는 않았다.
그래, 알고 있었어. 이게 네놈의 본성이지.
"그럼 여러분께도, 소란을 피웠습니다. 저희는 이만 실례하겠습니다."
그리 말하고 마윈은 웨어울프를 이끌고서 떠났다.
"……괜찮아?"
"아, 예. 도와주셔서 감사합니다냥."
보아하니 다친 곳은 없는 듯했다.
무기 제작에 지장이 생기지는 않겠지.
"……이오리. 지금 그 녀석이?"
"그래."
이 도시에 온 이유 중 하나가 저 남자였다.
하지만 설마 이런 거리에서 갑자기 맞닥뜨릴 줄이야.
찾는 수고가 줄어들어서 다행이었다.
"그 한순간, 네가 저 남자를 죽이는 건 아닐까 해서 오싹했다고."

"그런 생각도 했지만 말이지. 그저 죽이는 것만으로는 내 마음이 풀리지 않아. 게다가 많은 사람들 앞에서 죽이면 미궁에 못 들어가게 될 테지."

속이 뒤틀려버릴 지경에서, 나는 어떻게든 눌러 참았다.

내가 복수하고 싶은 것은 저 녀석만이 아니니까.

"……냥메르!"

그때, 지독히 당황한 표정의 여성 하나가 이쪽으로 달려왔다.

오른쪽 눈에 안대를 찬 워캣 여성이었다.

"저 워캣은."

어제 길드를 나왔을 때에 만난, 미샤라고 불렸던 모험가였다.

"……언니!"

달려온 미샤에게 냥메르가 안겨들었다.

"웨어울프한테 트집을 잡혔다고 들어서 달려왔는데, 다친 데는 없어? 괜찮아?"

"괜찮다냥…… 저기 남자 분이 도와주셨다냥."

그때가 되어서야 미샤는 내 존재를 깨달은 듯했다.

냥메르를 놓고 여성이 머리를 숙였다.

"너희는 어제 그……. 두 사람이 도와줬나……. 여동생이 신세를 졌어. 정말로 고마워."

"아니…… 그렇게 신경 쓰지 마세요."

나는 스스로를 위해서 도왔을 뿐이다.

게다가 어제, 웨어울프랑 시비가 붙었을 때에 그녀가 도와주기도 했고.

"……일단 제대로 감사를 하고 싶어. 장소를 옮겨도 될까?"

주위에는 아직 구경꾼이 남아 있었다.

그들의 시선을 받으며 이야기를 나누는 건 아무래도 불편하니, 우리는 그 자리에서 움직이기로 했다.

◆ ◆ ◆

그 후, 우리는 근처에 있던 음식점으로 들어와서 이야기를 나누었다.

아무래도 미샤는 냥메르와 자매인 듯했다.

대화 가운데, 나는 마원에 대해서 미샤에게 물었다.

"나도 이 마을에 온 지 그렇게까지 오래되지는 않았지만."

그리 서두를 떼고, 미샤는 이야기를 꺼냈다.

수년 전에 한 번, 미궁에서 몬스터가 흘러나와 온천 도시가 위험에 처했다. 그때에 마원이 이끄는 웨어울프 부대가 인간을 도와주었다나. 그 이후로 그들은 연합국에 정착했다.

그 건으로 마원은 영웅시되고 있는 듯했다.

도서관에서 읽은 신문에도 그런 내용이 적혀 있었다.

그래서 나는 마원이 이 도시에 있다고 확신했던 것이다.

"그 후로 이 도시에는 인간만이 아니라 다양한 종족이

모여들었잖아? 우리처럼. 그래서 관습 등의 차이로 가끔씩 트러블이 일어나지."

손을 쓸 수 없는 트러블이 일어났을 때, 마원이 개입해서 그것을 가라앉히고 있는 모양이었다. 도시로 흘러든 웨어울프 사이에도 거친 자가 많았다고 하지만 마원이 그것도 제어하고 있다.

그래서 마원은 이 도시에 있는 사람들로부터 감사를 받고 있었다.

그런 경위로 이 도시에서는 마원에게, 조금 더 말하자면 웨어울프에게 손을 대어서는 안 된다는 암묵의 룰이 있는 듯했다.

"이것만 들으면 좋은 녀석으로 여길지도 모르겠지만…… 마원의 권력을 등에 업고 웨어울프들은 거리를 마구 활보하고 있어."

마원은 사람들로부터 존경을 모으는 것만이 아니라 다양한 인물과 연줄을 가지고 있었다. 모험가 길드의 간부, 연합국 의회의 의장 등과 연줄이 있기에 어지간한 일이 아니고서는 사건이 일어나도 대충 무마되어버린다나.

"그만큼 사람이 모여 있는데도 위병이 오지 않았던 건 그런 이유였나."

"그래. 웨어울프랑 관련이 있으면 위병은 움직이지 않아. 움직인다고 해도 붙잡히는 건 상대 쪽이지."

과연.

그래서 모험가들이 웨어울프에 대한 이야기를 터부시한 거였나.

"두 사람에게는 폐를 끼쳤네. 혹시 무슨 일이 있다면 나한테 이야기해줘. 돕도록 할게."

"……예."

도와주겠다……라.

애매하게 대답한 뒤, 우리는 그 자리에서 헤어졌다.

◆ ◆ ◆

그 후, 여관으로 돌아왔다.

침대에 앉아서 한숨 돌렸다.

"마원이라는 웨어울프, 녀석도 상당히 성가신 상대인 것 같네."

"상관없어. 몰아붙이고 죽이면 그만이야."

그렇다고는 해도 당장 손을 대지는 않는다.

그 녀석의 행동을 분석하고 남들의 눈에 띄지 않는 곳에서 습격한다.

가능하다면 미궁처럼 사람이 없는 장소에서, 제대로 『대화』를 나눌 수 있다면 좋겠는데.

"……그보다."

옆에 앉은 엘피에게 차가운 시선을 보냈다.

"침대에서 먹지 마. 먹을 거면 네 방으로 가."

두 사람 몫의 방을 잡았는데도 엘피는 내 방에 있었다.

오물오물, 도중에 산 온천 만주를 먹고 있었다. 수증기로 찐, 지구에서 말하는 찐빵 같은 음식이었다.

여관으로 오는 도중에 대량으로 사버렸다.

“이동하는 게 귀찮아. 자, 하나 줄 테니까 같이 먹자고?”

“……하아.”

미궁을 나온 뒤로는 계속 야영이 이어졌기에 피로가 쌓여 있었다. 우선은 제대로 된 식사를 하고 컨디션을 조절해야지.

한숨을 내쉬고 엘피에게서 만주를 받아들었다.

“역시 식사는 누군가와 같이 하는 게 좋구나.”

“……그래.”

받아든 만주를 먹으며 마왼에 대해 생각했다.

어떻게 그 녀석에게 복수를 할지를.

제19화 『……시시하다』

다음날.

마원에 대한 정보는 어젯밤에 조금 모았다.

현재 그 녀석이 살고 있는 장소를 파악했다.

남은 것은 어떤 타이밍에 가느냐, 였다.

하지만 일단 오늘은 다른 용건이 있었다.

오늘은 모험가 심사 결과가 나오는 날이었다.

그와 동시에, 그 노인이 얼굴을 비추라고 했던 날이기도 했다.

우선 대장간으로 가기로 했다.

어떤 물건이 만들어지고 있는지 조금 기대되는데.

지금 사용하는 검도 충분히 쓸 만하지만, 뛰어난 물건을 마련해두어서 손해 볼 건 없었다.

밖으로 나오니 여전히 인파가 가득했다. 하지만 어제보다도 거리에 활기가 있었다.

"저기, 이오리. 어쩐지 오늘은 한층 더 떠들썩하지 않아?"

"그래. 무슨 일이 있었던 걸까."

소란의 원인은 금세 알 수 있었다.

"호외, 호외!"라는 외침과 함께 거리에서 신문이 뿌려지고 있었다.

그 내용은 거리를 돌아다니는 사람들의 술렁임으로 들을 수 있었다.

“이봐, 이 기사 정말인가? 왕국이 나락 미궁 토벌에 성공했다는데…….”

“그래. 조금 전에 왕국이 정식으로 발표했다나봐. 토 마장군의 뼈가 왕도에서 당당하게 공개되었다고 그러네.”

“어스 드래곤 희소종이지? 평범한 개체의 몇 배는 되는 크기라던데.”

과연.

이제야 왕국이 대대적으로 미궁 토벌을 공개한 것이었다. 슬슬 이야기가 나올 거라 생각하고 있었다.

“토 마장군은 물리친 건, 왕국 최강의 마법사 『대마도』 류자스 길버언이었대!”

“『영웅 아마츠』와 함께 마왕군을 몰아붙인 살아있는 전설이잖아? 오랫동안 이름을 들을 일이 없었는데, 그 실력은 아직 여전하다는 건가.”

“이러면 각국에서 미궁 토벌의 흐름이 생기겠군. 연합국에서도 얼마 후면 모험가의 미궁 토벌이 진행될 때가 되었지?”

“우리도 왕국의 뒤를 이었으면 좋겠네.”

『대마도』인가.

어지간히도 왕국은 류자스를 중요시하는 모양이었다.

그만한 실패를 저지르고도 벌은커녕 공적이 주어지다니.

잘려나간 오른팔은 명예로운 부상 같은 식으로 이야기되고 있겠지.

"전부 그 남자의 수훈인가. 조금 불쾌하네. 마지막에 와서 가볍게 유린당했을 뿐인 주제에."

확실히 유쾌하지는 않다.

하지만 그 남자를 기다리는 것은 후회와 절망과 죽음뿐.

지금은 있는 힘껏, 가짜 명예에 취하도록 해라.

◆ ◆ ◆

그로부터 십여 분 뒤.

우리는 대장간에 도착했다.

"어서오시라냥!"

안으로 들어가니 전과 마찬가지로 냥메르가 말을 걸었다.

"아! 도와주셨던 손님!"

내 얼굴을 보고는 환하게 미소를 띠고서 달려왔다.

고양이귀를 파닥파닥 움직이는 모습은 고양이라기보다 개에 가까웠다.

"어제는 정말로 감사했습니다냥. 둘러싸였을 때는 죽는구나 싶었다냥."

"흥, 워캣이라면 잽싸게 도망치는 걸로 유명하잖아. 그런 녀석들은 무시하고 도망치면 되었을 것을."

"아, 머리가 이상한 손님."

"내 머리는 안 이상해!"

엘피가 냥메르에게 불평을 하는 사이에 안쪽에서 한 사람이 더 나왔다.

"오, 여동생의 은인이잖아."

그 노인이 아니라 모험가 미샤였다.

"미샤 씨도 이 가게에서 일하고 있나요?"

"일하는 건 냥메르고, 나는 가끔씩 돕는 정도일까. 나는 원래 모험가 일을 하고 있으니까. 오늘은 우연히 일이 안 들어와서 가게에 있는 거야."

"과연……. 오랫동안 모험가로 일했나요?"

미샤의 몸놀림은 세련되었다.

워캣 특유의 유연함이 있으니 전투에 들어가면 틀림없이 기민한 움직임을 보여주겠지.

"모험가는 기껏해야 몇 년 전에 시작했을 뿐이야. 뭐, 모험가가 되기 전부터 꽤나 많은 전투를 경험했지만."

"무례한 녀석!"이라는 엘피의 트집에 곤혹스러워하는 냥메르를 보며 미샤는 눈을 가늘게 떴다.

"이 도시로 오기 전에는 워캣의 마을에 살았거든. 제국 근처였는데, 인간과 마왕군의 싸움에 말려들었어. 마족이 마을을 덮쳤지. 그래서 모두를 지키기 위해 나도 싸우는 방법을 익혀야만 했어."

"……여전히 마왕군은 막무가내로군요."

그 녀석들은 아군인 종족 이외에는 철저하게 냉혹한 녀석들이니까.

오르테기어가 부활하지 않았다고는 해도 마왕군은 각지에서 움직이고 있었다. 본격적인 전쟁은 아니지만 작은 분쟁 같은 싸움은 빈번하게 벌어진다고 한다.

미샤의 마을도 그에 말려든 거겠지.

"……결국 거기서는 더 이상 살 수가 없어서 도망칠 수밖에 없었어. 나는 냥메르와 둘이서 어딘가 살 수 있는 장소가 없는지 헤매다가 연합국에 다다랐지."

"그래서 모험가를 하고 있다는 건가요?"

"아니, 당시의 나는 어떻게 하면 좋을지 전혀 몰랐으니까 말이야. 이 가게의 영감이 우리를 주워다가 이것저것 가르쳐줬어. 살 장소도 줬고."

"그건 참…… 친절한 사람이네요."

"그래, 감사하고 있어."

이 워캣들을 이용해서 노인은 무언가를 하려는 게 아닐까.

한순간 그런 생각이 머릿속을 스쳤지만…….

미샤와 대화를 나누는 와중에 안쪽 문이 열리고 예의 노인이 나왔다. 그의 손에는 한손검이 들려 있었다.

토 마장군의 몸과 고농도의 마력이 담긴 마석으로 만들어진 검. 번들거리는 듯한 빛을 발하는 칼날에서는 농후한 마력이 감돌았다.

"내가 만들 수 있는 한계까지 때려 넣었다. 받아라."

검을 손에 드니 묵직한 무게감이 전해졌다. 하지만 지나치게 무겁지도, 지나치게 가볍지도 않아서 내가 다루기에는 최고로 적절한 중량이었다.

검을 쥐고 마력을 흘린 순간, 몸이 가벼워졌다.

"알고 있을 테지만, 그건 매직 아이템—— 마검이다. 잡고 있는 것만으로도 효과가 있지."

날카로운 베는 맛에 더해 높은 마력 전도성. 그에 더해 『땅에 발을 대고 있는』 상태에서 검을 잡으면 이 검이 지닌 힘이 발휘된다.

"『마력 방어』에 『신체 강화』. 그리고 대지에서 힘을 빨아들여 조금씩이지만 마력을 회복해주지."

"호오, 좋은 검이잖아."

어느샌가 옆에 와 있던 엘피가 감탄한 듯 말했다.

확실히 상상했던 것 이상으로 훌륭한 검이었다.

평범한 가게에서 산다면 저택 하나는 족히 세울 수 있을 정도의 금액이 되어도 이상하지 않겠지.

"굉장하다냥……."

"그건 내가 가지고 싶을 정도네."

냥메르와 미샤도 내 검을 보고 놀란 표정을 지었다.

"제작비는 얼마면 될까요?"

이만한 물건을 완성한 것이다. 상당한 금액을 청구하더라도 이상할 건 없었다.

돈의 경우에는 왕국에서 상당한 액수를 훔쳐왔으니 지불하지 못할 건 없겠지.

하지만 노인은 파우치로 손을 뻗는 나를 제지했다.

"필요 없어. 그 검에 가격을 붙일 마음이 안 생기니까. 그냥 주지."

"……아무리 그래도 그건."

"게다가 우리 멍청이가 신세를 졌다고 들었다. 이건 그 답례다. 받아둬."

노인이 턱짓으로 냥메르를 가리켰다.

냥메르는 내게 꾸벅 머리를 숙였다.

"답례라는 모양이다. 받아두도록 해."

"……그래."

"공짜보다 더 싼 건 없으니까 말이야. 좋아, 원래 지불해야 됐을 돈으로 과자를 사러가자고."

"그건 아니고."

노인에게 머리를 숙이고 허리춤의 벨트에 검을 찼다.

묵직한 느낌이 기분 좋았다.

"대지의 힘이 담긴 검이다. 『비취(翡翠)의 태도』 같은 식으로라도 부르면 돼."

비취의 태도.

토 마장군과의 싸움에서 부서진 보검 이상의 물건이었다. 이런 걸 『브레이크 매직』의 탄환으로 쓰고 싶지는 않네.

"그러고 보니 둘 다 심사를 받았지? 혹시 길드에 갈 거라면 나도 같이 가도 될까? 용무가 좀 있거든."

"괜찮아요."

다음은 모험가 등록이다.

등록을 마치면 간신히 미궁으로 들어갈 수 있다.

그보다 먼저, 다른 하나의 용무를 처리해두고 싶은 참이지만.

"……이봐."

인사를 하고 가게에서 나올 때였다.

먼저 나간 엘피와 미샤를 쫓아가려고 하는데 노인이 불러 세웠다.

"네가 가져온 마결정은 상당한 양의 마력을 담고 있었어. 그건 평범한 어스 드래곤의 것이 아니겠지."

"예, 뭐."

"오늘 발표된 왕국의 미궁 토벌. 쓰러진 토 마장군은…… 어스 드래곤이었지."

"——그런데요?"

딴청을 부려봤지만 노인은 내게 날카로운 시선을 보냈다.

무기를 만들어준 사람에게 위해를 가하는 짓은 하고 싶지 않은데.

방해가 될 것 같다면——.

"아니, 아무것도 아니다."

그러나 노인은 고개를 가로젓고 그 이상 추궁하지는 않았다.

"그보다도, 다시금 감사를 표하마. 저 녀석은 뭐라고 할까, 손녀 같은 녀석이거든."

"……연합국에 막 들어온 두 사람을 떠맡았다고 하더군요. 그건 어째서, 인가요?"

나랑은 상관없는 이야기였다.

하지만 어째서 이 노인이 그랬는지가 신경 쓰였다.

"……벌써 30년 정도 전인가. 당시에는 인간과 마왕군의 싸움이 가장 지독한 시기였지. 이곳 연합국에도 마왕군이 쳐들어왔어. 그때에 말이다, 나는 어떤 사람에게 도움을 받았지."

"어떤 사람……?"

그때를 추억하는 듯한 표정으로 노인이 이야기했다.

"그래. 지금은 『영웅』이네 뭐네 그러지만 말이야. 본 적도 없는 나를, 몸을 던져서 감싸줬어. ……그때에 물었지. 어째서 도와줬느냐고."

"……그 사람은 뭐라고 대답했나요?"

"도와주고 싶으니까 도와줬다. 그리 말했지."

그러니까, 라며 노인은 말했다.

"곤란해 하는 두 사람을 보고, 도와주고 싶으니까 도와줬다. 그것뿐이다."

"────."

"……뭐, 실제로는 점원이 계속 관두는 통에 대신 일할 사람이 필요했을 뿐이지만."

노인은 농담처럼 얼버무리듯이 말하고는 내게서 등을

돌렸다.

"당신의 이름을, 가르쳐주실 수 있나요."

"조르츠다."

그 말만 남기고, 노인은 안쪽 방으로 들어갔다.

남겨진 나도 문을 열고 가게를 나섰다.

기억에 없는 이름이었다. 하지만 언젠가 그런 소리를 했던 것 같은 기억이 있었다.

"뭐가…… 도와주고 싶으니까 도와줬다, 라는 거냐."

……시시하다.

하지만 어째선지 그 말을 꺼내는 것은 꺼려졌다.

제20화 『불타오르는 악의』

모험가 길드로 가는 도중.

인파를 피해서 앞으로 나아가는 미샤의 몸놀림은 역시 상당한 수준이었다.

모험가로서 어느 정도의 지위인지 신경이 쓰여 물어봤다.

"미샤 씨는, 모험가 랭크는 어떻게 되나요?"

"나는 B랭크일까."

"모험가를 시작하고 얼마 안 되었는데도 B랭크인가요. 굉장하네요."

모험가에게는 랭크라는 것이 있다.

A랭크를 정점으로 최저 랭크는 E랭크까지.

즉 미샤는 위에서 두 번째 랭크에 해당된다는 것이었다.

"랭크 설명을 흘려들었는데, B랭크라는 게 굉장한 건가?"

"그래. B랭크 모험가 정도 되면 충분한 실력이 있다고 판단되지."

랭크를 이미지로 이야기하자면, A랭크가 숙련된 전사, B랭크가 실력자, C랭크가 보통이라고 할까.

B랭크로 올라갈 수 있는 사람은 그다지 많지 않기에 미샤는 충분히 굉장했다.

어디까지나 인간 기준이라서 강력한 마족이나 몬스터를 상대한다면 단독으로는 상대할 수 없는 경우도 많겠지만.

"그래봐야 나 같은 건 아직 멀었어. A랭크 모험가한테는 도저히 상대가 안 되니."

뭐, 모험가도 옥석이 뒤섞여 있고 단독적인 강함만이 아니라 팀워크 등도 크게 평가받는 요소이기에 천편일률적인 랭크로 실력을 측정할 수는 없다.

"그보다도 심사에서 두 사람이 싸우는 걸 봤는데, 굉장했어. 둘 다 상대를 순식간에 해치웠지? 내가 심사를 받았을 때에는 그저 버티기만 했지 이기지는 못했어."

"흐흥. 어중이떠중이로는 내 상대가 안 되니까 말이지."

또 참으로 거만하게도…….

뭐, 확실히 나는 몰라도 엘피는 지금 단계에서도 A랭크 이상의 실력이 있으니까.

그런 이야기를 나누는 사이, 우리는 모험가 길드에 도착했다.

◆ ◆ ◆

"이봐, 어떻게 된 거야!"

격앙한 미샤가 카운터를 주먹으로 두들겼다.

접수 담당이 몸을 움찔 떨었다.

나와 엘피의 심사 결과. 접수처에서는 우리 둘 다 떨어졌다고 이야기했다.

우리가 무언가 말하기도 전에 미샤가 접수 담당에게 격

앙된 모습을 보인 것이었다.

"이……이건 심사원이 내린 정식적인 결과라서."

"이 두 사람 다, 심사 상대를 쓰러뜨렸다고?! 쓰러뜨리지 못한 나도 모험가가 되었는데 이 두 사람이 되지 못한다는 건 어떻게 생각해도 이상하잖아!!"

호통을 치는 미샤를 상대로 접수 담당 아가씨는 겁먹은 표정으로 주뼛거릴 뿐이었다.

심사 결과는 이 사람이 내린 게 아니다. 여기서 불평해봐야 결과가 바뀔 거라 생각되지는 않는데.

"이봐, 시끄럽다고, 워캣. 그 녀석들은 모험가가 된 자격이 없었다는 걸 텐데."

자리에 앉아 있던 풀 페이스 투구를 쓴 덩치 큰 남자가 낮은 목소리로 미샤에게 불평했다.

"뭐라고…… 이 자식!"

"미샤 씨. 그 정도로 해두세요."

납득이 가지 않는다는 표정으로 덤벼들려는 미사를 나는 말렸다.

납득이 가지 않는 건 이쪽도 마찬가지다.

미샤나 다른 모험가들의 반응을 보면, 우리 전투는 나쁘지 않았을 테지. 그런데도 떨어뜨렸다니, 명백하게 이상했다.

예를 들면, 그렇지.

마치 누군가가 의도적으로 우리를 심사에서 떨어뜨린

것처럼.

"핫, 꼴사납다고, 미샤. 길드의 정식적인 심사 결과, 거기 두 사람은 떨어진 거잖아? 그에 불평을 하는 거라면 그냥 트집일 뿐이야."

갑자기 등 뒤에서 웨어울프 하나가 말을 걸었다.

심사 날, 돌아갈 때에 우리한테 시비를 건 남자였다.

"고든, 이 자식……."

미샤가 웨어울프를 노려봤다.

아무래도 이 남자는 고든이라고 하나보다.

"과연. 그런 거였나."

"……그런 모양이네."

떨어졌다는 이야기를 들은 시점에서 대략 예상은 갔다. 우리가 떨어진 건 마윈이 뒤에서 손을 썼기 때문이겠지.

들은 바에 따르면, 그 남자는 이 도시에서 지반을 구축한 상태였다. 길드의 직원 중에 그 녀석과 연줄이 있는 자가 있어도 전혀 이상한 건 없었다.

냥메르를 도와줬을 때, "이 도시에서 우리를 거스르고 멀쩡히 지낼 수 있을 거라고 생각하진 말라고"라는 말.

뭐, 그런 거겠지.

"둘 다 이번에는 안타깝게 됐네? 심사는 몇 번이든 받을 수 있으니까 또 열심히 도전해봐. 뭐, 몇 번을 해봐야…… 붙을 거라고 생각하지는 않지만 말이지?"

그런 말을 남기고 고든은 떠났다.

길드 안은 적막해져서, 절반은 시선을 피하고 나머지 절반은 고든의 뒷모습을 노려보고 있었다.

"……미안해. 우리 탓이야."

냥메르를 도와줬을 때에 마원의 주목을 끌었으니까. 그리 말하고 미샤가 머리를 숙였다.

"신경 쓰지 마. 너한테도, 그 무례한 점원한테도 잘못은 없어."

엘피가 미샤를 보고 말했다.

"하지만……."

"예. 저희는 딱히 모험가가 되고 싶어서 여기에 온 건 아니니까요. 안 된다면 안 되는대로, 다른 방법은 있어요."

그렇다고는 해도 성가시게 된 것은 확실했다. 미궁에 들어가려면 길드의 허가가 필요하다.

결계를 돌파하고 억지로 안으로 들어가는 수단도 생각해둬야 되겠구나.

"그렇지. 며칠 전부터 『미궁 토벌』 요원을 모집하고 있었어. 두 사람이 무슨 일이 있어도 미궁으로 들어가야만 한다면 이 응모에 참가하는 방법도……."

"그것도 뒤에서 웨어울프가 손을 쓴다면 못 통과하겠지."

"…………."

자, 그럼 어떻게 할까.

그리 생각에 잠겼을 때였다.

"미샤 있어?! 큰일이야!"

길드 안으로 남자 하나가 뛰어 들어왔다.

아마도 미샤의 동료 중 하나였던가.

지독히 당황한 모습으로 미샤의 이름을 불렀다.

"루아. 무슨 일이야?"

"무슨 일이고 자시고! 큰일이야! 당장 따라와!"

갈피를 잡을 수 없는 문답에 미샤가 의아하다는 표정을 지었다.

하지만 그녀의 표정은 금세 얼어붙게 된다.

"——너희 가게가, 큰일 났어!"

거리에는 지독한 냄새가 감돌고 있었다. 하늘로 뭉실뭉실 연기가 피어올랐다.

수많은 구경꾼들이 그 모습을 멀리서 지켜보고 있었다.

그들을 헤치고 우리는 대장간에 도착했다.

펼쳐진 것은 처참한 광경이었다.

대장간은 불타고 있었다. 새빨간 불길이 맹렬하게 가게를 불태우며 일렁였다.

"치유 마법사는 아직인가!"

"옮겨 붙기 전에 물을 꺼낼 수 있는 마법사를 불러와!"

보고 있는 사람들 사이에서 그런 목소리가 들렸다.

"아아…… 냥메르, 영감!"

가게 바로 옆에, 화상을 입은 냥메르와 조르츠가 쓰러져 있었다.

냥메르는 비교적 경상이지만 조르츠 쪽은 온몸에 지독한 화상을 입었다. 이래서는 치유 마법을 사용해도 후유증이 남아버릴지도 모른다.

의식을 잃었는지 두 사람은 꿈쩍도 하지 않았다.

"정신 차려! 이봐, 이봐!"

냉정을 잃은 미샤가 두 사람을 흔들었다.

"……괜찮아, 숨은 쉬어."

지독한 화상이지만 곧바로 처지를 하면 괜찮을 터.

어떻게든 미샤를 진정시키고 지금 할 수 있는 응급처치를 둘이서 진행했다.

치유 마법을 쓸 수 있는 사람이 달려온 것은 그 후로 얼마 지나지 않아서였다.

"……이오리."

엘피의 시선이 향한 곳.

웨어울프를 이끌고, 어금니를 드러내고서 웃는 마왼의 모습이 그곳에 있었다. 불타오르는 가게를 보고는 만족스레 고개를 끄덕이고, 마왼은 한순간 이쪽으로 시선을 향하고는 그 자리에서 떠났다.

"……미궁으로 가기 전에 해야 할 일이 있는 것 같네."

대장간 건물이 소리를 내며 무너져 내렸다.

불타버린 가게에서 검은 연기가 하늘을 향해 피어올랐다.

저 높이, 저 멀리까지.

제21화 『복수 따위를 하는 것은』

불은 이윽고 물 마법으로 진화되었다. 불이 붙고 금세 물 마법을 쓸 수 있는 위병이나 모험가가 달려왔기에 주위의 피해는 거의 제로였다.

다만 가게는 전소. 안에 있던 물건도 모조리 불타버렸다.

가게에 불이 난 원인은 화염 속성 마법에 따른 것으로 판명되었다. 가게 안에서 화염을 쏜 탓에 그대로 번졌다나.

누가 봐도 뻔한 이야기지만, 이것은 인위적으로 일으킨 불길이었다. 틀림없이 마원의 수하가 저지른 일이겠지.

다행히도 냥메르와 조르츠의 목숨에 별다른 지장은 없었다.

현재 두 사람은 온천 도시의 병원에 입원한 상태였다.

조르츠가 감쌌는지 냥메르는 경상이고 상처도 남지 않을 듯했다. 하지만 조르츠는 그렇지 않았다. 냥메르를 감쌀 때에 큰 화상을 입고 말았다.

치유 마법을 사용해도 후유증이 남고 말지도 모른다, 그런 이야기가 나왔다.

상급 치유 마법사한테 치료를 받으면, 어쩌면 나을지도 모르지만 집을 잃은 그녀들에게 그럴 여유는 없는 듯했다.

냥메르는 병실에서 의식을 되찾았지만 만약의 경우를 대비해서 입원. 조르츠는 아직 눈을 뜨지 않았다.

두 사람이 병원으로 옮겨진 뒤, 우리는 불탄 잔해 정리가 끝나는 것을 확인하고 병원으로 향했다.

냥메르에게 말을 건넨 뒤, 조르츠가 입원한 방으로 들어갔다. 침대에서 잠든 조르츠 옆에서 미샤는 의자에 앉아 있었다.

"폐를 끼쳐서, 미안하네……."

"흥. 이 정도야 큰 수고도 아냐."

"엘피의 말대로예요. 신경 쓰지 마세요."

미샤의 표정은 어두웠다.

평소의 시원시원한 분위기가 아니라 마치 사신에게 홀린 것처럼 생기가 없었다.

이쪽을 보지도 않고, 미샤가 떨리는 목소리로 말했다.

"……두 사람이 없는 동안에 마윈이 이 방에 왔어."

"실례합니다, 미샤 씨"라며 팔에 꽃다발을 품어들고, 복수의 웨어울프를 거느린 마윈이 이 방을 찾았다고 한다.

아직 의식이 돌아오지 않은 조르츠를 보고 마윈은 여봐란듯이 애통해하는 표정을 짓고는,

"이번 일은 무척 불행한 사고였지요. 어찌 마음을 다 헤아리겠습니까. 누구의 소행인지는 모르겠지만, 가게에 마법을 사용했다는 모양이더군요? 참으로 딱한 일입니다. 그런데 가게에 마법을 사용하다니…… 주인이신 조르츠 씨, 혹은 거기서 지내는 점원은 누군가에게 원망을 살 법한 짓을 했나요?"

라고 말했다나.

미샤는 머릿속이 하얘져서 마원에게 덤벼들었다. 하지만 그의 뒤에 있던 웨어울프들이 그녀의 팔을 붙잡고 바닥에 엎어눌렀다고 한다.

“오오, 무서워라. 그런 식으로 쉽게 폭력을 쓰다니, 누군가에게 원망을 사버렸을지도 모르겠네요? 이번에는 다행히 화상 정도로 그친 걸지도 모르겠군요?”

그런 말을 남기고 마원은 떠났다.

요컨대 이건 협박이었다.

미샤는 이따금 웨어울프와 충돌했다. 이 이상 계속 덤빈다면 그냥 넘어가지는 않을 거라고, 마원은 그리 말하러 온 거겠지.

그만한 화재가 벌어졌는데도 주위에 거의 피해가 미치지 않은 것은 사전에 마원이 손을 써두었기 때문일지도 모르겠다.

“……영감은 아무것도 몰랐던 우리를 주워줬어. 공복으로 쓰러질 뻔했을 때, 밥을 먹여줬어. 목욕도 시켜주고, 옷도 줬어. 일손이 부족하다면서 일자리까지 줬지.”

고개를 숙인 채, 미샤가 천천히 이야기했다.

자신들이 조르츠의 도움을 받고 얼마나 감사하고 있는지를.

“은혜를 갚아야만 한다…… 그렇게 생각했는데. 내가 반항하는 게 마음에 안 들었다면 나한테 직접 손을 대면 될 텐데……! 어째서 관계없는 냥메르와 영감한테……."

책상을 주먹으로 두들기고 미샤가 통곡했다.

그녀의 눈동자는 어스름한 방안에서 일렁이는 빛만을 발하고 있었다.

잠시 후, 미샤는 거칠게 어깨를 들썩여 숨을 쉬며 손바닥으로 얼굴을 덮었다.

"미안해, 평정을 잃었어. 기껏 와줬는데 미안하지만…… 오늘은 이만 돌아가 주지 않겠어?"

"……알겠어요. 가자, 엘피."

엘피와 함께 병실을 떠나려고 했다.

입구의 문이 닫히기 전.

"미샤라고 했나."

엘피가 병실을 돌아봤다.

"자신이 해야만 하는 일을 그르치지 마. 너에게는 소중한 사람이, 지키고 싶은 사람이 남아 있잖아. ──그렇다면, 눈을 돌리지 마."

그리 말하는 것과 동시에, 소리를 내며 문이 닫혔다.

"……복수 따위를 하는 건, 모든 것을 잃은 사람만으로도 충분해."

그 혼잣말이 미샤의 귀에 닿았는지는, 문 너머에서는 알 수 없었다.

"갈까."

"……그래."

우선은 쫄랑쫄랑 따라다니는 쓰레기를 청소해둘까.

◆ ◆ ◆

해가 저물고 온천 도시에 밤이 찾아왔다.

여기저기에 설치된 가로등이 눈부실 정도로 도시를 비추고 있었다. 하지만 그럼에도 밝지 않은 장소도 있다.

예를 들면, 뒷골목. 가로등이 설치되지 않은 그곳은 밤의 어둠으로 뒤덮여 있었다.

화재가 있었기 때문인지 오늘밤은 사람들의 통행이 적었다.

뒷골목은 한층 더해서 사람이 없었다.

“히, 히익.”

그런 어둠 속에서 고든은 땅바닥에 엎어져 있었다.

있을 수 없다, 굳은 목덜미가 그리 외치고 있었다.

이리도 간단하게 자신들이 당하다니――.

오늘, 마원에게서 주어진 지시는 하나. 흑발 소년과 은발 소녀의 동향을 감시하는 것이었다. 할 일은 동료와 함께 그저 미행하고 동향을 감시하는 것뿐.

우둔한 인간은 사냥에 뛰어난 웨어울프의 미행을 알아차리지 못한다. 그러니까 평소처럼 편한 임무가 될 터였다.

마원의 지시로 그 빌어먹을 건방진 워캣의 가게는 사라

졌다.

안에 있던 녀석도 부상을 입어, 그것을 보고 울부짖는 미샤의 모습에 고든은 웃음이 그치질 않았다.

우리에게 거스르면 그렇게 된다며 직접 비웃어주고 싶을 정도였다.

그리고 들뜬 기분 그대로, 마왼에게서 주어진 지시에 따랐다.

도중까지는 아무런 문제도 없었다. 다만 두 사람이 뒷골목으로 들어선 뒤, 모든 것이 망가졌다.

흑발 소년과 은발 소녀. 뒷골목으로 들어간 두 사람을 뒤쫓은 동료로부터 연락이 끊어졌다. 그래서 상황을 보러 간 것이 잘못이었다.

안으로 발을 들이자마자, 고든은 날아온 검에 발이 땅에 박혀버렸다.

격통으로 상황을 이해할 수가 없었다.

다음 순간, 붉은 빛이 보이는가 싶더니 동료들이 일제히 땅바닥에 엎어졌다.

"흠, 간단히 낚았네."

은발 소녀의 눈이 어느샌가 붉게 빛나고 있었다.

그것이 마안임을 깨달았을 때에는 이미 누구 하나 움직일 수 없는 상태였다.

"소리 내지 마. 큰소리를 낸다면 목숨은 없을 거라 생각해."

다른 목소리. 그때까지 기척을 차단하고 있었는지 어둠

속에서 소년이 모습을 드러냈다.

"너, 고든인가 그랬지."

고든을 내려다보며 소년이 그리 물었다.

고든은 목소리를 내지도 못하고 그저 고개만 끄덕일 수밖에 없었다.

"우리 뒤를 따라온 건 마원의 지시인가?"

낮은 목소리로 물었다.

"그렇습니다" 같은 대답을 할 수도 없어서 침묵하고 있으니——,

"으, 아아악?!"

발에 박힌 검이 살점을 도려냈다. 비명을 지른 순간에 입이 막혀 도움을 청할 수도 없었다.

"한 번만 더 묻겠다. 마원의 지시인가?"

"힉. 그, 그래! 마원 씨한테 지시를 받았어!"

"어째서 마원은 우리를 미행하라고 지시를 내렸지?"

"몰라! 우리는 그저 지시에 따랐을 뿐이야!"

이것은 사실이었다.

고든에게는 감시하라는 지시밖에 주어지지 않았다. 그것이 어째서인지, 그런 이유까지는 듣지 못한 것이었다.

"과연. 그럼 마원은 지금 어디에 있지?"

"저, 저택이야. 아마도 저택에 있을 거야."

"거긴가……."

소년은 작게 중얼거리더니 고든의 발에서 검을 뽑았다.

너무나도 큰 격통에 고든은 비명을 지를 뻔했다.

"그럼 일단 마지막으로 물어볼까. 그 영감의 가게를 불태운 건 네놈들인가?"

감정이 담기지 않은 목소리였다.

분노도, 슬픔도 느껴지지 않았다.

그렇기에 무슨 생각을 하는지 알 수가 없어서 무서웠다.

"그, 그래……. 하지만 불태운 건 우리가 아냐! 마윈 씨의 지시로 다른 녀석이 했어!"

"과연."

땅바닥에 쓰러진 동료가 자신을 노려보는 것이 보였다.

하지만 어쩔 수 없잖아.

발을 꿰뚫린 상황이었다. 도망칠 수도 거스를 수도 없었다.

죽임을 당할 바에는 솔직하게 이야기하는 편이 낫다.

"그럼 더 이상 용건은 없겠군. 엘피, 없애줘."

"?! 어, 없애다니, 말도 안 돼, 거짓말이지?!"

고든 말고 다른 웨어울프가 겁먹은 듯 물었다.

소년은 희미하게 미소를 띠고서 말했다.

"먼저 우리를 쫓아왔던 녀석들의 모습이 없잖아? 그 녀석들은 어떻게 되었을 거라고 생각해?"

그 말에 골목을 둘러보고, 고든은 발견했다.

땅바닥에 재가 묻은 듯한 흔적이 있다는 사실을.

그저 오염된 흔적이라고 생각했다.

하지만, 저건 설마——.

"——정답 확인은 자기 몸으로 직접 하면 돼."

다음 순간, 붉은 섬광이 번뜩였다.

◆ ◆ ◆

"쫓아오던 건 이걸로 전부인 모양이야. 주위에 기척은 없어."

"알았어."

뒷골목에는 아무도 없었다. 그저 잿더미가 된 흔적이 흩어져 있을 뿐이었다.

나는 복수를 하고 싶은 것이지 살인을 저지르고 싶은 것이 아니었다.

하지만 그래도 방해가 될 것 같다면 주저하지 않을 것이고 이 녀석들에게 인정을 베풀 이유도 없었다.

이것으로 일단 뒤를 쫓아오던 녀석들의 청소는 끝났다.

남은 것은.

"쓰레기의 근원을 처분하는 것뿐이야."

어둠에 녹아들듯, 우리는 마왼의 저택으로 향했다.

제22화 『웨어울프의 함정』

모험가 길드나 여관 거리를 지나가면 나오는 주택가. 그곳의 가장 안쪽에 마윈의 저택이 있었다.

그곳에는 밤낮없이 수많은 웨어울프가 드나들었다. 이 도시에 있는 웨어울프 대다수는 마윈의 휘하에 있는 듯했다.

본인의 수완에 더해, 마윈은 사천왕 『천변』을 쓰러뜨렸다며 웨어울프로부터는 영웅시 되고 있으니 녀석들은 한 편이 된 거겠지.

요전의 화재 건을 보기에는, 마윈 본인의 악행을 알면서도 따르는 모양이니 녀석들에게 배려의 여지는 없었다.

심야, 어둠에 섞여 주택가를 나아갔다.

목격당하지 않도록 기척 차단의 마법을 사용하고 있지만 현재 오가는 사람은 없었다.

그럼에도 세심한 주의를 기울이며 나아갔다.

엘피의 마안으로 완전히 불태웠으니 증거는 남지 않았을 터이나 목격자가 있었다면 성가실 테니까 말이다.

"여기야. 그럭저럭 큰 저택이네."

커다란 문이 우뚝 서 있고 그 양옆으로 늑대상이 세워져 있었다. 입구에서 이어지는 돌이 깔린 길, 정리된 정원, 구석에 있는 분수. 주택가 안에서도 한층 더 눈에 띄는 큰 저택이었다.

이것뿐이라면 평범하겠지만, 특이한 것은 도처에 깔린 매직 아이템을 이용한 경비였다.

문이랑 석상, 분수 등의 안쪽에 위장된 매직 아이템이 박혀 있었다. 섣불리 발을 들인다면 단번에 발각당하겠지.

꽤나 성가신 물건이었다.

"마왕성과 비교하면 설비도 경비도 폐가나 마찬가지야."

"당연하겠지."

애초에 라스트 던전과 비교하는 게 잘못이다.

뭐, 확실히 경비는 『그럭저럭 성가신』 정도의 수준밖에 없었다. 침입은 그렇게까지 어렵지 않다.

"엘피. 알고는 있을 테지만 방심하지 마."

"물론이야."

우리는 도시 안에서 마원의 부하에게 감시를 당하고 있었다. 나와 마원은 도시에서 단 한 번 만났을 뿐인데도, 말이다.

어디까지나 가능성의 이야기지만 추측이 맞는다면 조금 성가실 테지.

"간다."

기척 차단을 발동한 채, 벽을 뛰어넘었다.

"——『스펠 디바우어』."

매직 아이템은 당연히 마력으로 움직인다. 그러니까 내부의 마력을 흩어놓으면 그만큼 발동을 멈추는 것이다.

완전히 멈춰버리면 상대에게 전달될 가능성이 있을

테지만, 불과 몇 초 움직임을 멈추는 것뿐이라면 발각당할 가능성은 낮다.

경비 매직 아이템을 가볍게 돌파하고 우리는 저택 안으로 침입했다.

◆ ◆ ◆

저택 안에도 군데군데 매직 아이템이 설치되어 있었다.

마석의 보조를 받으며 동작을 정지시키고 그 옆을 빠져나갔다.

경비를 거의 매직 아이템에 의지하고 있는지 저택 안을 순찰하는 사람의 숫자는 상당히 적었다.

웨어울프의 탐지 능력은 성가시지만 기척을 차단하고 있으니 상대가 탐색의 마법이라도 사용하지 않는 한은 발각당하지 않는다.

저택 안은 매직 아이템이 설치된 것 말고는 평범했다.

청소에 신경을 쓰는지 청결한 느낌이 있었다.

사람의 기척을 더듬어 마왼의 모습을 찾았다.

"…………."

여기까지는 순조롭다. 그렇기에 방심할 수는 없다.

방자하게 굴고 있으니까 당연히 보복당하는 것도 고려하고 있을 터. 이 정도 경비로 그 녀석이 과연 안심할까.

이윽고 우리는 서재에 다다랐다.

그러나 안에는 아무도 없었다.

책상 따위로 시선을 향했지만 중요한 서류는 놓여 있지 않았다.

"……이오리."

잠시 후, 엘피가 지하실을 발견했다.

바닥에 장치가 있고 마력을 가하면 지하로 이어지는 통로가 열리도록 되어 있었다.

"엘피. 만에 하나의 일이라도 생긴다면, 미리 말했던 대로 부탁할게."

"……별로 내키지는 않지만."

시선을 나누고 우리는 지하로 이어지는 계단을 내려갔다.

벽에는 같은 간격으로 광원이 설치되어 있어서 어쩐지 미궁을 연상케 했다.

"자, 잠깐만 이오리. 너무 떨어지지 마."

"……?"

이상하게 밀착하는 엘피의 모습에 고개를 갸웃거리는 사이에 계단 끝에 다다랐다.

계단 끝에 방이 펼쳐져 있었다. 흔한 이야기였지만 저택 아래에는 지하실이 있는 모양이었다.

그것도 꽤나 넓었다.

빛도 뭣도 없이 캄캄한 방이었다. 다만 마법과 사람의 기척이 있었다.

그렇다면, 선수필승이다.

"________."

발을 들이는 것과 동시에 공격을 시도했다.

마법을 사용하려다가 이변을 깨달았다.

몸 안에서 급격하게 마력이 빨려나간다――.

그 사실을 깨달은 순간, 바람이 불었다.

검을 뽑아 그것을 튕겨냈다.

"이오리――."

그와 동시에 옆에 서 있던 엘피의 목이 날아갔다.

바람의 칼날이 머리와 몸통을 갈라놓은 것이었다.

털썩, 소리를 내며 엘피의 몸통이 땅바닥에 쓰러지고, 뒤이어 머리가 떨어졌다.

"……!"

몸 안의 마력이 완전히 소실되었다. 마력 결핍에 따른 어지러움이 덮쳐 무릎을 꿇었다.

발밑을 보니 새빨갛게 빛나는 마법진이 새겨져 있었다.

대상의 마법을 소실시켰기 때문인지 마법진의 빛이 꺼졌다.

"……결계인가."

"정답."

짝짝 박수소리가 울리고 실내에 빛이 밝혀졌다.

정면에 복수의 웨어울프가 서 있었다.

"슬슬 올 때가 되었다고 생각해서, 준비하고 기다렸습

니다.”

히죽히죽 미소를 띠며 마윈은 말했다.

“오랜만이로군요, **아마츠**키 이오리 씨.”

◆ ◆ ◆

대략 보아 모두가 C랭크 이상의 모험가 클래스.

류자스가 지휘하던 기사들보다 개개인의 실력은 높을 웨어울프.

정예로 보이는 다섯을 좌우로 세워 놓고 마윈이 끈적끈적한 말투로 이야기했다.

내 이름을 부르는 뉘앙스를 보아하니 저 녀석이 내 정체를 알아차렸음은 알 수 있었다.

“……어떻게 우리가 온다는 걸 알았지?”

“왕국에 있는 지인에게서 연락이 있었거든요. 만약을 대비해서 경계를 해둔 거죠.”

“……류자스인가.”

예상했던 그대로의 대답이었다. 웨어울프가 우리를 미행했다는 사실로 어느 정도 예측은 하고 있었다.

마윈이 우리의 존재를 알아차렸다고.

그에 더해, 류자스는 어째선지 마윈이 있는 장소만큼은 알고 있었다. 즉, 이 녀석들에게는 아직 연결선이 있다는 의미겠지.

"당신들의 움직임은 항상 부하에게 감시당하고 있었습니다. 연락이 없는 걸 보면, 이미 처분되어버린 모양이지만요. 참으로 안타깝습니다."

말투와는 달리 아무렇지도 않은 표정이었다. 처음부터 그 녀석들은 버리는 말이었을 테지.

"모습은 크게 바뀌었지만, 아아, 확실히 흔적이 있군요. 설마 30년을 넘어서 그 역겨운 얼굴을 보게 될 줄은 몰랐습니다."

"너도 그 근성은 변한 게 없는 모양이라 안심했어."

"예, 덕분이죠."

쿡쿡, 마원이 웃었다.

"당신이니까 그 워캣의 가게를 불태우면 그날로 당장 올 거라고 생각했습니다."

"……미샤의 가게를 불태운 건 나를 유인하기 위해서였나?"

"예, 물론. 뭐, 그녀들은 전부터 거슬렸으니까 경고를 한다는 의미도 있었지만요. 방해꾼은 없애고 당신도 유인할 수 있다. 일거양득이란 그야말로 이런 거겠죠?"

동료를 좀 제대로 고르라는 엘피의 말을 떠올렸다.

사람은 갑작스레 변하지는 않는다. 이 모습을 보아하니 함께 싸우던 무렵부터 이 녀석의 근성은 썩어 있었을 테지.

우리를 길드에 가입시키지 않았던 건 도발이었다는 이

야기인가.

자신이 있는 한 목적은 달성할 수 없다는 의미였다.

"——『마력 탈취의 결계』. 마력이 빨려나간 기분은 어떻습니까?"

마력의 결핍으로 움직이지 못하는 나를 보고 마윈이 쿡쿡 웃었다.

결계. 이전부터 마윈이 즐겨 사용하던 마법이었다.

30년 전에 나를 함정에 빠뜨렸을 때에도 이 녀석은 결계를 사용했다.

마윈이 입에 담은『마력 탈취의 결계』. 사전에 준비가 필요한, 상급 결계 마법이었을 터.

결계를 발동시키기 위한 장치가 근처에 있겠지.

아마도 이 방의 안쪽 즈음에.

결계는 대상의 마력을 모두 빨아들일 때까지 지속해서 발동하는 것이었다. 지금은 내 마력을 모두 빨아들이고 역할을 마친 모양이지만.

마석의 마력은 빼앗기지 않은 모양이지만 사용하려면 최저한의 마력이 필요했다. 완전히 텅 비어버리면 마력을 사용할 수는 없었다.

"그건 그렇고, 맥이 빠지는군요. 이 결계는 거기 동료를 위해서 준비한 건데 마력을 빼앗을 필요도 없이 죽어버리다니."

"……이 자식."

"이런, 움직이질 않는 겁니까. 아무래도 다소나마 냉정하게 사안을 볼 수 있게 된 모양이로군요?"

목 위를 잃고 쓰러진 엘피의 몸통을 가리키고 마윈이 기분 나쁘게 웃었다.

도발하고 있다.

하지만 마력을 잃은 몸은 생각처럼 움직이지 않았다.

칼자루를 움켜쥐려고 해도 아직 움직일 수 없었다.

"아아, 그렇지. ——『프레임 불릿』."

"윽."

마윈이 팔에서 기세 좋게 화염을 발사했다.

검으로 받아 흘렸지만 열기에 피부가 지글지글 불탔다.

"이건…… 가게를 불태운 건 네놈인가?"

"글쎄, 과연 어떨까요."

"……아닌 모양이로군. 저지른 건 어느 녀석이지? 대답해라."

"무슨 농담을. 이번에는 제가 친히, 그 가게처럼 당신을 불태워드리지요."

그 직후, 연속해서 프레임 불릿이 날아왔다.

나는 그것을 검으로 받아 흘려낼 수밖에 없었다.

그런 내 모습을 웨어울프들은 휘파람을 불며 즐기고 있었다.

하지만 오래 이어지지는 않았다.

이윽고 프레임 불릿을 제대로 맞고 나는 땅바닥에 쓰러

졌다.

"꼴사납네요. 예전의 당신이 봤다면 틀림없이 한탄했을 겁니다."

마법을 멈추고 마원이 웃었다.

"……이 자식."

"아아, 그래요. 그 · 거. 당신의 구세주 놀이를 보고 있으면 기분이 나빠집니다. 여유 없는 그 표정, 좋네요."

쓰러져서도 칼자루는 놓지 않았다.

검을 붙잡은 채, 마원을 노려봤다.

"인간이 멸망하는 모습을 보여주면 틀림없이 좋은 표정을 보여주었을 테지요."

나를 보며 몸을 떨면서 웃더니 참을 수 없다는 태도로 마원은 그리 말했다.

"……인간이 멸망한다고?"

"곧 마왕 오르테기어가 힘을 되찾을 테니. 그리 된다면 인간은 멸망하겠죠."

"네놈…… 마왕 측에 붙을 생각인가?"

"힘 있는 자에게 붙는 것뿐입니다. 저는 아직 죽고 싶지 않거든요."

동료도 이미 그 사실은 알고 있는지, 뒤에 있는 웨어울프들은 동요하지 않았다.

"첫 목표는 이곳――연합국. 우리는 침략을 도와서 떳떳하게 마왕군으로 들어가는 겁니다."

“……그렇게 자신이 살기 위해서 또다시 타인을 팔아넘기려는 건가.”

“예. 저는 제 자신이 가장 소중하니까요. 그것이 무슨 잘못입니까?”

“…………”

“뭐, 됐습니다. 슬슬 끝을 내도록 할까요. 30년 전의 망령께는 이만 이곳에서 퇴장을 부탁드리죠.”

그리 말하고 마왼이 또다시 이쪽으로 팔을 향했다.

“자, 그럼 각오는 되셨습니까?”

아무래도 이 이상 대화를 할 생각은 없는 듯했다.

……때가 되었군.

“『프레임 불릿』.”

날아드는 프레임 불릿.

그것을 상대로 나는,

“――『스펠 디바우어』.”

마법을 구사했다.

발사된 마법의 위력이 감소하는 것을 확인하고 붙잡은 검으로 가볍게 둘로 갈랐다.

“뭐……?”

경악한 표정을 짓는 마왼을 앞에 두고 천천히 일어섰다.

프레임 불릿을 고스란히 맞았지만 큰 대미지는 없었다.

로브의 마법 내성과 『방마의 팔찌』의 효과로 위력이 격감했기 때문이었다.

"……마력은 전부 빼앗았을 텐데."

조금 전부터 계속 쥐고 있는 것은 『비취의 태도』였다.

그 태도의 효과 중 하나, 땅에 발을 붙이고 있는 한은 마력을 조금씩 회복한다는 것.

마력의 절대량이 적은 지금, 좀 전의 대화를 나누는 사이에 대부분의 마력이 회복되었다.

"……결계여!"

마원이 팔을 들어 올려 결계를 발동시켰다.

그러나 결계는 발동하지 않았다.

"어떻게 된 거야……."

"왜 그래. 준비한 건 다 끝났나?"

"크…… 너무 까불지 않는 게 좋을 겁니다……!"

마원이 손가락을 튕겼다.

방 안쪽에 대기 중인 복병에게 신호를 보낸 거겠지.

하지만 아무도 나오지 않았다.

"……어째서 아무도 안 나오지?!"

마원은 명백하게 동요하고 있었다.

아무래도 준비한 건 이것으로 끝인 듯했다.

"아직도 알아차리지 못했나?"

"뭘……?"

나를 괴롭히는 데에 지나치게 집착한 모양이겠지.

목이 잘려나가 땅바닥에 쓰러진 엘피의 머리와 몸통.

그것들이 지금은 사라진 상태였다.

"나와도 돼, 엘피."

"……음."

"뭐?!"

벽 안쪽으로 통하는 문이 열리고 안에서 엘피가 모습을 드러냈다.

잘려나갔을 터인 머리는 이어져 있고 다친 곳은 하나도 없었다.

마원은 엘피를 마치 유령이라도 보는 듯한 표정으로 보고 있었다.

"이오리가 경계하라고 그러니까 일부러 죽은 척을 했는데. 잡종견들이 수십 마리 대기하고 있을 뿐이었나."

"아, 미안해. 이 정도면 정면으로 싸워도 괜찮았나."

"뭐……뭐?"

엘피는 현재 목 위밖에 없었다. 그 이외의 부위는 모두 분신체였다.

마원의 함정을 경계한 나는, 분신체를 이용해서 죽은 척하고 주의에서 벗어나 있는 동안에 준비된 함정을 어떻게든 하라고 엘피에게 부탁했다.

마원은 우리를 위해서 이런저런 결계를 준비해둔 모양이었지만 모두 엘피가 파괴해준 듯했다.

이제 남은 것은 마원과 정예 웨어울프뿐.

나는 엘피와 나란히 서서 마원에게 검을 향했다.

제23화 『자업지옥(自業地獄)』

적의 숫자는 여섯.

마왼은 물론 다른 다섯도 놓치지 않는다.

"너무 까불지 말라고…… 아마츠키 이오리."

마왼이 감정을 실어 내뱉자 대기하던 웨어울프들이 앞으로 나섰다.

"열등한 인간 주제에 제멋대로 굴기는."

"어떤 속임수인지는 모르지만, 안쪽에 있는 녀석들을 죽인 것 정도로 우쭐해하지 말라고?"

"모험가도 채 못 된 쓰레기들이 말이야."

"그 영감과는 달리 네놈들은 뼛조각도 안 남기고 태워주마."

웨어울프 네 명이 무기를 들고 나머지 하나가 마왼을 지키듯 서 있었다.

아무래도 이 녀석들이 최후의 카드인 듯했다.

포효와 함께 웨어울프 넷이 동시에 움직였다. 연대를 취한 움직임으로 순식간에 거리를 좁혔다.

수렵이 특기인 종족답게 웨어울프들의 움직임은 민첩했다.

"――『마안 중압궤』."

"윽!"

엘피가 만들어낸 중력도, 처음 보는 것임에도 피해냈다.

넓은 방에서 녀석들은 뿔뿔이 흩어졌다.

"——하아!!"

"윽, 빨라——?!"

도약한 웨어울프 중 하나의 착지점, 그곳을 베었다.

웨어울프는 손에 든 도끼로 대응하려고 했지만 그보다도 먼저 도끼를 붙잡은 손목을 잘라냈다. 다시 칼날을 되돌리며 두 다리를 절단했다.

"즈어, 아아아아아아?!"

상상 이상으로 비취의 태도는 손에 잘 맞았다.

태도의 효과인 『신체 강화』와 마석으로 발동시킨 『신체 강화』의 이중 효과 덕분에 몸도 가벼웠다.

"인간이이이!"

검을 든 웨어울프가 한 마리 더 접근했다.

"『크리에이트 샌드』."

마석으로 모래를 만들어내는 것과 동시에,

"『휠 윈드』."

"누, 눈이?!"

바람을 만들어내어, 손바닥 위의 모래를 접근하는 웨어울프에게 날렸다. 얼굴에 모래를 맞은 웨어울프가 눈을 만지며 움직임을 멈췄다.

그 틈에 다리를 잘라 움직이지 못하게 만들었다.

"다리, 다리가아아아아악?!"

그동안에 웨어울프 둘이 엘피 쪽으로 다가갔다.

마법사이니 접근하면 이길 수 있다고 생각한 거겠지.
하지만, 무른 생각이었다.
"이 녀석…… 마법사가 아닌가?!"
"이 움직임은 대체……!"
웨어울프 둘의 동시 공격을 엘피는 가볍게 피했다.
엘피는 마안을 사용한 원거리 공격 이외에도 탁월한 신체 능력을 지닌 것이었다.
"얕보지 말라고, 잡종견들."
웨어울프들의 무기를 정교하게 회피하고 그 틈에 소규모의 『회신폭』으로 공격을 가했다.
웨어울프들은 뛰어난 움직임으로 뒤로 뛰어 물러났는데, 접근전은 오히려 마안에 당할 위험이 있다고 판단한 거겠지.
"큭, ──『프레임 불릿』."
"『스톤 불릿』."
두 사람은 거리를 벌리고 마법을 발동했다.
화염과 바위 탄환을 동시에 발사했다.
악수로군.
마법을 구사하려면 한순간 다리가 멈추고 만다.
"──앉아."
그 한순간에 엘피는 발사된 마법까지 포함해서 웨어울프 둘을 중력으로 짓눌렀다.
순식간에 땅에 엎어지고 두 사람의 뼈가 삐걱삐걱했다.

"가아아아아악?!"

"꾸에에에엑."

뼈가 몇 군데 부러졌는지 웨어울프 둘은 더 이상 움직이지 않았다.

이것으로 넷 다 전투 불능에 빠졌다.

나머지는 둘.

"다, 당신은 저 둘을 막으세요! 저는 여기서 이탈하겠습니다!"

"지금 무슨, 마윈 씨?! 저, 저도!"

자기만 도망치려는 마윈과, 동료가 당하는 모습에 겁을 먹고 그를 뒤따르려는 웨어울프.

등 뒤에 있던 벽을 향해 달려갔다.

마윈은 후방에서 지원하는 타입의 마법사였다. 전면에 서서 싸우는 타입이 아니었다.

아무래도 그건 지금도 변함이 없는 듯했다.

동료를 버리고 쏜살같이 도망치려 했다.

"등을 돌리다니, 날 바보 취급하는 건가?"

마윈을 뒤따르려는 웨어울프의 다리가 엘피의 마안으로 폭발했다.

다리를 잃은 웨어울프가 땅바닥에 쓰러졌다.

"뭐, 뭐가 어떻게에?! 살려줘!"

앞서 달리던 마윈의 다리를 웨어울프가 붙잡았다.

"크, 막으라고 했잖아……!"

그 손길을 걷어차고는, 마원은 방의 벽에 도달했다.

손에 마력을 두르고 벽을 건드렸다.

아무래도 지하로 들어오는 입구와 마찬가지로 마력을 흘리면 길이 열리는 장치가 있는 듯했다.

……놓칠 수는 없지.

"리더라면 동료를 두고 도망치지 마."

"윽?! 어, 그으으으아아."

벽을 건드린 마원의 손바닥에 투척한 예비용 검이 박혔다.

벽에 손을 꿰뚫려 마원이 절규했다.

"간신히, 붙잡았군."

천천히 마원에게 다가가서 바닥으로 쓰러뜨렸다.

도망치지 못하도록 다리 하나를 짓이겼다. 신체 강화 덕분에 마원의 다리는 간단히 부러졌다.

"어……으아아."

마원은 눈물을 흘리고 거품을 뿜으며 기절해버렸다.

"일어나라."

다른 한쪽 다리를 부러뜨려 깨웠다.

이런 걸로 뻗어버리면 곤란하지.

아직 복수는 막 시작되었을 뿐이니까.

◆ ◆ ◆

다리와 손을 잃고 움직이지 못하게 된 웨어울프 여섯.

모두를 끌고 와서 방 중앙으로 모았다.

“미안하네, 엘피. 조금만 시간을 줬으면 해.”

“상관없어. 마음대로 해도 돼.”

엘피는 조금 떨어진 곳에서 녀석들이 수상한 움직임을 보이지 않는지를 감시하고 있었다. 무언가 움직임을 보인다면 죽이라고 부탁해뒀다.

“알고 있을 거라 생각하지만, 지금부터 네놈들을 죽이겠어.”

히익, 땅바닥에 쓰러진 녀석들이 비명을 질렀다.

평소의 냉정함을 잃고, 마원도 지금은 겁먹은 표정을 짓고 있었다.

그야 그렇겠지. 누구라도 죽는 건 싫으니.

……나도 싫었다.

하지만 나를 속이고 배신해서 죽였으니, 자신들이 살해당하더라도 불평할 수는 없다.

“하지만 모조리 죽이는 것도 불쌍하니, 내가 말하는 대로 해주면 다시 생각해보도록 하지.”

“뭐, 뭘 하면.”

“가르쳐줘! 뭐든 하겠어!”

굉장한 기세로 덤벼드는구나.

“우선…… 말이다. 있다면 좋겠는데, 조르츠…… 그 대장간을 불태운 녀석은 여기에 있나?"

그 질문을 던진 순간, 마원을 따라 도망치려던 웨어울프가 가장 먼저 소리쳤다.

옆에 쓰러져 있는 웨어울프를 가리키고,

"저 녀석이야! 저 녀석이 『프레임 불릿』을 쏴서 불태웠어!"

"게, 게일! 이 자식, 웃기지 마!"

"시끄러워! 테드, 네놈이 마윈 씨의 지시로 가게를 불태우러 갔을 텐데! 아까도 그 영감과 마찬가지로 불태워주겠다고 그랬잖아!"

아무래도 대장간을 불태운 웨어울프는 테드라고 하는 모양이었다.

안면을 창백하게 물들이며, 자신을 지목한 게일이라는 웨어울프를 격렬하게 욕했다.

엘피가 정리한 복병 중에 있었다면 어떻게 할지 고민했는데, 운이 좋게도 살아있었나 보다.

"과연, 네가 저질렀나."

"히익, 자, 잠깐만! 저지른 건 나만이 아냐! 야, 이봐 프란츠! 네놈도 나한테 협력했잖아!"

"뭐어?! 나는 그저 사람들이 오지 않는지 감시했을 뿐이야! 불태운 건 네놈일 텐데! 너, 항상 다른 사람한테 책임을 떠넘긴다고! 제발 좀 그만해라, 쓰레기 같은 놈아!"

테드는 프란츠라 불린 웨어울프를 지목하여 죄를 뒤집어씌우려고 했다.

그러나 프란츠가 불린 웨어울프가 필사적으로 부정했다.

"협력한 건 사실이잖아! 아, 그, 그렇지. 나, 나한테 지시한 건 애당초 마원 씨야! 나는 그저 그에 따랐을 뿐이야! 그, 그러니까 잘못한 건 마원, 그래, 마원이 잘못한 거야!"

"그래! 죽일 거라면 마원을 죽이라고! 우리는 잘못이 없어!"

정신이 드니 두 사람은 마원에게 죄를 떠넘기고 있었다.

그때까지 이야기를 듣고 있던 마원이 아연실색한 표정을 지었다.

"당신들…… 무슨, 소리를."

"시끄러워! 네놈 탓이야!"

……지독하군.

이 이상은 보고 있을 수가 없었다.

"과연, 알았다."

"히익?!"

"자, 잠깐만!"

조르츠의 가게를 불태운 자와 그에 협력한 자. 두 사람을 잡아끌고 방 한구석으로 갔다.

그리고 파우치에 든 액체를 꺼냈다. 그것을 두 사람의 머리부터 쏟아 부었다.

"이, 이건."

"기, 기름……?"

그 대장간이 불탄 건 내가 원인이기도 했다. 그러니까

그녀들의 복수는 내가 대신해서 이루어주자.

"가게를 불태우고 안에 있던 둘에게도 위해를 가했지. 잘못하면 두 사람 모두 죽었을지도 몰라. 마인의 지시였을 테지만 실제로 저지른 건 네놈들이야."

마법으로 불을 만들어냈다.

프레임 불릿 정도의 위력은 없는 하급 마법이었다.

하지만 기름을 끼얹은 둘에게는 이걸로 충분하겠지.

"그러니까—— 같은 꼴을 당해도 불만은 없겠지?"

"그만."

"잠깐."

테드와 프란츠.

기름범벅인 두 사람에게 불을 붙였다.

"갸아아아아아아악."

"뜨거, 뜨거워어어어어어."

순식간에 두 사람의 몸은 불타올랐다.

타들어가는 아픔에 절규가 울려 퍼졌다.

그 비명은 수 분 이상 이어지고, 이윽고 조용해졌다.

◆ ◆ ◆

중앙에는 아직 웨어울프 넷이 남아 있었다.

두 사람을 처분하고 돌아오자마자, 처음으로 발언했던 게일이라는 웨어울프가 다가왔다.

"다, 당신의 말대로 했어! 그러니까 살려줘! 부, 부탁이야!"
"그래."
휙, 칼날이 소리를 내고 게일의 목이 땅으로 떨어졌다. 무슨 일이 벌어졌는지도 모른 채, 게일의 숨이 끊어졌다.
불태워지며 고통스럽게 죽는 것보다는 훨씬 낫겠지.
남은 것은 셋.
"히익?!"
"게, 게일……."
"어째서 죽인 거야?!"
그야, 생각해보겠다고 했을 뿐이지 죽이지 않겠다고는 한마디도 안 했으니까.
마윈이 비명을 지르고, 나머지 둘도 온몸을 부들부들 떨었다.
"있잖아, 애당초 어째서 너희는 이런 꼴에 처했다고 생각해?"
남은 두 사람에게 그리 물었다.
"네놈 탓이잖아"라는 시선을 보내기에 나도 모르게 쓴웃음을 지었다.
"거기 있는 마윈 탓이야."
"……어?"
"그게 무슨……."
"예전에 마윈은 나를 배신했어. 은혜를 원수로 갚으며 나를 죽이려고 했지. 그러니까 이건 그 복수야."

두 사람이 마원을 봤다.

그 시선에 담긴 것은 "네놈 때문에"라는 분노였다.

"그러니까 동료가 죽는 것도, 네놈들이 그런 꼴을 당하는 것도 전부 그 녀석 때문이야."

팔다리를 잃은 아픔과 동료가 살해당한 공포로 냉정한 판단이 불가능해졌다.

그러니까 자신이 이런 꼴에 처한 원인을 가르쳐주면 분노는 간단히 마원에게로 향한다.

"무, 무슨 소리야……?! 나를 그런 눈으로 보지 마!"

동료들의 분노 앞에서 마원이 화를 냈다.

하지만 그것은 역효과, 두 사람의 분노를 부채질할 뿐이었다.

"그러니까 둘에게는 선택지를 주지. 마원을 죽이느냐, 너희가 죽느냐. 선택해."

"우, 웃기지 마! 뭐냐, 커헉!"

나는 소리를 지르려는 마원을 걷어찼다.

"자, 어떻게 할래?"

두 사람의 눈에 희망이 깃들었다. 살려줄지도 모른다는 희망이었다.

"아마도 마원은 웨어울프의 영웅이라지? 동시에 네놈들의 상사이기도 하고. 동료니까, 자신의 목숨을 희생해서라도 구해야겠다고 생각하나?"

마원의 불안해하는 시선이 둘에게로 향했다.

이 두 사람이 죽으면 자신은 살 수 있는 게 아닐까.
그러나 동료에게 향한 시선은 어이없이 배신당했다.
“마윈을 죽여줘!”
“아직 죽고 싶지 않아!”
“……마윈. 무척 좋은 동료를 뒀잖아?”
자신을 판 동료들의 태도에 마윈은 격앙했다.
“웃기지 마! 나를 누구라고 생각하느냐?! 영웅이라고! 너희가 이 도시에서 제멋대로 행동할 수 있는 것도 내가 있기 때문이야! 나를 죽여봐! 마왕군과의 계약은 끊어지고 웨어울프도 멸망당해! 그래도 괜찮아?!”
“시끄러워! 잘난 척하지 말라고, 빌어먹을 놈!”
“네놈 때문에 우리는 이런 꼴을 당했다고! 얼른 죽어!”
마윈 요하네스.
자신을 위해서 나를 배신했다. 마왕군에게 인간을 팔고 자기만 살아남으려고 했다.
그런 녀석이 마지막에는 동료에게 배신당한다.
자업자득이로군.
“그렇다면 네놈들의 손으로 그 녀석을 죽여. 그러면――알겠지?”
그 말을 듣자마자, 두 사람은 마윈에게 덤벼들었다. 애벌레처럼 기어서 마윈에게 다가가더니 무사한 쪽의 팔로 마윈을 두들겼다.
때리고, 물어뜯고, 두 웨어울프는 자신이 살기 위해서

마윈을 죽이려 하고 있었다.

"그만! 그만해!"

마윈도 죽음에 필사적으로 저항했지만, 두 사람을 상대로는 어떻게 할 방도가 없었다. 마법을 사용한다는 선택지조차 떠오르지 않는지, 그저 발버둥 치며 괴로워했다.

그 후로 십여 분 동안, 나는 고통 받는 마윈의 모습을 보고 있었다.

◆ ◆ ◆

그리고 잠시 후.

"살……려줘."

마윈은 한쪽 귀가 찢어지고, 살점이 뜯기고, 한쪽 눈이 찌부러졌다.

힘없이 도움을 청하는 마윈을 향해, 두 사람은 더더욱 팔을 휘둘렀다.

앞으로 몇 분도 안 되어 마윈은 죽음을 맞이하겠지.

"이제 됐다."

두 웨어울프에게 등 뒤에서 일격. 목이 데굴데굴 땅으로 떨어졌다.

뿜어 나온 피를 뒤집어쓰고 마윈은 울부짖었다.

"있잖아…… 마윈. 너랑은 함께 싸웠던 사이야. 사실은 이러고 싶지 않았어."

그런 그를 향해, 이제까지의 말투에서 돌변. 차분한, 상냥한 말투로 이야기했다.

“너는 어째서 나를 배신했지?”

그런 내게, 마원은 겁먹은 태도로 대답했다.

“무서웠어. 내가…… 배신했다는 사실을, 누군가에게 이야기하면 어쩌나, 생각하니. 배신자라는 사실이, 알려지면…… 나는 지위를 잃어버려. 그러니까…….”

“그러니까 나를 배신했나.”

배신의 이유는 예상 그대로였다. 자신이 살기 위해서 영웅을 죽이려 한 사실을 감추고 싶었다.

확실히 내가 고발한다면 마원이 머무를 곳은 사라졌을 테지.

“……너도 여러모로 불안했구나. 네 불안을 알아차리지 못했어.”

후회하는 듯한 말투로, 나는 그렇게 말했다.

“어……?”

부드러운 손놀림으로, 마원을 피웅덩이에서 밖으로 꺼내주었다.

“영웅이라고 불린 주제에 동료의 마음을 깨닫지도 못하다니. 영웅 실격이네.”

“아…… 아마츠 씨…….”

“마원. 상처는 괜찮나? 도와주는 게 늦어서 미안하네.”

그 말에 마원이 눈을 떴다. 후회하는 듯한, 그리고 미안하다는 음색으로 머리를 숙였다.

그런 내 태도에 마왼은 매달리듯 바라보았다.

"저를…… 용서해, 주는 겁니까?"

"말했잖아? 사실은 이런 짓, 하고 싶지 않았다고."

"아……아아."

그 대답에 마왼은 너무도 감격했다는 듯 몸을 떨었다. 그리고 눈에서 뚝뚝 눈물이 떨어졌다.

"용서, 용서해줘…… 내가, 내가 잘못했어……."

그 순간에, 마왼은 처음으로 내게 사죄했다.

오열을 흘리고, 머리를 땅바닥에 비벼대며 떨리는 목소리로 몇 번이고 몇 번이고.

"내가…… 잘못했어! 그런…… 짓을 해서는 안 되었어!"

——진심으로 내게 사죄했다.

◆ ◆ ◆

"그래——그 말이, 듣고 싶었어."

만족했다.

계속 그 말이 듣고 싶었다.

전에 맹세했다.

나를 배신한 것을 진심으로 후회하게 만들어주겠다. 그리고 자신이 잘못했다고, 어떠한 수단을 써서라도 인정하도록 만들겠다고.

땅바닥을 기도록, 머리를 숙이도록, 진심으로 사죄하도록.

——그런 다음에, 죽여주겠다고.

눈물을 머금고서 사죄하는 마윈을 향해 나는 미소 지었다. 그리고 그의 얼굴에, 파우치에서 꺼낸 기름을 쏟아부었다.

"우읍……. 어, 무슨."

뭐가 뭔지 모르겠다는 표정이었다. 자신이 뒤집어쓴 액체가 기름임을 깨닫고, 마윈은 떨리는 목소리로 물었다.

"아마츠…… 씨? 지금 무슨……."

"그러니까 말했잖아? 이런 짓은 하고 싶지 않았어. 연기라고는 해도, 네게 사죄를 하다니 구역질이 나오려고 하니까."

"어……어? 용서해, 주는 게."

"나는 그런 소린 한마디도 안 했는데?"

마법으로 불을 만들고 마윈을 향해 내밀었다. 뻐끔뻐끔 입을 움직이고, 마윈이 뒤로 물러났다.

두 다리가 부서지고 한쪽 팔도 못 쓰는 지금, 애벌레처럼 땅을 길 수밖에 없었다.

"저기, 알고 있어? 가장 괴로운 죽음은 소사라는 모양이야."

"히익…… 싫어."

"산 채로 몸이 불타는 건 지옥과도 같이 괴롭다더라고?"

"아아아아악! 싫어! 죽고 싶지 않아!"

나도 그런 형태로 죽고 싶지 않았다.

믿었던 동료에게 살해당하고, 도와준 사람들에게 배신당해서.

그런 식으로는 죽고 싶지 않았다.

"죽는 거야, 너는 여기서."

"싫어…… 싫어어어어어어어어어어어어어어어어어!"

"——지옥으로 떨어져라."

발사한 불길이 마왼을 불태웠다.

마왼은 새된 비명을 지르고 마구 몸부림쳤다.

배신자에게 어울리는, 자업자득이고 무참한 모습이었다. 죽음에서 벗어나려고 발버둥 치며 괴로워하는 모습은 춤사위처럼 보이기도 했다.

그 후로 몇 분 동안, 죽음의 무용은 이어졌다.

◆ ◆ ◆

마왼은 더 이상 움직이지 않았다.

지옥 같은 괴로움 속에서 목숨을 잃은 것이었다.

"……크크."

인정하게 만들었다.

잘못했다고, 자신이 나빴다고.

"하하하하하하."

그런 상태에서 죽여줬다.

용서해주는 게 아닐까, 그런 희망을 가지게 만들고서 절망의 구렁텅이로 밀어 넣었다.

했어, 해냈다고.

"하하하하하하하하하."

쉰 목소리로, 나는 웃었다.

"……이오리."

우스웠다.

우스워서, 참을 수 없었다.

"아하하하하하하!!"

그래서, 웃었다.

눈물이 넘쳐흐를 정도로.

"간신히, 첫 번째야."

나를 배신한 녀석은 아직 몇 명이나 있다.

하나도 남김없이, 마왼의 뒤를 따르게 해주마.

"하하하하하하하!"

쉰 웃음소리가 지하에 울려 퍼졌다.

제24화 『배신자의 단서』

마원 일행의 사체는 엘피가 재로 만들어주었다.

피나 살점이 타는 냄새는 지하에 스미어들고 말았지만, 이쪽은 어쩔 수 없었다.

후각이 발달한 아인도 있으니 만약을 위해서 카모플라주로 기름 따위를 뿌려 우리의 냄새는 완전히 지워놓았다. 그만한 인원을 처분했으니 문제가 되기는 할 테지만, 한동안은 행방불명으로 취급되겠지.

증거는 남기지 않았으니 기억이라도 뒤져보지 않는 한 우리가 했다고는 아무도 알 수 없을 터.

"그러고 보니 저 벽에 숨겨진 통로가 있었던가."

마원이 도망치려 했던 장소였다. 이 앞에 무언가가 있을지도 모른다.

마력을 흘려 넣자 벽에 사람이 드나들 수 있는 구멍이 생겼다. 기척을 차단하고 거기로 진입해봤다.

탈출 경로인 모양이니 밖으로 통할 것이다.

방이 몇 개인가 있고, 그곳에는 각각 밖으로 통하는 간이형 전이진이 깔려 있었다.

지하나 숨겨진 통로의 장치를 보면 상당한 돈을 사용했을 테지.

그 방들 가운데 결계가 쳐진 장소가 있었다.

결계를 부수고 안으로 들어갔다.

"여긴…… 서재인 것 같네."

"위에 있던 건 눈속임인가."

의자랑 책상 등, 상당히 돈을 들인 물건들이 장식되어 있었다. 책상에 놓여 있던 자료를 뒤져보니 마원이 진행했던 검은 거래 등에 대해서 적혀 있었다.

나라의 의원과 연줄이 있다는 이야기는 사실이었는지, 그와 관계된 것도 다수 있었다.

"흠, 새카마네. 이 자료, 세상에 드러나면 상당한 소동이 벌어지겠어."

먼저 발견했다면 증거를 뿌려서 마원을 실각시키고 완전히 바닥까지 굴러 떨어진 참에…… 그런 시나리오도 있었을 테지만, 복수를 달성한 지금으로서는 이걸 읽어봐야 딱히 어떻게 해야겠다는 생각은 들지 않았다.

"음……."

엘피는 책상에 놓여 있던 백지 편지지를 응시하고 있었다. 딱히 흥미도 없었기에 다른 장소를 뒤지기로 했다.

"역시 상당히 쌓아놓았네."

금고 자물쇠를 마법으로 열어보니 안에서 마석이 나왔다. 내가 가진 마석처럼 거대한 것이 아니라 작은 돌멩이 정도의 물건이었지만. 그래도 환금하면 상당한 금액이 될 터였다.

왕국에서 필요한 만큼의 금액은 훔쳐냈으니 현재 돈은 필요 없었다.

"……아, 그렇지."

사용처가 떠올랐기에 마석은 파우치 안에 넣어뒀다.

그 녀석이 저지른 일이니까 그 녀석의 돈으로 책임을 지게 하자.

그 후로 몇 분 동안 방 안을 뒤졌지만 딱히 흥미가 생길 만한 물건은 나오지 않았다. 마왕군과 이어져 있다고 그랬는데 그와 관련된 것도 딱히 없었다.

슬슬 때가 되었나 싶어 뒤지던 걸 정리하고 있을 때였다.

"이오리, 여기 와봐."

어느샌가 마안을 발동시킨 엘피가 백지 편지지를 손에 들고 나를 불렀다.

어쩐지 복잡한 표정을 짓고 있었다.

"왜 그래?"

"이 편지지에서 작게 마력을 느꼈거든. 『검(檢)마안』을 사용해서 봤더니 엄중한 봉인이 되어 있었어."

살펴봤지만 그냥 편지지로밖에 보이지 않았다. 하지만 그 말을 들으니 확실히 위화감이 느껴졌다.

이 위화감의 정체는 마력인 듯했다.

"읽을 수 있겠어?"

"응. 너하고도 관계있는 내용이 적혀 있었어."

그리 말하고 엘피는 편지를 읽기 시작했다.

내용을 요약하면 이러했다.

어찌된 영문인지 살아있었던 『영웅 아마츠』, 그리고 함께 있던 마족을 살해했다. 놓아두면 마왕군에게도 피해가 발생했을 테니까 사전에 자신이 처분했다는 사실을 오르테기어에게 알려줬으면 한다. 증거로 시체를 넘길 테니까 한 번 직접 만나고 싶다. 심부름꾼을 그쪽으로 보내겠다.

본문 중에 단 한 번, 편지의 수취인 이름이 나왔다.

"『베르트거』라는 녀석이, 지금 이 도시에 와 있는 마왕군 사람인 모양이네."

그 이름에 숨을 삼켰다.

"그건 그렇고 저 웨어울프, 싸우기 전부터 우리를 죽일 생각이었나 봐. 정말이지, 어지간히도 얕보였네…… 왜 그래, 이오리?"

"그 베르트거라는 이름의 남자를, 나는 알고 있어."

"뭐라고?"

귀족(鬼族) 중에 같은 이름의 남자가 있었다.

디오니스의 부하로, 최종 결전 직전에 대화를 나누었다.

그리고――.

"류자스의 기억 안에서 본, 배신자 중에 하나야."

어쩌면 같은 이름의 마족이 있을지도 모른다.

그 귀족과는 전혀 다른 사람일지도 모른다.

"하지만 본인이 맞다면 반드시 죽이겠어."

아마도 이 베르트거는 아직 이 도시 어딘가에 있을 터. 연옥 미궁 안에 있을 가능성도 있었다.

미궁 토벌대가 조직대가 조직되고 있으니, 어쩌면 염(炎) 마장군과 함께 미궁을 지키고 있을지도 모르겠군.

"가자, 엘피. 슬슬 돌아가자."

배신자에게 복수했다. 그에 더해, 다음 복수를 하기 위한 단서까지 손에 넣었다.

이 이상 없는 수확이었다.

"그래, 알았어."

올 때와 마찬가지로 어둠 속에 몸을 숨기고, 우리는 마윈 저택을 뒤로했다.

◆ ◆ ◆

대장간이 불타고 하루가 흘렀다.

해가 떠오르기 시작했을 무렵. 중증 화상으로 입원한 조르츠의 병실에 마법사 하나가 찾아왔다.

온천 도시에서도 손꼽히는 치유 마법사였다.

상당한 실력을 가졌지만 그런 만큼 의뢰하려면 상당한 금액이 필요했다.

조르츠에게 붙어 있던 미샤는 도저히 보수를 지불할 수 없다고 마법사에게 말했다.

하지만 그 마법사는 고개를 가로젓더니 "이미 선불로 돈은 받았다"라고 대답했다.

결국 미샤의 입회하에 마법사의 조르츠 치료가 진행되

었다.

화상의 상처는 지독해서 중급 치유 마법으로는 치료할 수 없었다. 이대로는 후유증이 남을 거라는 말까지 나왔다. 하지만 이 마법사는 상급의 치유 마법까지 구사할 수 있었다.

긴 영창을 진행하고, 마법사가 치유 마법을 발동했다.

붕대로 덮여 있던 부분으로 빛이 쏟아지며 그 상처를 치료했다.

불과 몇 분 만에 조르츠의 상처는 거의 완벽하게 치료되어버렸다.

상처를 본 의사도 이 정도면 금세 퇴원할 수 있겠다며 보증할 정도였다. 아무리 감사해도 부족하다며 미샤는 몇 번이고 마법사를 향해 머리를 숙였다.

"대체 누가 돈을 지불해준 건가요?"

그 물음에 마법사는 이리 대답했다.

"흑발 소년과 은발 소녀의 이인조다."

떠나는 마법사를 멍하니 배웅한 미샤. 작게 한숨을 내쉬고, 조금 전까지와는 달리 편안하게 잠든 조르츠에게 시선을 향했다.

"……응?"

그리고 조르츠의 머리맡에, 그때까지 없었던 가죽 주머니가 놓여 있다는 것을 깨달았다.

손에 들어보니 묵직한 무게감이 전해졌다.

"이건……."
안에는 대량의 금화와 "이걸로 가게를 고치도록 해"라는 편지가 들어 있었다.

◆ ◆ ◆

"이걸로 일단락, 된 걸까."
우리는 병원에서 나서는 치유 마법사를 보고 있었다.
저 마법사라면 이제 조르츠는 괜찮겠지.
마원의 저택에서 나온 뒤, 우리는 조르츠의 상처를 완치시킬 수 있는 치유 마법사를 찾아 치료를 의뢰한 것이었다.
요금은 마원의 저택에 있던 마석을 환금한 몫으로 지불했다. 남은 돈은 모두 조르츠 곁에 두었다.
그만큼 있으면 대장간을 다시 세우는 것도 가능하겠지.
그 가게가 불타버린 원인은 나와도 관련이 있었다. 그러니까 일단 뒤처리는 해뒀다.
돈은 마원의 것이지만 대부분의 책임은 그 녀석에게 있으니까 문제없겠지.
아직 이 도시에서 해야만 하는 일이 잔뜩 남아 있지만, 마원에 대해서는 끝이 났다.
"갈까, 엘피. 일단 여관으로 돌아가서 쉬자."
"나는 배가 고파. 돌아가면서 뭔가 먹으러 가고 싶네."

이리하여 엘피와 함께, 여관으로 이어지는 길을 걷기 시작했다.

우선은 첫 번째.

나를 배신한 녀석을 하나, 저세상으로 보내줬다.

후회하게 만들고, 진심으로 사죄하게 만들고, 그런 상태에서 죽여줬다.

상쾌한 기분이다. 참을 수 없다. 최고다.

하지만 이 정도로 끝나지는 않는다. 끝나게 둘까 보냐.

"류자스, 디오니스, 루시피나, 그리고 베르트거. 누구 하나 놓치지 않겠어."

마왼과 마찬가지로 모두를 전부 죽일 때까지, 끝나지 않는다.

——그것이, 내 복수이니까.

한담 『오싹한 미소』

"후우……."

갑옷을 걸치고 방어구를 장착하며 율리파 스프라토스는 한숨을 내쉬었다.

앞으로의 일을 생각하니 위가 찌릿찌릿 조여들었다.

왜냐면 오늘은――세계의 운명이 걸린 『용사 소환의 의식』이 진행되는 날이니까.

약 30년 전, 오린 왕국은 다른 세계의 용사를 소환했다. 폭거의 끝을 달리는 마왕으로부터 인간을 구하기 위해서였다.

소환에 응하여 이 세계에 나타난 것은 『영웅 아마츠』라 불리는 한 남자였다. 그는 동료와 함께 싸우며 순식간에 마왕군을 물리쳤다. 열세였던 인간군은 기세를 되찾고 영웅 아마츠와 협력해서 마왕군을 몰아붙였다.

하지만 마왕성에서 벌어진 최종결전에서, 영웅 아마츠는 마왕 오르테기어에게 깊은 부상을 입혔지만 패배하고 말았다. 그 후 경이적인 속도로 마왕군은 재건을 꾀하여, 인간은 현재에 이르기까지 마왕군에게 계속 열세였다. 이대로는 인간이 멸망하는 것도 시간 문제였다.

그래서 오린 왕국은 또다시 다른 세계에서 용사를 소환하기로 했다. 영웅 아마츠와 같이 최강의 존재를 소환하여 이번에야말로 마왕군을 멸망시킨다. 그를 위한 의식이 오늘 진행되는 것이었다.

"아아…… 긴장되네."

율리파가 왕국기사단에 소속된 지도 벌써 3년. 힘겨운 훈련과 남자투성이인 직장에 견디며 나라를 지키기 위해 오늘까지 열심히 노력했다. 여자라는 이유로 얕보여 잡무를 떠맡은 적도 몇 번이나 있었다. 상관이나 동료의 안색을 계속 살폈다.

고뇌를 견뎌낸 그날들 덕분에 율리파는 오늘, 국왕 폐하의 호위라는 명목으로 명예로운 소환 의식에 참여할 수 있게 된 것이었다.

"어떤 사람이 올까……."

『영웅 아마츠』는 회색 머리카락에 장신인 미형 남자였다고 전해진다. 싸우는 모습은 그야말로 멋있었을 테지, 율리파는 멍한 머릿속으로 생각했다.

"……오늘 소환되는 용사도 미남이라면 좋겠는데."

지저분한 기사나 음험한 마법사들은 이미 질렸다.

미남 용사님과 친해지고 싶다.

그런 생각을 하는 동안에 율리파는 채비를 마쳤다.

"좋아…… 완벽해."

장비는 평소보다 공들여 손질했고 머리카락도 깔끔하게 정돈했다.

눈앞의 거울에는 적발의 여성기사가 비치고 있었다. 표

정도 야무지게 다잡으면 나름대로 미인으로 보일 거라고, 율리파는 자찬했다.

"……용사님과 가까워져서 승리한 인생을 보내는 거야."

그런 태평한 생각을 하며, 율리파는 『의식의 방』으로 가고자 방을 뒤로했다.

이 태평한 생각이 박살나는 것은 불과 수십 분 뒤의 일이었다.

◆ ◆ ◆

『의식의 방』. 인간을 창조한 『성광신(聖光神)』 멜트가 남겼다는 소환진이 새겨진 신성한 방이었다.

평소에는 출입이 금지된 방 안에 복수의 인간이 모여 있었다.

국왕 그란실 크로이츠 오린을 시작으로 복수의 신하, 호위를 위한 기사, 소환을 진행하는 마법사. 일찍이 영웅 아마츠와 함께 싸웠던 궁정마법사 『대마도』 류자스 길버언의 모습도 있었다.

중진으로 가득한 방 안에서 율리파는 등줄기를 곧게 펴고서 소환이 진행되는 현장을 지켜보고 있었다.

의식의 방 안 분위기는 무거웠다.

소환진은 연속해서 용사를 불러낼 수 없다. 한 번 사용하면 다음 용사를 부를 수 있게 될 때까지 수십 년을 기다려야만 하는 것이었다.

또한 소환에는 막대한 양의 마력이 필요했다. 이 날을 위해서 왕국은 마석 사용을 절제했다.

실패한다면 수십 년 동안 용사는 못 부르고 막대한 마력만 허공으로 날아가 버린다. 그렇기에 방에 있는 모두가 기도하는 심정으로 소환진을 바라보고 있었다.

"──『성광신』의 위광을 이곳에."

마법사들의 영창이 시작되었다. 소환진에 마력이 흘러들고 눈부신 빛을 발하기 시작했다.

"구세의 증표가 깃든, 용맹한 자여."

마력의 격류에 『의식의 방』이 크게 흔들렸다.

국왕이 눈을 가늘게 뜨고, 가신들이 술렁이고, 기사가 자세를 가다듬었다.

영창의 진행과 함께 방에 가득한 긴장감이 최고조에 달하고──.

"──이계에서 오시어, 악한 신의 종을 멸하라!!"

──이것으로 영창은 완료되었다.

눈을 불태우는 빛과 함께 미친 듯이 불어대는 폭풍, 땅을 내달리는 번개 같은 마력의 격류. 모든 것이 영창의 끝과 함께 사라졌다. 그때까지의 격렬함이 마치 거짓말이었던 것만 같은 적막이 『의식의 방』을 뒤덮었다.

그 자리에 있는 모두가 성공을 확신하고 있었다.

왜냐면── 소환진 중앙에 소년 하나가 서 있었으니까.

“오……오오!”

“성공이다!”

의식을 성공시킨 마법사들이 환희의 외침을 내질렀다. 다른 이들은 나타난 용사를 보고 멍하니 입을 벌린 채로 굳어 있었다.

율리파도 용사를 보고 굳어 있었다.

‘정말로 성공했어…… 굉장해.’

다만 그녀는 사고가 정지한 것이 아니라,

‘저게 용사……. 좋아, 남자! 흑발이고, 나이는 열여섯 정도일까? 꽤 어리네. 몸은 가늘어. 얼굴은…… 나쁘지 않아.’

용사의 용모를 품평하고 있었다.

처음으로 평정을 되찾은 것은 국왕이었다.

“——어서 오시게, 이계의 용사여. 부디 이 세계를 마왕에게서 구해주게.”

멍하니 서 있는 용사에게 위엄 있는 목소리로 말을 걸었다.

“어디야…… 여긴.”

어린 외모와 걸맞지 않은, 용사의 입에서 나온 것은 쉰 것처럼 낮은 목소리였다. 칼날처럼 날카로운 두 눈으로 주위를 둘러보았다.

“이곳은 레이테시아. 용사가 살던 세계와는 다른 세계라고 할 수 있겠지.”

용사의 날카로운 시선이 국왕에게로 향했다.

"레이……테시아?"

"그렇다. 그리고 현재 레이테시아는 마왕 앞에서 멸망의 위기에 처해 있다."

여전히 멍한 용사를 향해 국왕이 이 세계의 사정을 이야기하기 시작했다. 그러나 용사는 이야기를 듣는지 안 듣는지, 그저 멍하니 시선을 헤매고 있었다.

"이 자식―― 이야길 듣고 있느냐!"

그 모습에 짜증을 참지 못한 류자스가 용사에게 호통을 쳤다.

"국왕 폐하의 어전이다! 고개를 들어라!!"

용사를 향해, 갑자기 그러는 건 실례가…… 율리파는 내심 당황했다.

저쪽은 이제 막 소환되었으니 어리둥절해하는 것도 무리는 아닐 텐데.

그리 생각하면서도, 일개 기사인 율리파가 그런 말을 입에 담을 수도 없어서 그저 상황을 지켜볼 수밖에 없었다.

용사님, 화내지 않으려나…… 율리파가 그리 불안해하며 보고 있노라니 국왕이 류자스를 제지했다.

"됐다, 류자스. 용사는 아직 혼란스러운 모양이다. 그렇게 서두를 것 없다."

"……예."

국왕의 말에 류자스는 순순히 물러났다. 그것을 보고 율리파가 안심하여 한숨을 돌린 것도 잠깐.

"________."

용사의 표정이 돌변하는 것을, 율리파는 보았다.

"히익."

그것은 분노의 형상이었다. 마치 이 세계의 증오를 모두 모아놓은 것처럼 표정이 일그러졌다. 크게 부릅뜬 두 눈에는 빛이라고는 일절 없었다.

그 무시무시한 모습에 율리파가 목소리를 흘렸다.

인간은 저런 표정을 지을 수 있는 건가, 율리파는 그리 생각하고 말았다. 태어나서 20여 년, 율리파는 나름대로 남들의 안색을 살피면서 살아왔지만 저런 표정을 보는 것은 처음이었다.

율리파가 공포에 몸을 움츠리는 것과 동시에.

"아아아아아아아아아악!!"

짐승 같은 포효를 지르며 용사가 튕기듯 달려갔다. 류자스를 향해, 말도 안 되는 속도로 들이닥쳤다.

용사의 갑작스러운 행동에 아무도 움직이지 못했다.

"뭐냐?!"

류자스가 지팡이로 대처하려고 했지만 용사의 속도는 그것을 웃돌았다.

날카로운 주먹이 류자스의 안면을 두들겨 일격으로 그의 의식을 빼앗았다. 용사는 그 위에 올라타서는 몇 번이고 주먹을 휘두르기 시작했다.

"잠깐만, 용사여! 뭘 하는 건가?!"

"빨리 붙들어!!"

그때가 되어서야 간신히 주위의 기사들이 움직였다. 류자스를 두들기는 용사를 향해 달려갔다.

"가자, 율리파!"

"아……아아."

그런 가운데 율리파는 움직이지 못했다.

깨닫고 말았기 때문이었다.

——류자스를 두들기는 용사의 표정이 희열로 일그러져 있다는 것을.

용사는 금세 제압당했다. 기사가 뒤통수에 타격을 가해서 기절시킨 것이었다.

류자스는 구출되었고 목숨에 별다른 지장은 없었다. 다행히도 치유 마법으로 회복할 수 있을 정도의 상처밖에 없었다.

인간을 구하기 위해 소환된 용사의 폭거에 왕국 사람들은 머리를 부여잡았다. 용사는 일단 포박되어 지하감옥에 수감되었다.

"…………."

결국 율리파는 용사가 붙잡힐 때까지 아무것도 하지 못했다. 상관에게 호통을 듣고서야 간신히 움직일 수 있었을 정도로 완전히 몸이 움츠러들고 말았던 것이다.

이 단계에서 용사와 인연을 맺는다는 생각은 산산이 부서졌다.

머릿속에 용사가 보였던 일그러진 표정이 들러붙어 떨어지지 않았다. 류자스를 두들길 때의 미소를 잊을 수가 없었다.

튼튼한 결계와 엄중한 감시 체제가 마련되어, 용사는 더 이상 날뛸 수는 없었다.

다만 율리파로서는 도저히, 저런 표정을 보인 남자가 이것으로 그칠 것이라고는 생각되지 않았다.

◆ ◆ ◆

하지만 눈을 뜬 용사는 얌전했다. 감옥에 투옥되어 있음에도 전혀 저항하지 않고, 차분한 문답도 나눌 수 있었다.

왜 류자스를 덮쳤느냐, 그리 물었더니 용사는 "기억에 없다. 자신은 무언가를 저질렀느냐"라며 불안스레 말할 뿐이었다.

율리파도 감시 임무를 맡아서 마지못해 경비를 섰지만, 그때의 표정이 거짓말이었던 것처럼 용사는 온화한 표정을 짓고 있었다. 날뛰기는커녕 폐를 끼쳐서 죄송하다고 사죄할 정도였다.

그 모습에 주위의 기사들은 맥이 풀린 모양이었다.

율리파도 그런 용사를 보고 놀랐다. 투옥 중에 얌전히

앉아 있는 모습을 보니 그저 소년으로밖에 안 보였다. 그 때와는 마치 다른 사람 같았다.

그 후로 이내, 류자스 건은 불문에 붙이기로 결정되었다. 용사의 모습을 보면 소환의 부작용 같은 것으로 착란에 빠졌던 거겠지, 그런 결론이 내려졌기 때문이었다. 그리고 무엇보다도 세계를 구하기 위해 소환된 용사를 언제까지고 감옥에 넣어둘 수는 없었다.

용사는 감옥에서 나와, 국왕 앞으로 끌려갔다. 그리고 국왕이 건넨 "용사로서 싸워줬으면 한다"라는 조건을 용사는 시원스럽게 받아들였다. 지금부터 인간을 위해서 싸우겠다고.

그리고 용사의 이름이 밝혀졌다.

——아마츠키 이오리.

그것이 용사의 이름이라고 한다.

이오리가 얌전히 국왕의 말에 따랐기에 성의 사람들은 일제히 가슴을 쓸어내렸다. 저대로 용사가 계속 착란에 빠져 있다면 소환 의식이 모조리 허사가 되어버렸을 테니까.

이것으로 간신히, 인간은 마왕군에게 반격할 수 있다.

그러나 주위의 사람들이 가슴속에 희망을 품는 가운데, 율리파만큼은 그리 생각할 수가 없었다.

율리파는 천성적으로 다른 사람의 표정을 읽는 것에 뛰어났다. 기사로서 의식에 참가할 수 있었던 것도 『눈치가 빠르다』라고 상관에게 인정을 받았기 때문이었다.

그 장점 때문에 율리파의 불안은 지워지지 않았다.

'그, 표정——.'

그것을 정말로 그저 착란에 빠졌던 것뿐이라며 넘어가도 될까.

정말로 이오리는 용사로서 싸워주는 것일까.

'저런 위험한 걸 그냥 넘어가다니, 다들 어떻게 된 거야……. 미남이네 어쩌네, 그런 차원이 아니라고, 저건.'

율리파를 제외하고, 용사의 오싹한 표정을 마음에 담아두는 사람은 없었다. 동료에게 그 사실을 이야기해도 겁쟁이라고 비웃음을 살 뿐이었다.

아무리 순종적인 이오리의 모습을 봐도 율리파의 불안은 사라지지 않았다.

◆ ◆ ◆

그러나 그런 율리파의 불안과는 달리, 왕성에서는 아무 일도 없이 시간이 흘러가고 있었다.

감옥에서 나온 뒤로도 이오리는 얌전하고 또한 순종적이었다. 정해진 스케줄에 따르고, 마법 훈련에도 무술 훈련에도 무척 열심히 매진했다. 교육이 끝난 뒤에도 매일 서고에 들러서 자주적으로 공부를 할 정도였다.

지나친 생각이었을까, 율리파가 그리 생각하기 시작했을 무렵이었다.

"——이봐, 저 용사, 마법을 못 쓴다던데."

그런 치명적인 사실이 판명되었다.

이오리의 팔에 깃든 『용사의 증표』는 정상적으로 기능하지 않아서 마법을 구사할 수 없었던 것이다.

용사가 세계를 구해줄 것이다. 그런 희망이 부서진 성 안의 사람들이 느낀 실망은 참으로 컸다. 그 커다란 실망은 분노가 되어 쓸모없는 용사에게로 향하게 되었다.

우선 마법사들이 이오리를 강하게 비판하게 되었다. 애당초 마법사들의 중심적인 인물이었던 류자스가 두들겨 맞았기에 평판은 나빴다. 게다가 마법을 쓸 수 없다는 사실까지 더해지니 이오리의 평가는 최악이 되었다. 따라서 이오리를 상대로 불쾌한 소리를 하는 마법사가 늘어났다.

그리고 기사단 안에서도 노골적으로 이오리를 바보 취급하는 인간이 늘어났다. 이 세계에서는 마법을 쓰지 못하면 제대로 싸울 수도 없었다. 강함을 중시하는 기사단에게 용사라는 직함의 존재감은 무척 컸다. 용사이면서도 약한 이오리는 자연스레 점점 가벼이 취급당했다. 이런 약한 녀석이 영웅 아마츠와 같은 용사라니 용서할 수 없다, 그리 분개하는 사람마저 나왔다.

불쾌한 소리를 하는 마법사와 짜증스럽게 대하는 기사단.

팔을 잘라내어 『용사의 증표』를 회수, 인공적으로 새로운 용사를 만들어내자는 이야기가 나올 정도까지 기대를 배신한 이오리는 원망을 사고 있었다.

그러나 아무리 불쾌한 대우를 당해도 이오리는 전혀 동요하지 않았다. 아무 일도 없다는 듯이 훈련을 하고, 태연한 표정으로 자기 방으로 돌아갔다. 그에 짜증을 느껴 불평은 더더욱 늘어났다.

그런 가운데, 율리파는 이오리를 향한 불평에 전혀 대꾸하지 않고서 지냈다. 이오리에게 겁을 먹기도 했지만, 무엇보다도 이런 어린애들의 괴롭힘 같은 행동을 싫어했기 때문이었다.

괴롭힘을 보다 못 한 율리파는 어느 날, 자신이 먼저 이오리에게 말을 걸어보기로 했다. 어쩌면 자신이 품고 있는 불안을 해소할 수 있을지도 모른다, 그런 생각도 있었다.

"……안녕. 수고했어!"

무술 훈련을 마치고 중앙정원에서 쉬고 있던 이오리에게 율리파는 말을 건넸다.

이오리는 온화한 표정으로 율리파에게 인사로 답했다.

"안녕하세요. 수고 많으십니다."

정면에서 보면 정말로 이오리는 평범한 소년으로밖에 안 보이는구나, 율리파는 마음속으로 그리 생각했다.

그리고 율리파는 이오리에게 물었다. 성 안의 사람들이 안 좋은 소리를 하는데 그걸 아무렇지도 않게 생각하느냐고.

"지금까지의 저라면 분해서 화를 냈을지도 모르겠네요."

"지금은, 달라?"

"예. 그 일을 생각하면 이런 정도는 참을 수 있으니까요."

그 일? 그러면서 고개를 갸웃거리는 율리파를 보고 이오리는 쓴웃음을 지으며 계속 말했다.

"게다가 기껏 불러낸 용사에게 힘이 없다니, 낙담하는 것도 당연해요. 그러니까 저는 더욱 열심히 해야……!"

주먹을 움켜쥐고, 이오리가 진지한 표정으로 말했다.

"________."

이오리의 용모는 단정했다.

인상이 강한 사람이 많은 레이테시아에서는 보기 드문 상쾌한 생김새. 그것을 바보 취급하는 사람도 있지만, 율리파는 신경 쓰지 않았다. 인상이 약해도 단정하고 균형감이 있었다. 너저분한 근육질 남자나 깡마른 마법사들과 비교해서 허실이 없는 늘씬한 체형. 조금 어리지만 이오리는 율리파의 취향 범위 안이었다.

게다가 언동은 성의 음험한 사람들보다 훨씬 어른스러웠다. 불쾌한 면도 없고, 마법을 쓸 수 없다는 사실을 알고서도 주변 사람들을 생각해서 계속 노력하려는 모습은 그야말로 『용사』의 귀감이었다. 인간적으로도 존경하기에 충분하다고 율리파는 생각했다.

표정도 말투도 온화하고 상냥했다.

——그럼에도.

어째서일까.
어째서 나는 이다지도 이 사람이 두려운 걸까.
율리파는 눈앞의 이오리를 보고 몸이 가늘게 떨리는 것을 느꼈다.
"…………."
굳어버린 율리파를 보고 이오리의 표정이 어렴풋이 변했다.
'히익…….'
항상 다른 사람의 안색을 살피며 지냈던 율리파로서도, 이오리의 표정에서 무슨 생각을 하는지를 읽어낼 수가 없었다. 반대로 이오리는 자신의 내면을 들여다보는 것만 같았다.
"…………."
이윽고 이오리가 무언가를 말하려고 입을 열었을 때였다.
"이봐, 용사님!"
"잠깐 이쪽으로 좀 와주시죠!"
기사 둘이 다가왔다.
"지금부터 모의전을 할 겁니다. 용사님께서도 꼭 참가해주셨으면 하는데요."
"그렇지, 평소의 성과를 보여주셨으면 합니다. 용사님이 강하시다면 기사단의 사기도 올라갈 테니까요."
싱글싱글 기분 나쁜 미소를 지으며 기사들은 이오리의

팔을 붙잡았다.

"……저녁식사 뒤에는 마법 훈련이 있어요. 늦게 가고 싶지는 않은데……."

"하하, 어차피 훈련을 받아도 마법은 못 쓰잖아요?"

"그렇지. 그렇게 헛수고를 하는 것보다는 모의전이 중요하죠."

그리 말하며 두 기사는 이오리를 중앙정원으로 끌고 가 버렸다.

"…………."

남겨진 율리파가 천천히 땅바닥에 앉았다.

그 기사들 같은 짓은 싫었다. 하지만 이번만큼은 덕분에 살았다고, 율리파는 감사했다.

그대로 계속 대화를 나누었다면 어떻게 되었을지, 상상하는 것만으로도 무서웠다. 내면을 들여다보는 것처럼 무기질적인 검은 눈동자가 참을 수 없이 무서웠다.

성의 사람들은 마법을 못 쓰는 용사 따윈 그냥 잔챙이라며 비웃었다. 하지만 과연 정말로 그럴까.

율리파로서는 이오리가 무언가를 감추고 있는 것으로밖에 안 보였다.

"……괜찮을까."

조금 전에 왔던 녀석들은 이오리에게 모의전을 하자고 했다. 아마도 이오리를 일방적으로 괴롭혀서 가지고 놀려는 생각이겠지.

"……보러가자."

불안을 느끼고 율리파는 이오리가 끌려간 방향으로 향했다.

◆ ◆ ◆

율리파가 수련장에 도착했을 때, 안에는 기사 몇 명이 모여 있었다. 그곳에 있는 모두가 적극적으로 이오리에게 불평을 던지는 이들이었다.

빙 둘러선 기사들 중앙에는 조금 전에 끌려간 이오리와 기사 하나가 서 있었다.

이오리를 내려다볼 정도의 거구에 갑옷 위로도 알 수 있을 만큼 단련된 근육. 기사단에 있는 사람이라면 모르는 이가 없는 남자였다.

——『호완(豪腕)』 프란츠 도미건.

그 이명으로 알 수 있듯이 기사단 안에서도 월등히 높은 완력을 지닌, 힘에 자신이 있는 기사였다. 30년 넘도록 기사단에 소속되어 있는 베테랑이기도 했다.

"분명히 저 사람은……."

늘어선 기사들 사이에 섞여들며 율리파는 어떤 사실을 떠올렸다. 프란츠는 예전부터 어떤 사실을 크게 선전했던 것이다.

"네가 용사, 아마츠키 이오리로군."

수련장 중앙에서 프란츠가 굵은 목소리로 이오리에게 물었다. 작게 고개를 끄덕이는 이오리를 상대로 프란츠는 크게 코웃음을 치더니 평소처럼 말했다.

“나는 프란츠 도미건이라고 한다. 일찍이 너와 같은 용사인 『영웅 아마츠』에게 실력을 인정받은 적이 있는 기사지.”

프란츠는 영웅 아마츠가 살아있던 시대부터 기사단에 소속되어 있었다. 그때에 영웅 아마츠에게 수업을 받고 실력을 인정받았다나.

항상 신인들을 모아놓고 의기양양하게 그리 말했지만, 율리파는 은근히 거짓말은 아닐지 의심하고 있었다. 확실히 기사단 안에서는 강한 편이기는 해도 영웅 아마츠에게 인정을 받을 정도로 실력이 있다고는 생각되지 않았으니까.

“……?”

프란츠의 말을 듣고 이오리가 미간을 찌푸렸다. 무언가를 떠올리려는 것처럼 턱에 손을 댔지만 이윽고 안 되겠다는 듯 고개를 가로저었다.

“영웅 아마츠는 용맹하고 기골이 있는 사람이었지. 다른 사람을 구하기 위해서 마지막까지 싸운 최강의 용사야. 그런데 너는 뭐냐, 아마츠키 이오리. 마법도 못 쓰고 제대로 싸우지도 못하지.”

거만하게 설교를 늘어놓는 프란츠를 보고, 이거 위험

하지 않나……라며 율리파는 내심 떨고 있었다.

이오리가 가늘게 뜬 검은 눈동자에 어렴풋이 짜증이 섞여 있는 것처럼 보였다. 이오리를 화나게 만든다면 소환 첫날처럼 폭주하지는 않을까.

그런 율리파의 불안도 모르고 도미건은 수다스럽게 이야기했다.

"아까도 마법 훈련이 있느니 하면서 도망치려고 그랬다던데."

"……사실이니까요."

"흥, 뭐가 사실이냐. 영웅 아마츠는 말이다, 그런 걸로 도망치는 남자가 아니었어. 정정당당하게 싸우며 우리에게 본보기가 되는 존재였지."

당신은, 이오리가 낮은 목소리로 말했다.

"……당신은, 영웅 아마츠에 대해서 뭘 알고 있나요?"

그 물음을 듣고 프란츠의 표정에 짜증이 어리었다.

"적어도 너보다는 잘 알지. 어쨌든 나는 아마츠와 직접 만난 적이 있으니까."

"……그런가요."

"그리고. 영웅 아마츠의 활약은 류자스 경에게 몇 번인가 이야기를 들었지. 용사의 이름에 부끄럽지 않은, 용맹한 남자였다고!"

아, 율리파의 입에서 그런 목소리가 새어나왔다. 주위의 기사들이 의아해하는 시선을 보내는 것도 깨닫지 못하고,

율리파는 그저 이오리를 보고 있었다.

"—— ——."

그 순간, 이오리의 얼굴에는 표정이 없었다. 다만 그의 눈에, 모든 것을 없애버린 것처럼 어둡고 깊은, 정체 모를 무언가가 비치고 있었다.

율리파로서는 그것이 무엇인지까지는 읽어낼 수 없었다. 다만 프란츠가 이오리의 지뢰를 밟았다는 사실만은 알 수 있었다. 역시 이오리는 류자스에게 무언가 특별한 감정을 품고 있는 것 같았다.

"아마츠키 이오리…… 그 얼빠진 근성을, 내가 바로잡아 주겠다!"

프란츠의 말에 이오리는 희미하게 미소를 띠고서 고개를 끄덕였다.

"……알겠습니다. 모의전, 이었나요. 할까요."

그리고 두 사람에게 훈련용 목도가 건네졌다.

목도를 손에 들고 휘두르는 이오리를 상대로, 기사들은 여봐란듯이 환호성을 내질렀다.

"프란츠 씨, 지지 마십시오—!"

"상대는 용사님이니까 순식간에 당해버릴지도 모릅니다!"

말과는 달리 모두들 이오리가 이길 것이라고는 생각하지 않았다.

기분 나쁜 분위기라며 율리파는 미간을 찌푸렸다. 여성

들 사이에도 끈적끈적하니 기분 나쁜 대화는 존재하지만 남성들 사이의 괴롭힘은 훨씬 노골적이었다. 다른 세계에서 온 상대라며 제멋대로 굴고 있었다.

모두가 이오리를 죽이고 인공적인 용사를 만든다는 이야기를 믿는지는 모르겠지만, 혹시 도중에 용사의 힘을 쓸 수 있게 된다면 어떻게 할 생각이냐고, 율리파는 성의 사람들에게서 엿보이는 얕은 생각에 거부감이 들었다.

"그럼, 시작할까."

몇 분 뒤, 두 사람의 워밍업이 끝나고 모의전이 시작되려는 참이었다.

이오리에 맞추어 프란츠는 마법을 사용하지 않고 맨손으로 싸우겠다고 선언했다. 그럼에도 압도적인 키 차이와 근육 차이가 있는 두 사람을 보면 결과는 일목요연했다.

이오리와 프란츠가 목도를 손에 들고 마주 섰다.

"——시작!"

신호와 함께 모의전이 개시되었다. 기사들의 환호성이 수련장에 울려 퍼졌다.

"흥, 선수는 네게 양보——."

여유작작하게 프란츠가 그리 말하려던 순간이었다.

"무슨——?!"

이오리는 이미 프란츠와의 간격을 좁히고 있었다.

목도를 내질러 프란츠의 목도에 휘감고 손목을 빙글 돌렸다. 고작 그것뿐인 동작으로 프란츠의 손에서 목도가 튕겨 날아갔다.

"무, 무슨 일이……?!"

무기를 잃고 어리둥절해하는 프란츠의 목덜미로 이오리가 목도를 들이밀었다.

"……제 승리, 로 하면 되겠죠?"

지독하게 차가운 표정으로, 이오리는 승리를 고했다. 조용히 자세를 풀고 프란츠에게서 등을 돌리려던 때였다.

"비, 비겁한 놈이! 기습을 걸다니, 네놈은 그러고도 용사냐!!"

곤궁에 빠진 프란츠의 노성. 그리고 프란츠의 패배를 인정하고 싶지 않은 기사들이 맞장구쳤다.

"비겁하다, 용사!"

"그래, 정정당당하게 싸워라!"

술렁임은 점차 커지고, 기사들 다수가 이오리를 비겁하다고 비난하기 시작했다.

엉망진창이야, 율리파는 생각했다. 비겁이고 뭐고, 여유를 부리면서 선수를 양보하려던 것은 프란츠였는데.

"그 썩어빠진 근성, 내가 바로잡아주마!!"

그리 외치고 프란츠는 강화의 마법을 발동했다. 여전히 등을 돌린 이오리를 향해 통나무 같은 팔을 휘둘렀다.

"위험해……!"

율리파는 저도 모르게 그리 외쳤다.

저런 것을 얻어맞는다면 마법을 쓰지 못하는 이오리는

잠시도 버티지 못한다. 잘못 맞는다면 골절로는 그치지 않으리라.

그 직후, 프란츠의 팔에 이오리가 날아가——,

"어……?"

——지 않았다.

빙글, 이오리가 몸을 돌렸다. 돌리자마자 프란츠의 주먹에 목도를 댔다. 그것만으로 주먹의 궤도가 빗나가고 프란츠는 성대하게 허공을 쳤다.

"으, 엇……?!"

이오리가 프란츠의 다리를 걸었다. 자세가 크게 무너져 있던 프란츠는 큰 소리를 내며 땅바닥에 쓰러졌다.

"……제 승리, 로 하면 되겠죠?"

"윽……."

땅바닥에 엎어진 프란츠의 뒤통수로 이오리가 목도를 들이댔다. 프란츠는 일어설 수도 없었다.

"뭐야……?"

"이봐, 지금 저 녀석 대체 뭘 한 거야……."

"무슨…… 검술인가?"

예상과는 다른 결말에 기사들이 당혹한 목소리를 흘렸다. 아무도 이오리가 무엇을 했는지 이해하지 못했다.

그것은 율리파도 마찬가지였다.

처음부터 싸움을 보고 있었는데도 이오리가 무엇을 했는지 이해할 수 없었다. 간신히 깨달은 것은 무언가 기술을 사용했다는 것뿐이었다.

'역시…… 평범하지 않아.'

훈련받은 기사가 움직임에 따라가지 못한 것만으로도 경이적이지만, 정말로 무서운 것은 이오리는 마력을 일절 사용하지 않았다는 점이었다. 혹시 마력을 사용할 수 있었다면, 그런 생각이 절로 들었다.

"죄송해요. 마법 훈련에 상당히 지각을 해버린 상태라, 저는 슬슬 가볼게요."

당황하여 적막에 잠긴 수련장에 이오리의 목소리가 울렸다.

이오리는 목도를 정리하고는 아무 일도 없었다는 듯한 표정으로 떠났다. 그의 뒷모습을, 프란츠는 얼굴을 새빨갛게 물들이고서 노려봤다.

——『용사』 아마츠키 이오리가 비겁한 기습으로 기사에게 이겼다.

그런 이야기가 성 안에 나돈 것은 다음날의 일이었다.

그 자리에 있던 율리파를 제외한 모든 기사들이 용사는 비겁하다며 성에 소문을 내고 다녔기 때문이었다.

프란츠의 입막음 때문에 율리파는 사실을 입에 담는 것을 허락받지 못했다.

이 건으로 한층 더, 성의 사람들은 이오리에게 적의를 가지게 되었다. 하지만 그것은 불과 며칠 동안뿐이었다.

——그 후로 얼마 안 되어, 율리파가 걱정하던 일이 벌어졌기 때문이었다.

◆ ◆ ◆

"이봐! 누구 없느냐!"

심야, 성 안에 고함소리가 울려 퍼졌다. 우연히 그 목소리를 들은 기사들이 황급히 그쪽으로 향했다.

'무슨 일이야?!'

휴게실에 있던 율리파도 동료 기사들과 함께 뛰쳐나갔다.

"류자스 경, 무슨 일이십니까?!"

목소리의 주인은 류자스였다. 옷 여기저기에 찢어지고 흙먼지로 더러워진 상태였다. 그 모습과 목소리에서, 기사들은 심상치 않은 사태임을 이해했다.

반쯤 잠에 취해 있던 율리파도 몰래 뺨을 두드려 의식을 깨웠다.

"이것뿐인가? 이봐, 너! 대기 중인 다른 기사들을 데려와라! 모두 다!"

기사 하나를 가리키고 류자스가 황급히 명령했다.

"다른 사람은 모두 날 따라와라!"

난폭한 말이었지만 이의를 허락지 않는 말투에 기사들은 따를 수밖에 없었다. 한 사람이 동료를 부르러 뛰어가고, 나머지는 달려가는 류자스를 뒤따랐다.
'이쪽은……『의식의 방』?'
류자스가 향하는 방향에 있는 것은『의식의 방』이었다. 평소에는 엄중하게 봉인되어 있고 출입이 금지된 곳이었다. 왜 류자스는 그런 방향으로 향하는 것일까.
'……뭔가, 좋지 않은 예감이 들어.'
그리고는 금세『의식의 방』에 도착했다.
"뭐야…… 어떻게 된 거야."
"봉인이, 풀려 있어……?"
방의 문에서 마력이 느껴지지 않았다. 누군가가 봉인을 해제한 것이었다.
'침입자……? 마족? 아니, 설마…….'
당황한 기사들을 무시하고 류자스가 화를 내며『의식의 방』안으로 뛰어들었다. 조금 전부터 그가 보이는 이상한 행동에 혼란스러워하며 기사들도 안으로 돌입했다.
"무슨──."
방 중앙, 바닥에 새겨진『소환진』위에『용사』의 모습이 있었다.
율리파는 처음에 그가 입은 복장의 차이를 알아차렸다. 어찌된 영문인지 이오리는 상위 기사나 마법사에게만 지급되는 마법복을 걸치고 있었다. 허리춤에 차고 있는 검은 한눈에 상등품임을 알 수 있었다.
"빠른데, 류자스."

이오리의 태도에 류자스는 무척 당황한 모양이었다.

“아마츠, 이 자식! 소환진에서 떨어져라!!”

이오리를 가리키며 류자스가 크게 호통 쳤다.

“……아마츠?”

그 입에서 나온 말에 율리파가 고개를 갸웃거렸다.

아마츠, 아마도 그것은『영웅 아마츠』를 가리키는 것이리라. 그 이름이 어째서 지금, 류자스의 입에서 나온 것일까.

그러고 보니 처음에 이오리가 소환되었을 때, 그는 류자스의 이름을 외치지 않았던가. 마치 소환되기 전부터 알고 있었던 것처럼.

율리파의 생각이 정리되려던 때였다.

“무슨 일이냐, 류자스! 대체 뭘 하는 거냐!!”

방 안으로 국왕과 복수의 기사가 들어왔다. 아까 지원을 부르러 간 기사가 데려온 것이리라.

“폐, 폐하, 이건…….”

“고마워, 류자스. 네 덕분에 봉인을 풀었고 소환진 사용법도 알았어.”

류자스가 변명하려던 말을 뒤집어쓰듯, 이오리가 입을 열었다.

튀어나온 음색에 율리파는 숨을 삼켰다.

마치 오래 전부터 알던 친우에게 건넬 법한, 기분 나쁠 정도로 친근한 목소리.

“류자스 경……?”

이오리의 말에 그 자리에 있는 모두의 시선이 류자스에게 모였다.

그 순간.

『의식의 방』 안에서 유일하게 율리파만이 이오리 쪽을 보고 있었다.

"———."

——미소.

이오리의 얼굴에 존재하던 것은, 율리파가 처음에 본 것과 같은 미소였다.

증오를 응축시킨 것처럼 번들번들 빛을 발하는 두 눈에, 참을 수 없다는 듯이 일그러진 입가.

용사가 띠어서는 안 되는, 장절하고 오싹한, 부정적인 희망과 욕망으로 가득한 표정.

"——히, 아."

율리파의 목이 굳은 목소리를 흘렸다.

등줄기가 얼어붙느니 어쩌느니, 그 정도의 이야기가 아니었다. 온몸에 소름이 돋고 떨림이 멈추지 않았다.

그런 율리파의 모습을 알아차리지 못한 채, 이오리는 류자스를 향해 미소 지었다.

"——또 만나러올게."

그리고 이오리의 모습이 전이의 빛으로 뒤덮였다. 다음

순간에는『의식의 방』에서 사라졌다.

방을 적막이 뒤덮고, 이내 국왕이 류자스에게 분노의 일갈을 내질렀다.

"류자스! 봉인 해제 방법을 가르쳐주었다니, 대체 어찌 된 일이냐!!"

류자스가 허둥지둥 변명하고 위치를 찾겠다며 소환진으로 달려갔다. 하지만 류자스가 무언가를 한 직후, 소환진은 산산이 부서졌다.

"지금 당장 류자스를 붙잡아라!!"

또다시 변명하려는 류자스를, 국왕의 명령으로 기사들이 덮쳤다.

그런 모습을 율리파는 멍하니 보고 있었다.

용사에 대한 공포에 지배당한 머릿속으로 율리파는 멍하니 생각했다. 이렇게 될 것이라 예상하여 이오리는 그런 언동을 취한 것이리라. 아마로 류자스는 이오리의 함정에 빠진 것이라고.

――그리고 왕국은 터무니없는 존재를 소환해버린 것은 아니냐고.

오린 왕국에서 진행한 소환.

불려나온 것은 흑발의 소년, 아마츠키 이오리.

그 소환이 무엇을 초래했는지, 그것은 아직 아무도 알 수 없었다.

적어도 지금은 아직.

특전 SS『엘피의 그림일기』

『나락 미궁』에서 탈출한 우리는 연합국을 향하여 우르그스의 숲을 나아가고 있었다.

현재는 휴식 중이었다.

저녁식사를 마친 뒤, 엘피가 무언가 노트 같은 것을 꺼내어 조용히 적고 있었다.

이따금 내 쪽을 흘끗흘끗 훔쳐봤다.

……뭐지?

저 녀석은 대체 뭘 하는 거지?

"……왜 그래?"

"어, 아니. 아무것도 아니야."

시선이 마주친 참에 물어봤지만 엘피는 얼버무렸다.

수상한데.

몰래 뭘 적는 거지?

"…………."

배신당한 기억이 되살아났다.

그렇게 배신당하고 살해당하는 것은 두 번 다시 사양이다.

저 녀석이 뭘 하는지 알아낼 필요가 있었다.

"저기, 엘피."

"응?"

"배, 안 고파?"

"고파!"

저녁을 먹은 직후인데도 엘피의 표정이 환해졌다.

노트를 손에 든 채, 허둥지둥 이쪽으로 다가왔다.

"뭔가 해줄 거야?!"

"으음……."

무언가 건네는 척해서 엘피가 손을 내밀게 만들고,

"……어?!"

그녀의 손에서 노트를 빼앗았다.

"뭐, 뭘 하는 거야! 돌려줘!"

"아까부터 뭘 적고 있는데?"

"그, 그건……."

"말할 수 없는 건가?"

엘피에게서 거리를 벌리고, 나는 노트를 훑어봤다.

"……! 이건……."

그곳에는 내 상상을 뛰어넘는 내용이 적혀 있었다.

◆

간신히 결계에서 나왔다.

너무 오랜만이라 위험해.

나와서 엄청 기뻐.

무슨 드래곤이 와서는 욕지거리를 해서 던전 코어를 뺏었다.

꼴좋다.

그리고는 도망쳤더니 아마츠가 있었다.

여차저차해서는 협력해서 드래곤을 쓰러뜨렸다.

왕국의 이상한 마법사가 와서 박살내줬다.

그 후, 여차저차해서 아마츠…… 이오리가 동료가 되었다.

기쁘다.

◆

"…………."

노트 안에는 머리 나빠 보이는 문장이 적혀 있었다.

뭐야…… 이건.

문장 옆에는 지렁이가 기어가는 듯한 선으로, 사람과 드래곤 같은 것이 그려져 있었다.

……이건 혹시 『토 마장군』이랑 나인가……?

"이건……."

"……그림일기야. 머릿속에 노트가 있었으니까 써보자 싶어서……."

"…………."

다음 페이지도 읽어봤다.

◆

연합국의 온천 도시를 향해 숲을 걷고 있다.
무척, 즐겁다.
밖으로 나오길 잘했다.
이오리가 흘끗흘끗 쳐다보는데, 역시 나한테 반한 거겠지.
흐흥, 나도 참 죄 많은 여자구나.

그보다도, 오랜만에 밥을 먹었다.
먹은 건『토끼고기 향초구이』다.
한 입 먹을 때마다 부드러운 토끼고기에서 육즙이 잔뜩 흘러나온다.
악취는 없고 오히려 향초의 상쾌한 향기가 토끼고기의 맛을 이끌어낸다.
간이 적당하게 되어 있어서 불만 없는 최고의 요리였다.

◆

오늘도 계속 숲 속을 걷고 있었다.
무척 즐겁지만 지쳤다.
이오리는 안 업어주지, 무례한 녀석이다.
아직 흘끗흘끗 보는데, 저 녀석 역시 나한테 헤롱헤롱

했네.

저 녀석, 엄청 변태 같은데 덮치면 어쩌지.

너무도 매력적인 내가 무서워!

아침은 어제 딴 과일을 씻어서 먹었다.

한 입 베어 물자 사각, 기분 좋은 소리가 났다.

과즙이 많아서 나도 모르게 흘려버렸다.

산미가 강해서 잠을 깨기에 딱 좋다.

하지만 여전히 졸리다.

점심도 과일이었다.

부실하다.

◆

……그런 내용이 오늘 분량까지 적혀 있었다.

"………….."

말이 나오지 않았다.

이게 뭐야.

뭐라고 할까…… 이게 뭐야.

문장은 지독해서 도저히 『전직 마왕』이 적은 문장으로 여겨지지는 않았다.

하지만.

어째선지 요리에 대한 부분만큼은 문장과 그림이 월등하게 뛰어났다.

맛에 대해서 자세하게 적혀 있고 그림도 무심코 입맛을 다실 정도로 뛰어났다.

어떻게 된 거야.

"이, 이제 됐잖아! 돌려줘!"

얼굴을 붉힌 엘피가 일기를 확 뺏어갔다.

그리고 머릿속으로 홱 넣어버렸다.

"……혹시 나를 흘끗흘끗 보던 건."

"이오리 그림을 그리려고. 예술적이었지?"

……역시 그건 나였나.

"……전위적이기는 했지."

"흐흥. 그렇겠지, 그렇겠지."

기쁜 듯 고개를 끄덕이는 엘피.

"내가 마왕 자리를 되찾았을 때에는, 이걸 책으로 만들어서 교과서로 삼을 예정이야."

이걸로 대체 뭘 배운다는 걸까.

……뭐, 어쨌든.

아무래도 내 지레짐작이었나 보다.

딱히 배신했다든지 그런 건 아닌 듯했다.

"……미안하네, 멋대로 봐서."

"응. 조금 놀랐지만, 딱히 신경 안 써."

"……그런가."

"음. 지금부터는 조심해야 된다?"

엘피는 화나지 않은 것 같았다.

다행이다. 이번 건은 내가 잘못했으니까.

하지만.

"그래서…… 누가 너한테 헤롱헤롱이라고?"

엘피가 굳어버렸다.

"이, 이오리?"

"누가 엄청 변태 같다고……?"

"그, 그건, 그게……."

"엘피."

"아, 예."

"……저녁은 없어."

"말도 안 돼?!"

엘피가 눈물을 글썽이며 소리쳤다.

당황했는지 사죄하여 내 주위를 빙글빙글 돌기 시작했다.

"거짓말이니까! 농담이니까! 미안해, 용서해줘! 용서해줘, 이오리이이!"

재림용사의 복수담 1

2018년 6월 1일 1판 1쇄 발행
2018년 6월 30일 1판 2쇄 발행

저 자 우사키 우사기
일러스트 시라코미소
옮 긴 이 손종근
발 행 인 유재옥
본 부 장 조병권
담당편집자 정영길
편 집 권오범 김다솜 김민지 김혜주 박찬솔 이문영 정영길 조찬희
라 이 츠 박선희 오유진
디 지 털 최민성 박지혜
미 술 강혜린 박은정
발 행 처 ㈜소미미디어
제 작 처 코리아피앤피
등 록 제2015-000008호
주 소 서울시 마포구 토정로222, 403호(신수동, 한국출판콘텐츠센터)
판 매 ㈜소미미디어
마 케 팅 한민지
전 화 편집부 (070)4164-3962, 3963 기획실 (02)567-3388
판매 및 마케팅 (070)4165-6888, Fax (02)322-7665

ISBN 979-11-6190-425-2 04830
979-11-6190-424-5 (세트)